NUNCA HOUVE UM CASTELO

MARTHA BATALHA

Nunca houve um castelo

2ª *reimpressão*

Copyright © 2018 by Martha Batalha

Grafia atualizada segundo o Acordo Ortográfico da Língua Portuguesa de 1990, que entrou em vigor no Brasil em 2009.

Capa
Claudia Espínola de Carvalho

Imagem de capa
Azat1976/ Shutterstock

Foto da p. 8
DR/ Manchete Press
Todos os esforços foram feitos para reconhecer os direitos autorais da imagem. A editora agradece qualquer informação relativa à autoria, titularidade e/ou outros dados, se comprometendo a incluí-los em edições futuras.

Checagem
Érico Melo

Preparação
Ciça Caropreso

Revisão
Huendel Viana
Adriana Bairrada

Os personagens e as situações desta obra são reais apenas no universo da ficção; não se referem a pessoas e fatos concretos, e não emitem opinião sobre eles.

Dados Internacionais de Catalogação na Publicação (CIP)
(Câmara Brasileira do Livro, SP, Brasil)

Batalha, Martha
    Nunca houve um castelo / Martha Batalha. — 1ª ed. — São Paulo : Companhia das Letras, 2018.

    ISBN: 978-85-359-3082-5

    1. Ficção brasileira I. Título.

18-12800   CDD-869.3

Índice para catálogo sistemático:
1. Ficção : Literatura brasileira 869.3

[2021]
Todos os direitos desta edição reservados à
EDITORA SCHWARCZ S.A.
Rua Bandeira Paulista, 702, cj. 32
04532-002 — São Paulo — SP
Telefone: (11) 3707-3500
www.companhiadasletras.com.br
www.blogdacompanhia.com.br
facebook.com/companhiadasletras
instagram.com/companhiadasletras
twitter.com/cialetras

Para Juan

PRIMEIRA PARTE

O castelinho mourisco, com torre e tudo, já existia desde 1904. Foi uma das dez primeiras casas de Ipanema, construída pelo cônsul sueco Johan Edward Jansson.

Ruy Castro, *Ela é carioca: Uma enciclopédia de Ipanema*

O passado é um país distante. Lá, tudo é feito diferente.

L. P. Hartley, *O mensageiro*

Um

Às três e vinte da tarde do sábado, 6 de janeiro de 1968, com ventos noroestes, céu parcialmente nublado e temperatura em declínio, alheia ao forte cheiro de bife passado há pouco na manteiga e à voz em uníssono dos muitos Silvio Santos nas TVs dos apartamentos próximos, Estela mancha com choro e rímel a fronha bordada do travesseiro novo. Os cabelos longos cobrem seu rosto, as unhas vermelhas agarram um lenço de linho. Os pés calçados pendem para fora do colchão, até ela livrar-se dos saltos e encolher o corpo, levando os joelhos para junto do queixo. Estela não pensa, só repete *por quê, meu Deus, por quê*, tentando encontrar no caos da sua tristeza o motivo de tanto desgosto.

Depois adormece. Quando acordar naquele dia, nas semanas, meses e anos seguintes, em todas as outras vezes que tentar responder à pergunta dolorosa daquela tarde, ela jamais encontrará a resposta.

A resposta existe, e não é só uma. Têm tantas origens, e tão distantes, que podem ganhar contornos de fábula. Uma delas é esta: nada teria acontecido se Johan não tivesse conhecido Brigitta, e se Brigitta não fosse tão peculiar. Se não tivessem que mudar de continente e construir um castelo. Se três meninos louros tivessem passado a infância como seus pais e avós, em vez de se tornarem estrangeiros na cor da pele curtida.

Setenta anos antes do choro de Estela, Johan percorria as ruas de Estocolmo olhando cabelos repartidos e cocurutos de chapéu. Espremia-se no assento do trem, só dormia de pernas dobradas e tocava as paredes do quarto ao se espreguiçar. Já não ia mais ao teatro, da última vez alguém gritou "Abaixa!". Johan afundou-se na cadeira e ouviu "Eu pedi para abaixar!". Tinha vinte e dois anos e continuava crescendo, as calças feitas no verão não cobriam seus calcanhares no outono. Até seu pai, campeão de salto e dono de uma cicatriz na testa por ter passado correndo por um batente, dobrava a nuca ao falar com o filho.

Também não se adaptava ao trabalho da repartição. Seu corpo adquiria o formato de um casco de tartaruga, suas pernas comprimiam-se sob a mesa. Johan escrevia requerimentos que pareciam os mesmos, recebia o salário e sentia-se remunerado para sofrer.

— Tão novo e tão triste — lamentava d. Heidi, quando o filho chegava do trabalho e se afundava no sofá, de frente para o relógio cuco.

Se ele tivesse cinquenta anos ela entenderia — a família Jansson era repleta de homens que desistiam da vida antes que a vida desistisse deles. A melancolia chegava com a meia-idade, e os homenzarrões cancelavam suas partidas de bocha para se entregar ao sofá, saindo dali para o caixão. Mas o seu menino ainda estava em fase de crescimento, não era para ser assim.

— Você precisa se divertir, meu filho — d. Heidi dizia, num desespero que estendeu o conselho a qualquer situação. — Vá comprar pão, engraxar sapatos, passear na praça. Você precisa se divertir.

Johan ouvia sem tirar os olhos da sopa. Fazia uma bola perfeita de pão, recusava a sobremesa e seguia para o quarto. Foi assim até uma noite de dezembro. Ele queria jantar em silêncio, mas o rosto de suplício da mãe incomodava tanto que precisou distraí-la.

— Christian vai dar uma festa de Ano-Novo — disse.

Foi quando a mesa tremeu, a sopa transbordou e d. Heidi apareceu em seu pescoço.

— Você vai enfim se divertir!

— Mas eu mal conheço esse Christian, nem sei por que me chamou. Acho que não vou, é claro que não vou.

— A calça que eu te fiz no mês passado ainda serve? Os sapatos estão apertados? E essa mancha na sua lapela? Tire a camisa para eu lavar.

D. Heidi molhou o guardanapo na água do copo e esfregou na camisa de Johan. "Vai ficar nova para a festa", disse. Fazia anos que não chegava tão perto do filho, e ele pôde ver os detalhes do riso contido, os fios brancos nas têmporas e os olhos repletos de lágrimas que só deveriam sair assim, por alívio em vez de tristeza.

— Calça e sapatos ainda servem, não se preocupe.

Duas semanas depois, na noite do dia 31 de dezembro de 1899, Johan chegava ao endereço da festa vergado pelo frio e pela timidez. Um empregado levantou os braços para pegar seu casaco, Johan agradeceu. Entrou no salão e sentiu o corpo aquecido pelo calor dos casais dançando e dos grupos conversando pelos cantos.

— Champanhe? — perguntou um garçom.

Johan esgueirou-se com a taça até avistar a árvore de Natal. Instalou-se atrás dos galhos e intercalou espirros com goles de champanhe. Quinze minutos depois tudo lhe parecia perfeito. Seu lugar na festa, a coceira na ponta do nariz, a simbiose entre as luzes do salão, os acordes da orquestra e os perfumes das moças. Descansou a cabeça na parede e não pretendia mais se mexer, até que alguém cutucou sua coxa. Brigitta. Setenta quilos de mulher distribuídos por metro e meio. Arrematados por uma cabeleira loura e ondulada em forma de trapézio — recomendaram a Brigitta não prender o cabelo para a ocasião. Ela falou e Johan disse: "Quê?". Repetiu a frase e Johan disse: "Hã?". Colocou as mãos em volta da boca e gritou:

— Disseram que temos que dançar a próxima música.

Johan respondeu que não dançava, Brigitta ignorou. Pensou em negar também com as mãos, mas seu braço direito já estava sendo guiado até o meio do salão.

O que houve em seguida foi lembrado de muitas maneiras, e depois esquecido da mesma forma. Os místicos afirmaram que Johan diminuía e Brigitta aumentava à medida que se aproximavam da pista. Os românticos pensaram o mesmo, com a mão no coração e a cabeça pendendo para o lado. Bêbados viram um casal dançando com a perfeição assimilada apenas por bêbados. Os céticos nada notaram, mas por poucos segundos. Depois se tornou necessário acompanhar os passos do casal improvável. Ele todo feito de ossos, ela toda feita de carnes. Ele de cabelos sóbrios, ela com fios rebeldes. Ele bem perto do lustre, ela fitando cinturas. Mas até que não eram tão diferentes, *veja como a mão dele se encaixa na cintura dela, como a mão dela alcança o ombro distante*, pensaram místicos, românticos, bêbados e céticos. Johan e Brigitta dançaram a valsa com olhos que se encontravam numa linha horizontal. Deu meia-noite, brindaram pelo ano de 1900 e por todos os outros que viriam e que, sabiam, estariam juntos.

A paixão de Johan e as certezas de Brigitta eram tão fortes

que os preparativos para o casamento se fizeram urgentes. Alugaram a primeira casa disponível em Östermalmstorg, compraram alianças na joalheria próxima, arranjaram um tempinho na agenda lotada do pastor. Conseguiram móveis de segunda mão e Johan pediu à mãe para levar com ele o relógio cuco. Era tão velho que ninguém sabia ao certo quando tinha chegado na família — o avô do avô sempre dizia ter pertencido ao avô. Johan acostumara-se a guiar por suas batidas, e não poderia viver sem elas. Brigitta fez o enxoval em uma semana. Escolheu um vestido qualquer, pegou um buquê no mercado e convidou seus poucos amigos. Foi tudo muito rápido, e por isso só na noite de núpcias Johan descobriu que eles nunca estariam sozinhos.

Saiu do banheiro de bigodes penteados e boca cheirando a hortelã. Brigitta estava sentada na cabeceira da cama, com as mãos no colo e o corpo apoiado em travesseiros.

— Disseram que você só poderá se deitar se estiver de suspensórios — ela disse.

— O quê?

— Os suspensórios. Disseram que você não pode se desfazer dos suspensórios.

Johan não entendeu. Quem tinha dito, e por que os suspensórios? Olhou a mulher na cama, as tranças gordas, a camisola branca, os magníficos olhos azuis. Concentrou-se nos olhos. Pareciam menos magníficos e mais perturbados.

— Não ouse se aproximar de mim sem os suspensórios, Johan. Nem mais um passo, nem mais um passo!

Brigitta afundou a cabeça nos ombros e estendeu os braços. Johan parou de andar e espalmou as mãos, como quem mostra que não está armado. Depois procurou as tiras do suspensório e subiu o elástico com cuidado. Da cama Brigitta chorava contida, e Johan aproveitou o rosto escondido da mulher para se aproximar.

Depois de alguns minutos ela conseguiu falar. Contou a Johan sobre as vozes que a acompanhavam desde pequena: "Acho até que aprendi a falar com elas". Não era de todo ruim, as vozes tinham o seu valor. Mandavam que saísse de guarda-chuva em manhãs de céu azul, e mais de uma vez Brigitta era a única protegida num toró ao meio-dia. Avisavam sobre buracos na rua para que nunca torcesse o pé. E gostavam de arte, viviam pedindo para ir a museus.

Enquanto falava, Brigitta brincava com as tiras do suspensório. Puxava uma, puxava outra, via o elástico esticar e voltar ao lugar. Puxava e soltava, ouvia o barulho seco no peito de Johan. Brigitta deu um sorriso, ele sorriu também. As vozes disseram que ele devia manter os suspensórios, mas não onde, ou como. Os suspensórios iam e vinham, e às vezes machucavam um pouco. Iam e vinham, e pareciam feitos para isso. Iam e vinham, e depois se enrolaram, e enrolaram pulsos, cinturas e coxas, braços, joelhos e ombros, e tantas outras partes, de tantas outras formas, que foi preciso terminar a noite às cinco da manhã, começar o dia às onze, emendar com a noite às oito e terminar a noite às cinco para que os dois pudessem conferir as versatilidades escondidas na simplicidade dos suspensórios.

Eram felizes. Johan se levantava quando o cuco batia sete horas. Vestia-se, comia um prato de aveia, dava um beijo na mulher e saía para o trabalho. Andava até o prédio do governo, onde se transformava no assessor de assuntos especiais do ministro do Exterior.

Brigitta fazia a toalete de acordo com as recomendações que ouvia — às vezes usava uma trança, às vezes duas. Cuidava da casa, visitava museus, saía para um café. Comprava um folhado e estudava a massa como equação. Depois celebrava: "Vocês disseram que seriam vinte dobras, eu contei vinte e três, então ganhei".

De noite se reencontravam para jantar. Falavam de algum

episódio do trabalho de Johan ou de uma cena vista por Brigitta nas caminhadas pelo parque. O cuco batia nove horas e as conversas perdiam a importância. As luzes enfraqueciam, a cama parecia maior.

Foi assim até o início da primavera, quando, talvez por ciúmes da vida a dois, as vozes deixaram de dar conselhos e começaram a provocar chiliques. Johan chegava em casa e via Brigitta andando em círculos no quarto, os pés descalços sobre o tapete, as mãos enterradas nos cabelos: "Eu sei, eu sei, eu sei! Foi Rembrandt quem pintou o quadro do Copista, sim, não me faça voltar ao museu para conferir". Não podiam mais fazer planos: "Disseram que hoje não podemos sair para jantar". Ou questionar ordens: "Não use o terno azul, ele faz mal ao seu espírito". Passavam noites inteiras em claro: "Prometo contar todos os carneiros até o fim do rebanho".

Ele aproximava-se devagar e passava a mão nos cabelos embaraçados:

— Está tudo bem, meu amor. Não precisamos sair para jantar.

Mandava a criada esquentar a sopa do dia anterior e recolhia na cama os pedaços azuis do terno picotado pela mulher. Tentava alimentar Brigitta, mesmo sabendo que ela manteria os dentes cerrados — as vozes disseram que só tomariam sopa se não fosse líquida. Depois a guiava até a penteadeira e fazia-lhe tranças. Deitavam-se abraçados, com Johan adormecendo no carneiro número 300, acordando no carneiro 1020, dormindo no carneiro 1600, acordando no carneiro 3020, dormindo no carneiro 3500, acordando no carneiro 6000.

Na semana seguinte Brigitta estendeu a contagem de carneiros pelos dias. O rebanho só terminava depois de chegar a um milhão, e assim que o último carneiro passava as vozes mandavam trazê-los de volta, dando marcha a ré. Foi quando Johan decidiu procurar ajuda. Não cogitava internar a mulher em um sanatório — era incapaz de ver Brigitta atada a uma camisa de força, vagando por salas geladas revestidas de azulejos úmidos. Optou por medicinas alternativas. Escreveu para um clínico chinês, para uma curandeira da Irlanda e para um médico de Viena. O clínico chinês foi logo descartado: seu tratamento envolvia o uso de agulhas no corpo, técnica que pareceu a Johan tão primitiva quanto cruel. A curandeira irlandesa disse que só poderia curar Brigitta depois de consultar as vozes para definir a linha de tratamento. Foi também descartada. O médico vienense disse que teria prazer em tratá-la com sessões diárias de terapia.

Se pudesse Johan também teria desistido do médico. O homem misturava mitologia grega com sonhos e relações sexuais, e afirmava curar seus pacientes por meio de conversas. Mas estava desesperado, e não havia alternativas. Fizeram as malas, deixaram a casa em Estocolmo e se mudaram para Viena.

A primeira semana correu sem imprevistos. Johan passava os dias escrevendo cartas e lendo jornais, Brigitta terminava a toalete e seguia para as sessões. Mas na segunda semana ela se recusou a sair. Libertou o cabelo das tranças, derrubou cadeiras, quadros e livros, atacou uma cristaleira fornida. Os passantes olharam para a janela de onde vinham os gritos, os vizinhos pensaram em intervir. Brigitta levou ao chão tudo o que as mãos alcançaram para então se deitar nos destroços, as coxas sangrando em contato com os cacos. Johan aproximou-se devagar, seus passos marcados pelo som do vidro triturado. Agachou-se junto à mulher, que apoiou o rosto em seu peito.

Ela disse que não podia mais. Que as estátuas gregas do consultório sussurravam todas juntas, cada uma querendo contar como tinha sido feita há dois mil anos. Se fosse uma ou outra não se importaria: "São sempre boas, as histórias que os móveis contam". Mas eram dezenove, além dos quatro búfalos da pintura primitiva dos dois quadros em frente ao divã. Johan olhou a mulher como quem olha uma estátua se mexer: "Você tem razão, não deveriam falar todas juntas, que modos são estes". Guiou Brigitta até a cama e se deitou a seu lado, usando seus longos braços e pernas para protegê-la de tudo que não fosse seus corpos. Ficou assim até a mulher começar a respirar profundo e trocar a contagem de carneiros pelo sono. Levantou-se com cuidado, foi até a escrivaninha e sentou-se para escrever uma nota ao dr. Freud, desculpando-se pelo fim abrupto do tratamento.

Passaram o resto do verão em Viena. Caminharam pelos parques, almoçaram nos cafés, foram ao teatro e compraram duas dúzias de copos para repor os quebrados durante a crise. Longe das vozes da Suécia e dos sussurros do consultório, Brigitta pôde enfim devolver a Johan um olhar tão lúcido quanto o dele. Os amores, que haviam se tornado escassos, "Mandaram dizer que você só poderá me tocar nas noites de lua cheia e se não houver neblina", voltaram a ser constantes e marcados pelo riso de Brigitta.

Na última noite em Viena, Johan olhou a mulher dormindo e não conseguiu desfazer o cenho. Os devaneios decerto retornariam quando chegassem a Estocolmo. Se pudesse, ele fugiria para um lugar distante de todas as vozes indesejadas.

— Querem comemorar a minha volta com champanhe e *bavaroise* — Brigitta informou, ainda no trem.

Na semana seguinte Johan pediu demissão. Pensava em se mudar para o outro lado do mundo, disse ao ministro, devido aos problemas de saúde de sua mulher.

— E jogar fora a sua carreira? — perguntou o ministro.

Johan evocou a linhagem de carpinteiros na família e inclinações para ser boticário, profissões necessárias em Bogotá, Buenos Aires e Goa, ao que foi interrompido por um ministro balançando a cabeça em negativo:

— O cargo de cônsul no Brasil está aberto, por que não se muda para lá?

Johan olhou o globo sobre a mesa. Apontou Estocolmo e escorregou o dedo lentamente até chegar ao Brasil. Voltou com o indicador para a Europa, satisfeito com a abundância de mares. Três meses depois o casal embarcava para o Rio de Janeiro. Johan despediu-se dos pais um pouco feliz, dando adeus do navio enquanto olhava aliviado as construções ficarem pequenas. Brigitta chorou um pouquinho, era uma vida inteira que deixava para trás. Depois secou as lágrimas e foi até a proa olhar o mar. Era uma vida inteira que tinha pela frente.

Chegaram ao cais Pharoux ao meio-dia de uma terça-feira de fevereiro, com todos os extremos de um meio-dia de fevereiro no Rio. O tempo estava abafado, não havia nuvens no céu e o sol parecia ter se esquecido do mundo para se concentrar no porto.

— Estas pessoas não vivem, elas defumam — concluiu Brigitta, sentindo as primeiras gotas de suor se formarem sobre os lábios.

O imenso chapéu de feltro não foi capaz de proteger seus olhos dos excessos da nova cidade.

— Esta luz, este calor, não vou aguentar nem mais um minuto — disse Brigitta. "Nem mais um minuto", ela repetiria nos anos seguintes.

O casal passou os primeiros meses em uma suíte do Hotel dos Estrangeiros, uma construção de três pisos contornada por figueiras no largo no Catete. Os lençóis eram de linho, a ducha caía forte e no cardápio não havia nenhuma palavra na língua que precisavam aprender. Eram servidos de *gigot d'agneau* e *ris de veau* por um garçom que dizia *oui* e cumprimentados por hóspedes que desejavam *bonjour*. Pelas manhãs, depois de um *croissant* e um *café au lait*, Johan saía para tratar dos assuntos do consulado, enquanto Brigitta permanecia no quarto, abanando-se com o leque e olhando a cidade por trás das cortinas de cambraia.

Às oito e meia uma senhora com chapéu de plumas aparecia

do outro lado do largo. Andava rápido, se esquivava dos sujos da rua, cumprimentava homens de casaca e mulheres com sombrinhas. Entrava no hotel e se apresentava como Marie Antoniette, professora de português. Subia até o quarto de Brigitta e tirava o chapéu: "*Comment allez-vous, madame?*". Emendava um bom-dia e falava por hora e meia, entre repetições de "eu vou, tu vais, ele vai" e declarações curiosas. Mostrava os desenhos do livro e dizia "Ivo comeu onze mangas", "Vovô pulou da escada". Brigitta repetia, abrindo a boca de forma inédita. Os sons eram tão simples que ela precisava complicar ao repetir, colocando mais erres nos cachorros e nas codornas, trapaceando ao dizer "pão" e "capitão". Saíam "pan" e "capitan", muito elogiados por Marie Antoniette, ela mesma especialista em trapacear quando pedia na feira um "melón".

Depois da aula Brigitta voltava para a janela. Abanava o leque, desfazia as tranças, refazia as tranças. Caminhava entre a cama e a mesa, trocava de vestido, desfazia as tranças, refazia as tranças. Perto das onze descia para o salão de leitura e passava os dedos sobre a lombada dos livros em francês ou folheava jornais brasileiros, achando graça na disposição das letras. Repetia baixinho alguma manchete, ciente de que *Brezil omentha exportazon duzucar* não significava nada. Almoçava um *confit de canard* ou uma *bouillabaisse* entre *ouis* do garçom. De tarde voltava para a frente da janela. O sol perdia a força, uma brisa movimentava cortinas e Brigitta pensava que talvez fosse possível a vida neste país. Distraía-se com o movimento na rua e perdia a noção das horas, até ver um homenzarrão aparecer do outro lado do largo. Andava rápido, se esquivava dos sujos da rua, não cumprimentava ninguém. Via Brigitta e levantava o braço sorrindo; passantes paravam chocados e olhavam para cima, até o homem entrar curvado no hotel.

Johan descrevia a cidade para Brigitta. Dizia que era linda e perigosa, rica e muito pobre, moderna em alguns cantos e atrasada no resto. Que ladrões e doenças brotavam nas esquinas, pedras gigantes terminavam no mar e uma floresta demarcava o fim dos bairros. Em breve levaria Brigitta para conhecer os arredores, mas por enquanto ela devia ficar no quarto. Mulher sozinha não caminhava no Rio.

O recolhimento não durou mais que dez dias. Numa tarde em que Brigitta estava farta dos *eu vou* e *tu vais*, de *coqs au vin* e *ouis*, de dedos sobre lombadas e jornais indecifráveis, de tranças refeitas e caminhadas no quarto, ela sentou-se em frente à janela e, abanando o leque irrequieta, sentiu uns sussurros no peito. Eram as poucas vozes que decidiram se aventurar nos trópicos e que até então permaneceram caladas, indispostas pelo calor. Exigiam saída imediata. Brigitta escolheu o menos quente dos vestidos, colocou o mais largo dos chapéus e deixou o hotel.

O porteiro chegou a dizer "Minha senhora, aonde vai?", mas Brigitta não teria escutado nem se entendesse a língua. Deu alguns passos, resvalou na calçada de pedras, ganhou equilíbrio e seguiu pelo largo. Passou pela turca que vendia fósforos, pelo homem que vendia aves, pelo leiteiro com vaca e bezerro, pelo pescador com balaio de peixes, pelo italiano com cesto de empadas, pelo mulato com tabuleiro de doces. Descalços, todos eles descalços, mas como é possível, se já inventaram o sapato? Na rua adiante havia um negro tão negro que ela teve que olhar por muito tempo, nunca tinha visto alguém com tanta cor. Viu árabes, índios e chineses com carroças de fruta, hortaliça, peixe seco. Senhores transpirando sob o colete, mulheres de coques suados, cocheiros de camisas rotas, homens a cavalo com chapéu de palha, caleches centenárias dos tempos de d. João. Crianças maltrapilhas jogando bola, empinando pipas, cantando modinhas, brincando de roda. Na esquina adiante um mulato vendia jornais com um sorriso de rosto inteiro. Brigitta sorriu de volta.

Incomodou-se com algo, olhou novamente, viu uma perna disforme. Ele continuava sorrindo, ela tentou sorrir.

Brigitta andava de olhos arregalados e lencinho no nariz, protegendo-se do cheiro de urina das paredes e das merdas secas nos cantos, dos ventos encanados por ruelas que traziam febre amarela, tuberculose e doenças tropicais capazes de matar antes que a ciência as batizasse. Viu açougues frequentados por cachorros, mercearias ocupadas por galos e lojas de chá enfeitadas por gatos de estimação. Deixou a rua larga para subir uma ladeira à esquerda, contornada por casas de paredes desbotadas. Crianças brincavam na calçada, gaiolas com canários decoravam as fachadas. Havia um ruído constante e indecifrável. Vinha de um lado da rua e seguia pelo outro, tornava-se fraco aqui e mais forte ali. Olhou para dentro das casas, todas pareciam a mesma. Salas escuras, papéis de parede descascando, móveis ordinários, mulheres com vestidos surrados debruçadas sobre a costura. Era o zigue-zague de suas máquinas o som permanente, misturado a barulhos de panelas, brigas de casal, choros de criança, um piano tocando Bach. Brigitta deu meia-volta, deparou-se com um velho banguela sorrindo a um palmo de seu rosto. Correu para a rua principal, acalmou-se com o pregão dos vendedores. Passou por caixeiros em mangas de camisa, comerciantes com anéis de ouro, negras falando em dialeto, soldados, catraieiros, mendigos, guardas-fiscais, vagabundos, videntes, mandingueiros, baianas, ciganas, biscateiros, funileiros, estivadores, marinheiros.

As imagens, as cores, eram como um quadro em movimento, pensou Brigitta. E, enquanto percorria a cidade, os habitantes do Rio pensavam o mesmo: que uma mulher tão branca e sozinha só podia pertencer a uma pintura.

Brigitta agora passeava todos os dias. Deixava o quarto após a aula de português, atravessava o largo, escolhia uma das ruas e andava até o final. Voltava ao largo, escolhia outra rua, andava até o final. Ganhou confiança e estendeu seus domínios, dobrando direitas e esquerdas, contornando parques e praças. O branco de seus braços se tornou vermelho, o vermelho se abriu em carne viva e a carne viva se refez em rosa, a nova cor de Brigitta.

Em algum momento estrangeira e cariocas deixaram de se ver como exóticos para fazerem parte do mesmo cenário. Circulavam todos pela cidade em um dia qualquer, com seus ruídos de trabalho e silêncios de sacristia, perfumes de quitutes e odores não atrativos, crianças brincando como se o tempo não existisse, e a moça loura sorrindo para o negro com a perna disforme. Apressando o passo, esquivando-se das cascas de frutas e dos montinhos marrons cuja origem era melhor ignorar. Passando sem olhar por ruelas de onde emanavam doenças, cumprimentando homens de casaca e mulheres com sombrinhas. Ou carregando o marido para um jantar no Café Lamas para juntos provarem o caldo verde, a caldeirada de raia e tripa à moda do Porto. Saíam empanzinados e caminhavam até o hotel, ouvindo ao longe os acordes de berimbau que marcavam a cadência dos capoeiras, tentando decifrar as conversas que saíam das janelas abertas dos sobrados, acostumando-se à profusão de animais noturnos. Lagartixas nos muros, mariposas nos lampiões, sapos e vaga-lumes movendo-se em becos escuros.

Brigitta ainda se surpreendia. Fazia careta para as tripas cobertas de moscas sobre caixotes, que não demoravam a ser compradas. Em ser compradas! Ou se chocava com os quiosques da cidade, os copos servidos imundos, pães que nasciam dormidos, sardinhas semipodres. Olhava nauseada os soalhos pegajosos das biroscas, com sua grossa camada de escarros. Ou o pano encardido no ombro do garçom português, que servia para assoar o nariz, passar no vidro da bancada, absorver o suor da testa, limpar os pratos. Virava o rosto, dava com um homem urinando no muro. Virava o rosto, dava com uma jovem mendigando o jantar. Virava o rosto, dava com um cachorro sem rabo, virava o rosto, virava o rosto, virava o rosto.

Surpreendia-se também com a frequência com que cortejos fúnebres passavam pelo largo do hotel. Um, dois, três por dia, como se morre nesta terra! E quantos caixões eram pequenos, "Mais um anjinho que foi para o céu", alguém dizia na rua. Brigitta sentia um tremelique e fechava a janela para sentar-se com a mão no peito e vontade de chorar pelo filho que não era seu. Até ouvir os acordes dos seresteiros que passavam todas as noites pela rua lateral. Que modinha boa, ela pensava, levantando-se para dançar, esquecendo-se de todo o resto, decidindo se poria o vestido verde ou azul, se jantariam no hotel ou andariam no largo, e se tornando, a cada requebrado, um pouco menos estrangeira.

Dois

Descobriram Ipanema em um domingo de maio. Saíram de carruagem para um piquenique na praia de Copacabana, com recomendações do gerente do hotel para não se perderem ou se aventurarem. Comiam de frente para o mar sentados em um cobertor sobre a areia, o amplo chapéu de Brigitta servindo de guarda-sol aos alimentos. Johan apoiava os cotovelos no cobertor e segurava um copo de vinho, Brigitta descascava uma laranja. A longa praia em formato de arco terminava em pedras na ponta esquerda e em uma pequena igreja no alto de um morro na ponta direita.

— O que existe depois daquela igrejinha? — perguntou Brigitta.

— Nada — disse Johan.

Nas muitas vezes em que se lembrou desse dia, Johan não soube dizer se foram as vozes ou a ausência delas que fizeram sua mulher dizer:

— Então é para lá que devemos ir.

Saíram andando pela areia até chegar à igrejinha e depois

seguiram por uma estrada de terra contornada por pitangueiras. Ninguém de um lado, ninguém do outro, alguns micos nas árvores próximas. No meio do trajeto Brigitta soltou os cabelos, depois se livrou das luvas. Mais à frente largou o chapéu e se desfez do corpete. Johan deixou colete e camisa em cima de um arbusto. Caminharam até a estrada desembocar em outra praia ampla e deserta. Era menor que a de Copacabana, com água tão límpida que mesmo de longe era possível ver os contornos das pedras que desciam pelo mar e arrematavam o lado esquerdo. No meio da praia a areia era cortada por um rio se desfazendo no mar, e à direita outras pedras continham a praia. Eram gigantescas, e cobertas até a metade por vegetação rasteira. Terminaram de tirar suas roupas e nadaram nus pelo resto da tarde.

— É aqui, Johan — disse Brigitta. — É aqui que devemos morar.

Ele assentiu. Nunca tinha visto tanta razão nos olhos da mulher.

Como um mergulho em uma praia deserta terminou na construção de um castelo em Ipanema é das questões que parecem não ter nexo, mas que depois que acontecem ninguém consegue pensar que poderia ter sido de outra forma. A verdade é que Johan e Brigitta sentiram-se tão plenos na praia como na festa em que se conheceram, e que o número de cortejos fúnebres próximos ao hotel superou o de serenatas, fazendo Brigitta sentir mais calafrios que vontade de dançar. Precisavam se mudar, Ipanema parecia o novo mundo dentro do novo mundo, Brigitta andava sonhando com castelos, e, por que não, eles pensaram, começar nova vida em um.

Encomendaram o projeto para Jacques Monempour, um arquiteto francês naturalizado brasileiro, de ascendência inglesa e algum sangue germânico. Jacques planejou a construção com influências de suas origens, mais os conceitos que aprendeu nos livros e outros tantos que assimilou em viagens. A frente do castelo era mourisca e os fundos, góticos. A torre de quatro andares erguida à esquerda da entrada principal era uma homenagem à história da arquitetura, por conter detalhes barrocos, renascentistas, islâmicos e medievais. Havia uma ala Tudor erguida em memória da avó materna de Jacques e um jardim de inverno espanhol projetado entre suspiros — ele não conseguia esquecer Mercedes, seu primeiro e único amor. Quando foi projetar um segundo prédio na ponta esquerda do terreno o arquiteto sofreu um bloqueio. Passou três noites sobre a prancheta sem conseguir elaborar ornamentos, imaginando apenas paredes e janelas de linhas retas. Por fim desistiu, esboçando um prédio desprovido de adornos. Essa parte da construção ficou conhecida como "a casa simples", e, só depois de vinte anos, quando novos conceitos foram admitidos pelos cânones, o prédio passou a ser definido como "um belíssimo exemplo de art déco". Faltou apenas uma cúpula em formato de cebola, que estava no projeto mas não foi construída porque as vozes de Brigitta acharam que o prédio sentiria calor se coberto por uma abóbada.

O castelo abrigava uma despensa com embutidos e uma adega com vinhos europeus. O piso do salão era de mármore Carrara e as portas talhadas em jacarandá. O escritório de Johan ficava ao lado da sala de jantar, com uma longa mesa de imbuia, cadeira revestida de couro e estantes de livros com edições estrangeiras e nacionais. A sala de estar foi decorada com móveis de treliça, um piano de cauda e o relógio cuco trazido de Estocolmo. As vozes de Brigitta mandaram construir dois banheiros, um em cada andar. O quarto do casal abria para um pátio adornado por azulejos portugueses com flores azuis pintadas à mão. O poço do quintal ficava de frente para a horta, o galinheiro foi projetado junto ao muro dos fundos e a casa simples na extremidade abrigava os quartos dos empregados. Entre as duas construções do terreno havia um gramado salpicado de coqueiros. Johan mandou o alfaiate cortar suas calças pela metade e despachava de bermudas durante o verão. Rondou os pescadores da vila até ser convidado para o mar, insistiu nas viagens de barco até superar enjoos. Aprendeu a usar o arpão e a mergulhar mal batendo os pés, para não assustar os badejos e as garoupas escondidos sob as pedras. Voltava para casa com peixes que não cabiam no forno, Brigitta cortava o animal pelo meio e cozinhava a cabeça ou o rabo. As refeições melhoraram consideravelmente depois de contratarem uma cozinheira chamada Tiana, especialista em moquecas, pirão e ensopado. Nos três anos seguintes nasceram os filhos do casal, Axel, Vigo e Nils.

Agora que era pai, marido e dono de um castelo, Johan dava as risadas que d. Heidi queria. De vez em quando se espalhava na rede feita sob encomenda, tomava uma água de coco e achava graça da vida. Jamais pensou que só seria feliz num lugar tão diferente.

Quando ainda era possível perguntar aos velhos como eram os tempos de então, eles falariam desse homem que ficava na ponta dos pés para cumprimentar moradores das janelas do segundo andar. Que encostava a testa nos paios pendurados no armazém e fazia bisnagas se parecerem com pão francês ao andar com uma sob o braço. Um homem de voz cavernosa, que, quando se irritava com as obras no castelo e gritava "A murrrro está torrrto!", fazia tijolos e azulejos tremerem, enquanto pedreiros soltavam o que tinham nas mãos para tapar os ouvidos. O grito, diriam os velhos, se alastrava no bairro e chegava até as margens da lagoa, onde socós assustados fugiam em revoada.

Mas não havia consenso. Outra velha interromperia os pontos de tricô para dizer que não foi assim, que o fantástico na memória de seus contemporâneos é causado por miragens do passado e derrapagens da razão. O homem era alto mas nem tanto, de acordo com sua mãe que morava perto e conhecia a todos. "Mãezinha, diga a eles a verdade", ela pedirá à enfermeira. E, porque é preciso acreditar, vão ignorar esta velha e considerar este outro, comendo gelatina e afirmando que sua história não foi ouvida de alguém que ouviu de alguém que ouviu de alguém, mas da sua própria tia, moradora do segundo andar de um sobrado e receptora dos cumprimentos de Johan. Essa tia era mais para gorda que para magra, com pernas maciças, nariz adunco, bochechas fartas, cabelos ralos e se chamava Mariana Leocádia Carolina da Silva. Uma santa mulher que nunca comeu carne às sextas-feiras e que comprovadamente existiu. "Pertenceu a ela o terço que levo comigo", dirá o velho com uma espuma se formando no canto da boca pelo esforço do relato, enquanto abre com mão trêmula a gaveta onde está um terço.

O que se pode dizer é que houve um Johan, um castelo e uma mulher de cabelos louros. Que depois vieram três meninos, e que os meninos deixariam a Ipanema de sua infância, cada um a seu modo.

Com a mudança para Ipanema Brigitta se tranquilizou. Todas as tardes passeava na praia com o vestido arregaçado na altura dos joelhos. Sentava-se em frente ao mar com os pés afundados na areia molhada, aplaudia o pôr do sol. Ainda sussurrava pelos cantos, mas as vozes deixaram na Europa muito de seu rigor. Nunca mais mandaram contar seus passos das nove ao meio-dia, nem demandavam quarenta e duas mastigadas para os pratos de carne ou vinte e sete para os de vegetais. Só de vez em quando exigiam atenção.

— Eu sei, eu sei! Já pedi para Naná dobrar as camisas pelo avesso — Brigitta dizia, com as mãos enterradas no cabelo.

A velhice amoleceu Johan, que já não conseguia suportar

por muito tempo os desatinos da mulher. Nessas horas ele deixava o castelinho e ia caminhar na praia. Chegava na ponta direita, dava meia-volta e seguia até a ponta esquerda, onde se sentava nas pedras de frente para o mar. As ondas vinham de longe e batiam rente a seus pés, Johan olhava a água se transformar em espuma até esquecer os motivos de estar ali. Voltava para casa e encontrava Brigitta no hall:

— Disseram-me que aquelas pedras se alimentam de homens.

Johan aproximava-se da mulher e fazia um carinho em seu rosto, dava-lhe a mão e a guiava até o quarto. Penteava os cabelos revoltos, deitavam-se abraçados.

Brigitta em agonia, evocando santos em sueco. Axel, Vigo ou Nils sentados sobre o tampo da privada com uma das pernas levantadas. Sangra o joelho, canela ou calcanhar, por causa de briga, corrida ou tombo. Brigitta pega no gabinete a gaze, o iodo e o esparadrapo, limpa e cobre as feridas com zelo. Mas as unhas que se levantam depois de uma partida de pelada, estas ela não consegue. Sob o machucado está a carne branca, amarela ou vermelha, numa cor elaborada apenas por sua imaginação. Ela tem os olhos fechados e agora dispensa os santos em nome dos palavrões em sueco. *"Shroshrershfitkuk"*, os meninos escutam. Tateia o vidro de iodo e faz o curativo sem ver. Mais de uma vez ela abre os olhos para ver o dedo errado na gaze. *"Shroshrersh, Shroshrersh!"* Tateia de novo no escuro, abre os olhos e tranquiliza-se com a gaze posta. Volta a evocar santos, faz os meninos prometerem que será a última vez.

Aos oito anos Axel despencou do Cantagalo e quebrou um braço. Gritou do morro até a casa, encontrou Brigitta no portão e os dois gritaram da casa ao hospital. Logo depois Vigo se feriu com uma arraia e passou a semana de cama ouvindo *Shroshrershs* de Brigitta, agora para os peixes mortíferos que infestavam os mares dos trópicos. No mês seguinte Nils foi pego roubando as mangas do vizinho, subiu o muro correndo e um prego lhe abriu a testa. Chegou em casa com tanto sangue que Brigitta pensou ser uma aparição: seu filho tinha morrido, aquela era a alma dando o recado.

Nils levou doze pontos e considerou o percurso do hospital para casa como período de recuperação. Já de tarde estava de volta ao quintal do vizinho, mas dessa vez não conseguiu fugir ao primeiro "pega ladrão!". Os olhos turvaram, as pernas perderam forças e ele caiu como um saco vazio. Acordou na cama com uma febre de quarenta e dois graus, querendo saber onde era a passagem secreta para o Reino das Coisas Que Não Mudam. "Diga-me lá, ó rainha do castelo, onde fica a passagem?", ele delirava, enquanto Brigitta trocava o pano frio na testa do filho dizendo que ela também procurava.

Em todas as vezes Johan era o único a não ter as mãos na cabeça, e sim no volante do carro, no prontuário do hospital e no cumprimento aos médicos. "Tudo vai ficar bem", ele dizia, e nessas horas parecia ser ele o dono das vozes.

E tudo ficou bem por aqueles breves tempos. Os verões chegavam, os verões partiam, e mais moradores apareceram em Ipanema. Surgiram praça, igreja, mercearia, vendedores de porta em porta, e mesmo uma fila para conferir o resultado do jogo do bicho com o cambista da esquina. Até as tempestades de vento sudoeste pareciam perfeitas. Serviam para dar saudades do antes e ansiar pelo depois.

Naqueles tempos máquinas fotográficas eram esparsas e filmadoras coisa que só os outros tinham, de modo que as tempestades podiam adquirir qualquer tamanho nas ondas gigantes e na lembrança das pessoas. Diziam que o mar engolia casas, que o vento levava carroças e que a chuva só parava depois de fazer a lagoa transbordar. Que os raios derrubavam árvores, árvores derrubavam muros e a noite chegava ao meio-dia. A luz era cortada e os moradores passavam a tarde em torno de velas, inventando assuntos para abafar os barulhos de fora. Ipanema se transformava num bairro fantasma, com ruas vazias, flashes de raios e janelas batendo contra o peitoril.

Durante as tempestades os meninos protegiam-se embaixo da cama e agarravam-se a travesseiros como se à própria vida. Tentavam manter a pose no primeiro trovão, choravam baixinho no segundo e no terceiro gritavam pela mãe. Brigitta aparecia na porta e ouvia as queixas:

— É mesmo assustador, eu também tenho medo.

Corria para baixo da cama e abraçava os meninos, que então chamariam o pai.

As tempestades de vento sudoeste chegavam e partiam sem dar satisfação, como se de repente lembrassem que precisavam afligir outras pessoas em outras praias. A ressaca se transformava em mar liso, as marolas brilhavam sob o sol, os pescadores reparavam redes e barcos. O bonde voltava a passar, o comércio reabria as portas e varria a areia acumulada por dentro. Na manhã seguinte o pão comprado estaria crocante, as carnes do açougue teriam que ser lavadas e as jardas de tecido precisariam ser batidas para se livrar dos grãos trazidos pelo sudoeste. Os moradores de Ipanema devolviam a areia para o mar e continuavam suas vidas, perdoando a natureza pela cólera desnecessária.

Além das tempestades, o que todos se lembravam, e contavam para os filhos, netos e bisnetos, enfermeiras e vizinhos, diários e missivas ou para o teto e as paredes, nos anos solitários de fim de vida, eram as festas. Piqueniques na praia e bailes no castelo, única prova de que não só havia relações do Brasil com a Suécia, como eram positivas. Aquecido pelo clima, queimado pelo sol, relaxado nas bermudas e acostumado às pimentas, Johan considerava ação diplomática gritar da varanda para os vizinhos, chamando-os para uma cerveja ao entardecer. Os bebes eram acompanhados pelos quitutes da cozinheira Tiana, já confusa pela idade. Ela defumava o badejo, misturava dendê com sardinhas, fazia almôndegas de camarão e jurava saber tudo da culinária nórdica, por ter visto Brigitta preparar panquequinhas suecas, e o ingrediente secreto dos nórdicos era a carambola.

Os bailes aconteciam uma vez por mês. Nessas noites a população de Ipanema duplicava. Quem não estava dentro dos carros estava na janela de casa assistindo ao progresso chegar em forma de engarrafamento. O castelo iluminado ganhava uma aura, a música dos salões tomava o quarteirão.

Axel, Vigo e Nils não participavam das festas. Ficavam no alto da escada em seus pijamas, as mãos no joelho, um rosto de tédio. Surpresas só aconteceriam no meio da noite, quando as conversas ficavam mais altas. Foi nessa hora que viram o cônsul da Inglaterra se ajoelhar no jardim para declarar seu amor a uma cabra; que um ministro se debruçou com furor sobre uma russa, sem notar a barba queimada pelas velas de um candelabro; e que encontraram a mulher de um industrial no armário de Brigitta, cheirando inebriada os sapatos enfileirados.

Aquele baile de fim de ano não seria diferente. Do alto da escada os irmãos acompanhavam sem interesse a entrada dos convidados. Um conde, uma condessa, dois diplomatas, alguns barões. Levantaram-se para ir dormir quando a campainha tocou. Viraram o rosto por reflexo, e entenderam o que era sofrimento.

De pé no hall do castelinho, segurando uma bolsa de madrepérola, estava uma jovem de negros cabelos curtos e lábios vermelhos — tão vermelhos que os meninos notaram pela primeira vez o que era uma boca. Os seios emoldurados pelo decote precisaram ser contemplados por muito tempo, para terem certeza de que eram verdadeiros. O vestido rosa com flores na barra despertava enigmas — era tão simples e incomodava tanto que devia ser algo além de vestido. Os olhos inquietos percorreram o salão, avistaram os três irmãos no alto da escada e se mantiveram ali tempo suficiente para fazer o peito dos meninos disparar e entristecer.

Depois ela virou o rosto. "Muito prazer, meu nome é Laura", disse com impaciência aos convidados que se colocavam na frente de tudo o que ela queria ver. Havia boás e bandejas, danças e conversas, dedos longos brincando com pulseiras, piteiras, rapé. Passou o resto do baile olhando para tudo que não fossem meninos em alto de escadas, porque sabia que os meninos no alto da escada estariam olhando para seus olhos.

Uma semana depois ela apareceu em um dos piqueniques na praia. Usava um vestido branco bastante propício aos sonhos e mordia uma maçã de um jeito inédito para os irmãos. Os meninos ganharam muitos anos em poucas horas, mostrando-se comedidos diante da nova amiga. Brigitta estranhou. Ninguém botou o pé com areia na toalha ou voltou de um mergulho molhando os demais. Seus filhos permaneceram secos e penteados, o que ela sempre desejou como etiqueta de convescotes, mas que agora lhe parecia tão fora de lugar quanto a demora de Laura em acabar com a maçã.

No mês seguinte, Álvaro Alvim, pai de Laura, mudou-se com a família para um casarão na quadra seguinte à do castelinho.

— Enfim um médico! Era o que Ipanema precisava — Johan disse satisfeito durante o jantar em que ninguém sorriu.

A mudança dos Alvim para Ipanema marcou o fim dos tempos inocentes do bairro. O início dos novos se deu na manhã em que Laura abriu pela primeira vez a janela de seu quarto. Deslumbrou-se com as cores do dia e fingiu surpresa ao ver os três irmãos na torre do castelo. Acenou para eles e fechou depressa a janela.

A partir de então os irmãos estariam na torre todas as manhãs esperando a janela de Laura se abrir. Os acenos doíam mais que tudo, o que não fazia sentido. Não acenar doeria ainda mais.

Foi o começo de um ano muito ruim. Em fevereiro as vozes de Brigitta disseram que sabiam de alguma coisa, mas não era nada, ou talvez fosse, talvez não fosse.

— Vocês estão escondendo algo de mim, eu sei que estão! — ela disse, com as mãos enterradas nos cabelos.

Era a terceira noite que passava em claro entre murmúrios consigo mesma. Johan dormia e acordava com a mulher enlouquecida: "Digam agora, eu exijo. O quê? Foi muito baixinho, eu não escutei".

Depois de cinco dias Johan chegou ao seu limite. Pegou o chapéu, bateu o portão e foi caminhar na praia. Ainda na areia ouvia a mulher.

— Por que não vão me dizer? Eu quero, eu *preciso* saber o que é!

A tempestade de vento sudoeste chegou em seguida. A chuva de pingos grossos se transformou em enxurrada, as ondas triplicaram de tamanho. A eletricidade foi cortada, portas e janelas se fecharam. Ipanema se tornou abandonada por fora e angustiada por dentro.

No castelinho sob a cama de casal estavam Brigitta, os filhos e as vozes.

— Mas como não vão dizer? Eu fiz tanto por vocês!

Talvez tenha sido por lealdade a Brigitta. Ou porque as vozes sentiram-se agoniadas embaixo da cama lotada. Pouco depois do início da tempestade elas revelaram o que sabiam desde a semana anterior.

— Hoje é o dia em que Johan será engolido pelas pedras do Arpoador.

Brigitta desvencilhou-se dos filhos e conteve o grito até sair do quarto. Os meninos abraçaram-se uns aos outros, sentindo-se ainda menores. Ela desceu as escadas tateando as paredes e se dirigiu até a entrada do castelo. Abriu a porta para receber no rosto a mistura de vento, chuva, areia e mar. Protegeu o rosto com os braços e seguiu adiante enquanto chamava pelo marido sem conseguir ouvir os próprios gritos. Superou um raio que caiu a poucos metros e uma onda gigantesca que bateu rente aos seus pés, mas não o desespero de já saber o que tinha acontecido. Caiu exausta e entregou-se à chuva. A areia cobria seu corpo lentamente, como um carinho. Perderia os sentidos em breve, e se não acordasse não acharia ruim.

Foi encontrada no dia seguinte a poucos metros do castelo. "Johan, Johan!", foi o primeiro que disse. "Johan, Johan!", foi o que disse depois. Mas nem seus apelos nem as buscas dos pescadores fizeram o cônsul aparecer. "Johan, Johan!", ela insistia. O chamado atravessava os corredores do castelo, ecoava nas paredes brancas e voltava para quebrar no coração dos meninos.

A morte de Johan deixou o bairro em silêncio. Quem passava pelo castelo baixava o rosto sem perceber, e até o bonde quando chegava parecia gemer de mansinho. Foi organizado um velório simbólico no salão de bailes. Os jornais noticiaram o fato e novamente as ruas ficaram engarrafadas. A fila para dar os pêsames a Brigitta dobrava o quarteirão. Havia ministros de Estado e pescadores, diplomatas e operários. Gente contando casos de pescarias, relembrando bailes, dizendo: "Johan pagou meus remédios, emprestou-me uns livros, ensinou-me xadrez, acertou minha dívida no armazém".

O castelinho, que até então resplandecia, tornou-se uma construção macabra, com urubus nunca antes notados voando em torno da torre. O mofo subiu pelos muros, a maresia corroeu os arabescos do portão. Os salões se tornaram úmidos, as trancas das janelas apodreceram e os azulejos descolaram-se das paredes, caindo em corredores de madeira que agora rangiam. As vozes de Brigitta emudeceram. Agora era ela quem falava, muito certa de suas palavras:

— Ninguém pode varrer a casa, é preciso manter nos cômodos a essência do meu marido.

O sudoeste, que deu para bater forte durante o ano infeliz, levou para dentro toda a areia que pôde. Formaram-se montes tão altos que os três irmãos não precisavam mais ir à praia para fazer muralhas. Nils se perdia por trás de um morro e gritava por Axel, que levantava a mão por trás de outra elevação, enquanto Vigo escalava a areia para sentar-se lá em cima com o queixo apoiado nas mãos, pela primeira vez sem saber o que fazer. Não tinham mais vontade de caçar caranguejos ou de procurar por piratas, e só de vez em quando olhavam para a casa do quarteirão seguinte, onde no quarto de janelas fechadas estaria Laura Alvim.

Para Brigitta os arroubos do sudoeste foram bem-vindos. Passava seus dias com as pernas enterradas na areia, desejando ventos ainda mais fortes para enterrar o tronco, ombros e rosto. Mas depois de algumas semanas teve que cancelar o processo de enterro. Tiana batia na porta e perguntava com a mão na cintura:

— Quando é que sinhá Brigitta vai acertar a conta do açougueiro?

Da última vez que Tiana comprou carne foi porque pediu emprestado ao padeiro, e por mais que o padeiro gostasse dos Jansson era preciso devolver o dinheiro da carne e encontrar mais algum para o pão.

Brigitta venceu montes de areia para chegar ao escritório do marido. Abriu as gavetas da escrivaninha e soprou a areia dos papéis. Os parágrafos eram intransponíveis, ela concluiu. Fechou as gavetas e voltou para o quarto. No dia seguinte o castelo foi posto à venda.

* * *

E assim terminou o Reino Sueco de Ipanema, com suas histórias às vezes fantásticas, testemunhadas apenas pelos que já morreram. Com tempestades horrendas, castelo, bailes e piqueniques, infâncias idílicas, primeiros amores. Quando ainda era possível lembrar, esses tempos renasciam perfeitos e breves. Anos inteiros se resumiam ao sorriso de uma jovem de vestido cor-de-rosa em um baile de fim de ano, à imagem do bonde vindo do centro quase sem passageiros, a uma caminhada na praia deserta com os pés na areia branca, a onda trazendo tatuís em ebulição. À imagem depois inconcebível de uma vila de pescadores, chácaras com pitangueiras, terrenos baldios e mansões de frente para a praia, que traziam na imponência da arquitetura a ilusão de que seriam eternas.

O castelinho ganhou nova função. Ele não tinha sido feito apenas para inaugurar o bairro, mas para manter uma viúva e seus três filhos pelas décadas seguintes. O valor dos salões, com lustres de cristal, pisos de Carrara e portas de jacarandá, serviu para comprar a casa de vila na rua Prudente de Morais para onde a família se mudou. O valor dos quartos foi utilizado para pagar as mensalidades do colégio. A torre pagou o salário de Tiana, e quando ela começou a misturar camarões com açúcar mascavo serviu para pagar-lhe um asilo. O prédio simples foi diluído em milhares de refeições, compostas a princípio de pratos com carne e variações de macarrão no final. O terreno foi usado para pagar o contador e os juros e as multas dos roubos do contador, muito bem calculados nos anos sem patriarca.

Só depois da venda é que a areia do castelo foi retirada. Cinco homens trabalharam por dois dias, carregando baldes e enchendo vinte vezes a caçamba de um caminhão. Brigitta acompanhou o processo, comovendo quem visse a cena. Pegava um montinho e acariciava os grãos, trazia as mãos para perto da boca, sussurrava. Chegou a gritar com um carregador que deixou cair um balde.

— Trate bem dessa areia, que meu marido está neste monte.

O volume foi devolvido à praia, dando origem às primeiras dunas de Ipanema. Dizem que, por muito tempo, quando o vento batia nas dunas, era possível ouvir um homem sussurrando em uma língua estranha.

Depois da grande tempestade Brigitta se transformou. Deu para usar um novo penteado, um que nunca mais precisou de escova. O volume dos fios era o mesmo para baixo e para os lados. Seu guarda-roupa também mudou, e só então ela entendeu por que tinha comprado vestidos que nunca pôs, todos largos e roxos. Era para usá-los durante o período de luto. Também entendeu por que comprou tantos. Era porque o luto duraria o resto de sua vida.

Três

Laura Alvim nunca preencheu todas as folgas de um vestido ou transbordou de um decote. Tinha mãos pequenas e pulsos frágeis; pés de criança e coxas que precisavam de enxerto. Era o físico de quem passa sem ser notada, o que o pai entendia como dádiva. Álvaro Alvim era um brasileiro por demais ocupado para ter que se afligir com uma filha voluptuosa. Praticava medicina, era pesquisador e gostava de filantropia. Desde muito cedo se impôs o máximo de responsabilidades, e há indícios de que só tenha sorrido em duas fases na vida — quando a mãe lhe fazia carinhos no berço e quando teve que agradar o futuro sogro, um cartunista que desenhava para se sentir amado.

— Excelente caricatura! — Álvaro dizia, para depois admirar o que realmente importava: as pintas que desciam pelo decote de sua noiva.

Álvaro ganhou a noiva e não sorriu para a foto de casamento. Conferiu brevemente as pintas sob o decote, engravidou a mulher durante tais ocasiões e considerou realizada essa etapa da vida. Deixou casa e filhos aos cuidados da esposa e afundou-se no desafio seguinte: contribuir para o avanço da medicina no Brasil. Muito em breve descobriria que esse não era um desafio, mas um poço sem fundo, uma tarefa eterna, que o faria trabalhar pelo resto da vida e mesmo assim continuaria inconclusa.

Com Álvaro imerso em casa nos livros ou entretido no hospital com pacientes (para cada doente curado, outros três apareciam), coube à esposa o papel de pai e mãe dos Alvim. Ela vinha de uma família de cartunistas, pintores e músicos, e, embora só conseguisse desenhar casinha e céu estrelado, tinha a esperança de ver nos filhos os dons dos antepassados.

Proporcionou a Laura e aos irmãos aulas das mais variadas expressões artísticas. Os três aprenderam aquarela, piano e canto. Filosofia, violino e cerâmica. Literatura, balé e caligrafia chinesa, que a mãe não sabia exatamente para que servia, mas achava linda e era ensinada por um senhor que diziam ter sido tutor de um imperador chinês. A casa dos Alvim era marcada por um entra e sai tão constante que depois de um tempo foi melhor deixar a porta da frente encostada. Os professores ganharam intimidade e perderam a pressa de ir embora. Ficavam pela sala tocando instrumentos, recitando poemas, ensaiando passos.

De vez em quando Álvaro saía do escritório junto ao jardim de inverno para conferir os avanços dos filhos ou pedir que o tenor baixasse a voz durante as cenas mais trágicas da *Traviata*. Balançava a cabeça, aprovando a marchinha que Laura tocava ao piano e aplaudia o recital em francês do primogênito. Disfarçava o rosto confuso diante dos quadros da filha do meio, que precisaria ter nascido quarenta anos depois para ser considerada vanguarda.

— É a praia, papai.

— Que praia, minha filha?

— A praia.

— Depois dos losangos verdes?

— *Nos* losangos verdes.

Laura gostava da casa movimentada e dos muitos tutores como quem gosta de dias nublados. Para ela tanto fazia aprender a ler partitura, recitar versos ou pintar letras. Tudo mudou no dia em que completou catorze anos e foi ao teatro pela primeira vez. Era uma peça em um dos maiores teatros da cidade, o Lírico. Uma construção com portas em arco e interior revestido por espelhos, onde 1400 pessoas aguardavam a subida das cortinas de veludo vermelho. Havia mulheres com leques e outras de binóculo, um jovem negro de fraque vendendo amendoim, homens alongando pescoços por trás de chapéus com plumas. Foi o que ela percebeu antes do início da peça. Quando as cortinas se levantaram tudo desapareceu. Para Laura só havia o palco, iluminado, imenso e onipresente, onde uma atriz caminhava soberana e falava diretamente a ela.

Como explicar o desejo de sofrer como a heroína? O êxtase sentido no fim da peça, quando as luzes se acenderam e se multiplicaram pelas paredes de espelho? Como explicar a energia que vinha dos aplausos e pairava no ar, a catarse nos gritos de urra? *Fácil*, pensava Laura aplaudindo de pé, com tanta força que as palmas das mãos se esquentaram. Difícil era explicar como viveu tanto tempo sem o teatro.

O trajeto de volta para casa foi feito em silêncio. Os lampiões a gás iluminavam o caminho, o Ford do pai seguia por ruas sem carros. Um bêbado gritou algo que ela não ouviu, o pai esbravejou frases que não escutou. Laura permaneceu imóvel com a cabeça apoiada no vidro até chegar às ruas de terra de Ipanema.

Álvaro Alvim atribuiu o silêncio da filha à prova do vinho que lhe ofereceu no intervalo. *Pobre criança*, pensou. Que emoções não terá sentido esta noite. O primeiro gole de vinho, as primeiras joias que usou. O primeiro vestido longo e sapatinhos de salto. Não sabia que nada disso importava, que Laura não estava emocionada com o que tinha vivido naquela noite, mas com as tantas vidas que poderia ter se fosse uma atriz.

Na semana seguinte ela pediu à mãe para irem à Livraria Garnier, no centro. Passou rente à estante com romances para moças sentindo-se indignada e traída. Quanto tempo tinha perdido lendo histórias açucaradas que só produziam suspiros de tédio. Precisava das grandes tragédias e comédias, e queria tantas que seu corpo arqueou ao levar para o caixa uma pilha com mais de dez livros.

A mãe refletiu sobre a compra, mas não muito. Que mal havia em ter uma filha leitora? Estava educando-a da forma correta, tornando-a interessante e interessada.

Não sentiu o mesmo logo depois, quando caminhavam pela rua do Ouvidor e a menina estancou diante de uma vitrine. Um xale vermelho com franjas douradas cobria a parede do fundo. Era tão intenso que os lencinhos e camisas expostos na frente se tornavam insignificantes. Laura permaneceu imóvel e estasiada, alheia aos passantes que franziam o cenho ao se desviar. Virou-se suplicante para a mãe.

— De jeito nenhum — ouviu de volta.

Laura insistiu com pulinhos e mãos em prece, a mãe negou repetindo *jamais*. Não era um acessório para mocinhas. O xale só combinava com fundos de vitrine e ombros de madames da Lapa. Se chegassem em casa com a peça Álvaro dobraria as rugas da testa e falaria de perda de razão, costumes diluídos, morais dúbias e tempos que foram melhores. Mas a filha ali, insistindo com uma vontade que ela conhecia, e que lhe foi tolhida durante a adolescência, fez com que os jamais diminuíssem e o dedo em riste amolecesse, até a mãe dizer que poderiam entrar na loja, *só para dar uma olhadinha*. Moço, por favor, nos mostre este xale, minha filha, pensarei no assunto, ficou mesmo lindo em seus ombros, ai, Laura, cuidado com as caixas, pare já de rodopiar, mas que charme cruzá-lo assim, quantas caretas, não me faça rir, moço, por favor, quanto custa? Se eu comprar, Laura, você vai prometer nunca mostrar a seu pai.

A partir de então as encenações se tornaram frequentes. No quarto de Laura havia sempre alguma heroína envolta em vermelho, lutando, amando ou morrendo. De seu cavalete a irmã pedia que ela falasse mais baixo; do banco em que lia poemas o irmão reclamava. Álvaro saía do escritório impaciente, e quando batia no quarto de Laura o xale sumia, o travesseiro da filha ficava mais gordo. "Dê um grito mais educado", pedia. Na sala de costura a mãe dava outro ponto no bordado, sorrindo. Talvez Laura tivesse talento, talvez só lhe faltasse um ensino formal.

Às quatro horas e quinze da terça-feira da semana seguinte, Pietra di Santini chegou à casa dos Alvim. Era para a campainha soar às quatro, e desde as três e cinquenta que Laura e a mãe batiam o pé ansiosas na sala. Mas Pietra tinha problemas com os ponteiros. Marcava um compromisso e dizia: "Sairei às três e dez". Vestia-se, penteava-se, colocava os sapatos e pegava a bolsa. Então algo acontecia com ela, com o relógio, com o mistério dos tempos que passam, e Pietra se descobria incapaz de sair. Fechava janelas, varria a sala, massageava a perna ruim. Batia na porta da vizinha para avisar que à noite fritaria sardinhas: "A senhora não gosta do cheiro, mas o doutor prescreveu. E a tosse do seu filho, melhorou?". De repente já eram três e meia, hora de sair atrasada, e lá ia Pietra esbaforida a caminho de seu compromisso.

Pietra chegou ofegante à casa dos Alvim. Estranhou a porta encostada, mas foi assegurada pelo calígrafo chinês de que poderia entrar. Mancou aflita no hall, até se deparar com mãe e filha sisudas. Transformou sua aflição num sorriso amplo que ofuscou as caras ruins.

Tinha sido a grande atriz de seu tempo. Era adorada por homens de binóculo que afinavam os bigodes ao vê-la representar. "Pietra...", eles diziam, transformando o nome em uma declaração de amor. Segundo invejosos e admiradores, ela passou os anos de juventude entre homens extasiados, elogios de jornais, mais flores que vasos na casa e champanhe três vezes ao dia. Mas Pietra não via assim. Para ela o melhor da vida foi passado como Julieta, morrendo fiel a Romeu; Marguerite, deixando a vida envolta em camélias; ou Joana, vencendo batalhas e se tornando mártir (ela morreu muito durante a carreira).

Os tempos de opulência terminaram de forma brusca. Pietra saiu do palco depois de uma fala, ouviu a deixa para voltar e, opa, como estas cordas apareceram aqui, se há dois minutos não estavam? Foi uma queda estrondosa, que deixou os atores mudos e a plateia em pânico — aquele barulho não era coisa boa. Depois de alguns segundos Pietra gritou. Um grito profundo, gerado por todas as heroínas que ela havia representado e que temiam, ou sabiam, que depois da queda ficariam para sempre presas no peito da atriz.

Na apresentação seguinte foi substituída por uma colega mais jovem. Uma loura versada no manejo de cordas de coxia e adepta da teoria da seleção natural. Para ela as mais bonitas, mais novas e menos mancas é que deveriam encenar os papéis principais.

Pietra trocou o sobrado que alugava em Laranjeiras por um quarto e sala na Glória. Abarrotou o lugar com sofás de veludo, copos de cristal e uma cacatua que recitava *Macbeth*. Passou a década seguinte frequentando os palacetes do Rio para iniciar as mocinhas da sociedade nos fundamentos do teatro. O dinheiro não era muito, o suficiente para pagar as contas. E havia as lembranças, suficientes para seguir vivendo.

Assim que pôs os olhos em Laura Alvim, Pietra pensou ter encontrado uma sucessora. Havia anos buscava uma, mas suas alunas, as tais mocinhas da sociedade, só sabiam representar mocinhas da sociedade. Iam ao teatro, achavam lindo e pediam: "Papai me compre". Pietra era contratada para a transação. Chegava à casa dos clientes com tragédias e comédias, exercícios de corpo e de fala. Mas ao fim de algumas semanas as mocinhas descobriam que o teatro era como um vestido largo, grande demais para entrar em suas vidas. Cancelavam as aulas, e Pietra voltava a atrasar o aluguel do apartamento.

A impressão durou o único segundo em que Laura lançou à professora um olhar indignado pelo atraso. Depois a menina afundou o queixo no peito e guiou Pietra até seu quarto de menina rica — cama laqueada e colcha de cetim, bonecas de porcelana e urso de pelúcia, criado-mudo e guarda-roupa com espelho. De frente para a cama estava o palco improvisado, uma parede emoldurada por dois cortinados de filó. Ao lado do palco, duas cadeiras de palhinha. Uma estante à direita da cama continha dezenas de livros de teatro, clássicos e contemporâneos em sofisticadas edições de capa dura e letras douradas.

Pietra lembrou-se dos livros amarelados que trazia na bolsa, lidos tantas vezes e por tantos anos que era preciso folheá-los com cuidado para não rasgar as páginas finas. Sentiu inveja da menina do palco de filó. Deu um passo e a perna doeu, a inveja se transformou em raiva. Virou o rosto e a raiva se transformou num sorriso.

— O que você tem estudado?

— *Medeia* — disse Laura, numa voz que parecia um pensamento.

Pietra voltou o rosto para a estante. Grande atriz que nada, era uma aluna como outra qualquer. Um besourinho de menina, ainda tem que aprender a falar. Abriu o livro com a peça de Eurípides, sentiu o cheiro de tinta fresca, trincou os dentes. Virou-se com um sorriso, entregou o livro para Laura.

— Comecemos então com *Medeia*.

Arrastou uma das cadeiras para a frente do palco, sentou-se de braços cruzados. Laura centralizou a outra cadeira entre os cortinados de filó e enroscou-se no xale vermelho. Tirou a mão por uma das bordas, abriu o livro e começou a ler. O quarto foi tomado por um som monocórdio semelhante ao das missas e, embora o texto não fosse de homilia, era de ouvir homilia a reação da plateia.

Pietra disfarçou um bocejo. Olhou o quarto, deteve-se na janela de frente para o mar. Pensou brevemente na presença do xale vermelho. Que personalidade, que força, que movimentos. Depois retomou os planos de fritar sardinhas e de convencer a vizinha a levar o filho ao médico, a tosse do menino estava esquisita. Em seguida foi para os palcos do mundo, Roma, Londres, Paris, Rio de Janeiro. Rio de Janeiro, este lugar que confundiu seus sentidos e a fez ficar, talvez por causa daquela atriz, dos morros que se misturavam com casas ou da existência do suco de caju. Por que será que fiquei, ela se perguntava, para responder sorrindo o que já sabia.

Tinha ficado por causa do Teatro Lírico. Porque, desde a noite de estreia, entendeu que aquele palco, cortinas e plateia lhe pertenciam. Era a casa que procurava quando fugiu da família aos doze anos, quando mudava a cada seis meses de companhia de teatro. Quando frequentava a cama de duques e duquesas, barões e baronesas, em tantas cidades e países que todas as experiências se embaralharam numa única memória — grossas cortinas cobrindo longas janelas, camas com dossel, lençóis manchados de vinho, um gato angorá no tapete. Era uma casa o que Pietra queria, "Será que vai ser aqui?", ela se perguntava toda vez que o navio chegava a um novo porto. Não imaginou que seria no Rio de Janeiro, lugar imundo e primitivo, deselegante e miserável. Abanou-se tanto nos primeiros dias que os tendões do pulso inflamaram. "É imperdoável", reclamou ao diretor da companhia. O gerente do hotel propôs arranjar-lhe uma negrinha. A escravidão tinha acabado havia pouco e elas andavam soltas pela rua, trabalhavam quase de graça. Pietra agradeceu, mas recusou — "dos meus abanos cuido eu". Teve que moderar o uso do leque, e no dia em que foi conhecer o Teatro Lírico encontrava-se no mais alto grau de mau humor das musas — o mundo tinha que se adaptar a ela e não ela ao mundo, "Exijo o fim imediato do verão".

Assim que pisou no palco tudo mudou. Os cheiros, os rangidos, o contato de suas mãos com as paredes eram diferentes de tudo o que já havia sentido, e no entanto pareciam tão seus. Pietra já não transpirava, convicta de que seus desejos se tornariam realidade entre as paredes daquele teatro. Subiu ao palco, declamou trechos da *Ilíada*. Sua voz ecoou com tanta pureza que o resto da companhia parou para escutar, o diretor com o charuto pendendo da boca aberta, a cinza caindo no chão. Os aplausos que recebeu na estreia a convenceram a ficar. Ela sabia que aplausos são como idiomas, mudam de acordo com o lugar. Os do Rio eram simples e intensos, sinceros, um tanto bruscos, e todos seus.

O besourinho de menina terminou de falar. Chamou por Pietra, que permanecia com o rosto virado para a janela. Laura olhou pela janela, tentando ver o que a outra via. Viu apenas mar, chamou novamente a professora. Dessa vez Pietra virou o rosto num segundo, deparando-se com o xale vermelho e um cocuruto negro. Laura estava de novo curvada sobre o livro.

— Muito bem, ficou tudo muito bem — disse. Leram juntas outras passagens, com Laura encolhida e Pietra saudosa.

Nas semanas seguintes Pietra chegava atrasada e esbaforida, diluía as trombas da mãe e da filha com um sorriso. Professora e aluna subiam para o quarto, uma cadeira se punha entre os cortinados, a outra na frente do palco. Laura lia trechos de *Medeia* sem pensar em Medeia, Pietra ouvia sem pensar em Laura. Disfarçava a virada de rosto e perdia-se no mar.

Eram tantas as lembranças. O dialeto da negra de corpo longilíneo em um baile de máscaras. Os versos da poeta que havia partido, a canção de vitória dos comandantes, os chapéus. O lenço bordado com iniciais que não eram suas, a pilha de jornais descrevendo estreias na estante que aliás precisava limpar. *Vai que dá traça e os jornais se perdem. A vizinha disse pra passar terebintina, e por falar em vizinha eu avisei que o menino ia morrer. Disse pra ela cuidar da tosse, mas d. Isidra não fez caso, olha só no que deu. Agora passa o dia chorando, nem cuida das outras crianças. Daqui a pouco morre outro.*

— Pietra!

Pietra virou o rosto assustada, encontrou o rosto assustado de Laura. Era a terceira vez que chamava a professora.

— Muito bem, ficou tudo muito bem — disse. — Vamos ler juntas a próxima passagem.

Laura voltou a sumir dentro do xale. Quando ousava levantar os olhos não via uma senhora de cabelos grisalhos e braços repousando na barriga flácida, vestido fora de moda e olhos perdidos no mar. Laura via a grande dama do teatro brasileiro, e na frente dela não podia errar. Pensando em não errar ela não acertava, mal se mexia, não respirava. Seus medos esmagaram o que aprendeu nos ensaios solitários, ela jamais estaria à altura de Pietra di Santini.

Foi quando chegou a primavera, com seus dias de chuva constante. A pior época do ano para Pietra. A umidade encontrava meios de se entranhar nos ossos, a perna doía muito mais. No meio da noite ela acordava com o fêmur latejando, chorava e massageava a coxa. Os lamentos eram abafados por algum toró, as gotas grossas batendo no telhado substituindo a garoa fina.

Na primeira terça-feira de chuva incessante Pietra chegou ainda mais atrasada à casa dos Alvim. Mancava o dobro e tinha o rosto tão azedo que dessa vez não foi ela a desfazer as trombas de

Laura e sua mãe. As trombas acharam melhor se transformar em sorrisos que talvez trouxessem de volta o riso de Pietra. Não adiantou. A professora encostou o guarda-chuva num canto e subiu as escadas comprimindo os lábios. Chuva, escadas, ossos sensíveis como nervos, besourinho de menina. Não era um dia bom. Sentaram-se em suas cadeiras. Laura tirou a mão de dentro do xale, folheou o livro e encontrou a passagem em que haviam parado na semana anterior. Prosseguiu com falas vazias.

Pietra não quis olhar a chuva. *Tempo miserável que só serve para me trazer dor.* Passeou os olhos pelo quarto, não encontrou nada interessante, concentrou-se na menina. Uma coisinha curvada sobre o livro, só xale e cocuruto à vista. Bocejou, bateu o pé, sentiu dor, parou de bater o pé. Ouviu Laura e achou graça. Medeia tinha sido abandonada e ela falava do abandono como quem reclama que não apagaram a luz do banheiro.

— Você tem que sentir no peito a raiva da traição — disse Pietra.

Laura levantou o rosto do livro. Baixou os olhos e continuou a leitura.

— Amaldiçoarei também teu novo lar, ó Jasão.

— Eu quero a raiva — insistiu Pietra.

Laura mexeu-se na cadeira.

— Amaldiçoarei também teu novo lar, ó Jasão.

— A raiva!

— Amaldiçoarei também teu novo lar, ó Jasão.

— A r-a-i-v-a — disse Pietra.

Estava a meio palmo de Laura, a respiração batendo nas maçãs do rosto da aluna. Laura não levantou o rosto.

— Amaldiçoarei também teu novo lar, ó Jasão.

Pietra sentou-se impaciente, a cadeira cambaleou. Cruzou os braços sobre a barriga e encarou Laura como se ela fosse uma menina rica e mimada, protegida do mundo em uma mansão de frente para o mar e que nunca saberia nada sobre a vida.

Ora, essa era Laura Alvim. Era também tudo o que Laura Alvim não queria ser. Vendo-se na expressão de Pietra ela se levantou raivosa. Cuspiu mais saliva do que Pietra em suas noites no Lírico, gritou mais impropérios do que se ouviam nos cortiços.

— Amaldiçoarei Também Teu Novo Lar, Ó Jasão — disse Laura, e dessa vez as palavras saíram como lanças.

Medeia espumava de ódio. Tinha sido abandonada por Jasão e agora mataria os filhos para se vingar. Laura saiu do palco e expandiu o peito, deu passos gigantes. Veias apareceram em seu pescoço, o suor tomou-lhe as têmporas. A raiva não se limitava aos seus movimentos com o xale. Transbordaram em gritos tão nefastos que Pietra não sabia se sorria ou comprimia as costas contra a cadeira de palhinha.

O resto da casa silenciou. A irmã de Laura parou com o pincel no ar, um pingo de tinta caiu no chão. O irmão se transformou em estátua, o tenor não fechou a boca, o calígrafo chinês borrou o papel. A mãe de Laura botou a mão no coração, *Que fiz eu com a minha filha, que fiz eu?*

O que ela fez Álvaro desfez no mês seguinte, quando voltou para casa depois de uma temporada de estudos em Paris. Ainda no carro ouviu um grito visceral e se indispôs com a cozinheira, já tinha dito para ela não sacrificar porco em casa. Ouviu um segundo grito e gelou. Era outro de seus filhos que morria. Álvaro já tinha perdido seis para o tifo e por isso optara por viver em Ipanema, um lugar de ares frescos, longe das imundícies da cidade. Mal esperou o motorista estacionar, abriu a porta do carro, entrou em casa correndo, subiu os degraus guiado pelos gritos e entrou no quarto de Laura.

Naquela tarde ela era Antígona. Tinha acabado de perder o irmão e reivindicava enterro digno. Movimentava-se desenvolta com um xale vermelho sobre os ombros, bastante parecido com outro visto por Álvaro num lugar que não vinha ao caso lembrar agora.

A cena era inadmissível. Um cadáver insepulto, uma filha descabelada. Pietra no alto da cadeira fingindo ser rei Creonte. Os cortinados que tinha comprado para o jardineiro e a copeira decorando uma parede, sem proteger ninguém dos mosquitos. Álvaro pigarreou.

— Minha filha, acabe com isto já.

O corpo de Laura congelou de braços abertos, o xale transformado em asas.

— Como assim acabar?

— Agora, acabe já.

Pietra desfez o rosto preocupado de Creonte, sentou-se e arriscou um sorriso.

— Mas, sr. Álvaro, nem chegamos ao ápice da peça. Antígona ainda não enterrou o irmão.

— Não enterrou nem vai enterrar. E a senhora, por favor, retire-se da minha casa.

Pietra retomou o rosto preocupado e saiu do quarto. Álvaro permaneceu junto à porta de braços cruzados e rugas na testa, até Antígona sumir e Laura voltar a ser uma adolescente franzina.

Assim está melhor, ele pensou. Filha de Álvaro Alvim podia tocar piano e pintar aquarelas, recitar versos e aprender violino, mas jamais gritar como atriz. Gritos que entravam por um ouvido e não saíam pelo outro, que doíam tanto em quem dava quanto em quem ouvia.

Álvaro e Laura tinham visões diferentes sobre a vida de representar. Onde Laura via flores jogadas no palco, Álvaro via buquês velhos, reaproveitados na noite seguinte. Onde Laura via uma plateia engajada, Álvaro via uma claque aplaudindo por dinheiro. Onde Laura via cenários magníficos, Álvaro via tablados rangentes. Onde Laura via atrizes poderosas, Álvaro via mulheres que precisavam trabalhar.

Na semana seguinte não houve mais aulas de teatro na casa

dos Alvim. Nos anos seguintes uma grande atriz não conheceu outros palcos. Mas Laura já estava formada. Pietra tinha lhe ensinado tudo o que sabia e que, somado às horas solitárias de ensaio com o xale, tornou-se imune a um reles franzir de cenho. No dia em que Álvaro saiu do quarto Laura mostrou a língua para as costas do pai e desandou a representar. Trincou os dentes com raiva de seu algoz, chutou as paredes de seu quarto-prisão, abafou no travesseiro os gritos de sua dor e no fim não sabia se chorava por pena de si, porque estava representando ou porque representava tão bem que ficou com pena de si.

Todos esses motivos estavam no abraço que deu em Pietra na esquina de casa, logo após a última aula. Choraram juntas, riram porque se amavam e prometeram, talvez representando, que voltariam a se ver outro dia, outro ano, outra vez. Depois disso, quando Pietra olhava pela janela de casa — que não tinha mar, apenas lembranças —, ela pensava no seu Lírico, em algum lenço ou gato angorá, e na grande atriz que conhecera, movimentando-se dona de si entre cortinados de filó.

Quatro

O pai perdido no Atlântico, a mãe imóvel no sofá de couro. Tiana cozinhando tão jururu que suas lágrimas salgavam a carne. Os caranguejos da Lagoa morrendo de velhos, nunca mais os irmãos apareceram com suas redes. Não havia mais ralados em seus joelhos, apenas a mancha escura das cicatrizes. Nenhuma outra unha se levantou, os meninos já não jogavam pelada. As frutas da casa ao lado apodreciam no chão. O vizinho olhava as mangueiras carregadas com desalento, pensou em chamar Nils para roubar algumas.

A única atividade mantida pelos irmãos era rondar a casa de Laura para vê-la contemplar os lírios do jardim. Laura saía de casa, abria os braços, sorria para o sol e flanava pelos canteiros. Parava surpresa diante de qualquer flor, fechava os olhos ao se aproximar das pétalas, inspirava e suspirava como quem descobre o ar. Tudo sem notar os irmãos do outro lado do muro, a poucos metros do jardim. Um dia Laura abriu os olhos no meio de um suspiro e encarou os irmãos.

— Vocês gostam de teatro?

— Teatro? — perguntou Axel.

— Teatro.

— Teatro? — repetiu Axel.

— Teatro.

— Teatro — disse Nils, impaciente para Axel.

Axel ficou vermelho, Laura riu como a mulher de turbante que tinha visto no baile do castelo.

— É que eu estou ensaiando uma peça, quem sabe vocês não vêm ver?

Ninguém respondeu. O caçula Vigo bateu nas costas de Nils, Nils bateu nas costas de Axel. Axel disse *ar, er, hum* e bateu nas costas de Nils e Nils bateria nas costas de Vigo não fosse Vigo a bater primeiro em Nils, que disse *poismuitobem, muitoobrigado, umprazer e atébreve.*

Começou ali o amálgama das tardes de quarta-feira. Uma sucessão de tardes que acontecia da mesma forma, embora os irmãos se lembrassem delas não pela rotina, mas pelos martírios. Nesse dia Axel, Vigo e Nils chegavam em casa da escola, aproximavam-se da mãe imóvel no sofá, abriam uma clareira nos cabelos brancos e beijavam-lhe a testa. Depois sentavam à mesa para fazer o dever de casa. Às três da tarde o relógio cuco batia. Os meninos fechavam os livros, olhavam-se no espelho do banheiro, limpavam a sujeira do rosto com o dedo de saliva e saíam asseados rumo à casa de Laura Alvim.

Na casa dos Alvim diziam boa-tarde para a mãe de Laura, franziam o cenho para o pai e cumprimentavam quem mais estivesse por perto — o tenor, o escultor, o pianista, o irmão de Laura tentando pelo quarto ano recitar o mesmo poema em francês, a irmã de Laura de frente para um novo quadro de losangos, o professor de caligrafia chinesa, que dava aulas às segundas-feiras mas aparecia em outros dias da semana, e alguns desconfiavam que morava no porão.

Depois subiam em fila para o quarto da amiga e sentavam em frente ao palco improvisado. Às vezes já encontravam Laura em cena, às vezes ela surpreendia a plateia, saindo desavorada de dentro de um armário. Nos últimos tempos seu rosto se pôs dramático devido a furtos da maquiagem da mãe. As pálpebras ficaram roxas, os lábios tornaram-se negros e havia sempre uma pinta que Laura gostava de variar. Às vezes aparecia no queixo, às vezes embaixo de um olho. Em dias ousados surgia na testa, como a das mulheres que viu em um livro com a boca sob um véu. Axel, Vigo e Nils pareciam compenetrados, mas era tristeza. A odalisca-feiticeira-mártir-dançarina estava tão próxima que os movimentos do xale faziam cosquinha em seus rostos, e no entanto jamais seria de um deles.

E eles tentaram. Axel convidou Laura para um passeio na praça recém-construída. Marcaram às onze da manhã de um domingo, ele chegou uma hora antes, ela não apareceu. "Dormi demais", Laura disse depois. Axel tentou novo encontro em hora segura, chegou às três em ponto usando perfume pela segunda vez. Laura não foi. "Tive medo que fosse catapora", ela explicou, apontando uma espinha no queixo.

Vigo escreveu missivas. Fazia chegar ao quarto de Laura envelopes gordos com folhas preenchidas dos dois lados. Descobriu que no mundo das letras tudo era muito melhor. Olhos brilhavam como diamantes, o coração palpitava no ritmo de cantigas, peles brancas se tornavam alabastro, cabelos negros se mesclavam à noite reveladora. Até uma fuga a dois seria simples, bastava um parágrafo para que fosse explicada.

Laura respondeu à quarta carta. "Agradecida", escreveu em um papel de linho perfumado enviado em envelope creme. Vigo analisou letra por letra e nunca mais se esqueceu do cheiro do papel. Escreveu outras doze cartas, mas Laura já não se sentia tão grata. Ele nunca mais viu outro envelope creme.

Nils interpretou o fracasso dos irmãos como certeza de seu êxito: *Agiu assim porque me ama*. O que ele e Laura precisavam era de um começo tão arrebatador quanto o amor que nutriam um pelo outro. Numa quarta-feira depois do ensaio, esperou os irmãos saírem do quarto e caiu de joelhos na frente da amada com tanta energia que Laura pulou para trás e bateu a cabeça na estante, fazendo despencar um pastor e quatro carneirinhos de biscuit.

Nils ajoelhado e de braços abertos, falando de amor eterno com a inocência que gera amores eternos. Laura imóvel e colada à estante, as mãos no peito tentando acalmar o coração.

Por dois segundos ela não foi Medeia, a mulher que sorria de lado ou a outra que gargalhava dobrado. Não foi Antígona, Julieta ou Joana. Por dois segundos Laura foi Laura, e gostou. Mas não podia. Virou o rosto como quem leva uma bofetada, protegeu a bochecha com as costas da mão. "Não era possível, jamais seria, e por favor não me atormente."

Nils chorou por dois dias e secou as lágrimas, da mesma forma que Vigo conseguiu esquecer a caligrafia elegante de Laura e Axel voltou a engordar depois da semana sem comer. Não eram felizes, mas podiam olhar Laura por hora e meia todas as semanas.

As tardes de quarta-feira permaneceram iguais por muitos meses. Transcorreram em dias de inverno intenso, quando os cariocas evitavam sair de casa porque os termômetros marcavam dezoito graus. Mantiveram-se nos períodos de tanta chuva que a Lagoa transbordava e os pescadores usavam seus barcos para percorrer as ruas. Sobreviveram aos dias em que a água do mar se fazia tão límpida que parecia errado não mergulhar. Perpetuaram-se nos piores momentos de verão, quando quem podia não se mexia para não despertar mais calores.

Até que numa quarta-feira de junho os meninos não apareceram. *Vai ver não terminaram o dever*, Laura pensou, batendo o pé sob o xale vermelho. Deu três e meia, e nada. É fim de semestre, devem estar estudando para as provas. Às quatro Laura deixou de bater o pé e de olhar indignada para o relógio da mesinha. Desfez-se do xale e foi em busca de sua plateia. Saiu da Vieira Souto e entrou na Farme de Amoedo. Dobrou na Prudente de Morais e entrou na vila com a nova casa dos Jansson. Bateu na porta e ninguém atendeu. Bateu mais uma vez e nada. Já estava de costas quando ouviu a maçaneta se mexer.

Um tufo de cabelos brancos apareceu pela fresta. Laura se aproximou e viu sob os fios dois olhos azuis.

— Os meninos estão doentes — disse Brigitta.

— É resfriado? — perguntou Laura.

Brigitta não respondeu. Olhou Laura com expressão tão indignada que ela quase sofreu.

Naquele dia os meninos chegaram em casa, fizeram o dever e esperaram o cuco bater três horas para irem ao encontro de Laura. O cuco piou, mas ninguém se mexeu. Debruçaram-se sobre a mesa com a testa apoiada nos braços, vencidos.

Brigitta estranhou o silêncio, e entendeu: nenhum deles conseguia mais sofrer. Levantou-se do sofá — ela passava tanto tempo sentada que o couro tinha a marca de seu corpo — e foi fazer cafuné nos filhos. Afundou a mão nos cabelos louros, deslizou os dedos pelos fios, surpreendeu-se com o prazer do movimento. Em seus tantos anos de luto ela só via o que não tinha — Johan dançando valsa, chegando da pesca, andando na praia, Johan. As três cabeças se entregaram como se quisessem deixar o corpo, e os irmãos tornaram-se ali o que gostariam de ter sido o tempo todo: meninos preocupados apenas em ajeitar o rosto para a mãe continuar o carinho mais perto da outra orelha.

Foram interrompidos pelo som insistente da campainha.

— Não são ensaios de teatro o que a senhorita precisa, mas de um bom tutor de compaixão — Brigitta disse a Laura pela fresta da porta.

— O que foi que eu fiz? — perguntou Laura com a mão no peito.

Brigitta ignorou a pergunta. Permaneceu indignada na frente de Laura, que a essa altura agia como se houvesse flechas com álcool fincadas em seu coração. Ficaram assim por alguns bons respiros, Brigitta sisuda e imune às dores de Laura, Laura inocente e surpresa com Brigitta. Até Laura diminuir a abertura dos olhos, fechar a boca e levantar o queixo, como achava que uma mulher destemida faria. Virou as costas e marchou rumo à Vieira Souto.

Depois do embate Laura não podia mais atormentar os irmãos em seu palco particular, mas podia fazer de Ipanema o palco aberto de outros tormentos. Passou a tomar sol num banquinho em frente à praia, a uma quadra da casa dos irmãos. Gostava muito do primeiro sol da manhã, que batia na hora em que os meninos iam para a escola. Apreciava também o sol a pino, que marcava a volta dos irmãos para casa. Alardeou na família as qualidades da quitanda recém-aberta no final de Ipanema, com suas constantes laranjas doces. Gostava de atravessar o bairro em zigue-zague, passando pelo campo de futebol, pela quadra de bocha, pelo ponto da pescaria e pela praça com coreto, em busca de laranjas-lima e de seis olhos azuis.

Laura estendeu como pôde o sofrimento aos três irmãos, e no processo foi brindada com algo ainda melhor: quartetos, quintetos, sextetos de admiradores. Conheciam Laura seguros de si, ouviam negativas e terminavam fechando bares, chorando no colo da mãe ou considerando os precipícios do Corcovado.

Laura negou vinte e dois pedidos de casamento. Rejeitou outras cortes menos formais — trinta e cinco, segundo seus cálculos, duzentos e trinta e cinco, segundo a memória de alguns contemporâneos. "Te faço um teatro onde era a senzala, junto à pista de boliche, na ala norte do meu harém", diziam os abastados. "Viveremos de pão e poesia, façamos uma horta e criemos galinhas", diziam os sem privilégios. Laura sorria raso e brincava com as pérolas do colar: "É tarde, preciso ir, amanhã não posso. Passarei a manhã fazendo aventais para os órfãos". Para que se casar? Gostava de ser muitas mulheres, desde que nenhuma fosse a mulher de alguém.

Laura foi musa de poemas ruins e romances inacabados, assunto em mesas de bar e de biriba, de sinuca e de totó. Foi lembrada por homens quando olhavam o entardecer, as montanhas e a lagoa, ou o lixeiro, as frieiras e o leite com natas. Não havia um só momento, sublime ou vulgar, em que Laura deixasse a mente de seus admiradores.

Foi ela a responsável pela formação da primeira associação de moradores de Ipanema, composta de vizinhos insones e exasperados com as serenatas feitas sob sua janela. Organizaram-se para colocar regras na cantoria: não podia ser feita depois das nove da noite, e só com violão afinado. E quem ousasse cantar "Vem, morena" seria expulso na mesma hora, ninguém mais aguentava ouvir a música.

Laura não ligava. Atraía homens para roubar seus sorrisos, negava carinhos e depois sorria para a boca reta que acabara de criar, como se dissesse: "Agora o sorriso é meu". O homem ficava atordoado com o assalto, mas pensava que a confusão era causada pela pinta de Laura, ontem no queixo, hoje perto da têmpora.

Contagiou também as mulheres do bairro. Todas queriam ser como ela, ricas de homens e de sorrisos. Imitavam o jeito meigo e leviano, adotaram a pinta inconstante e aprenderam a desfilar até a praia. Era uma epidemia. Um bairro inteiro composto de mulheres que sabiam se fazer irresistíveis.

* * *

O amor dos três irmãos por Laura terminou de forma trágica. Não causou a morte dos apaixonados por estricnina, duelo ou facada. Não levou os irmãos à loucura, agravada pelo roçar do xale da atriz. Não brigaram nem se humilharam, não fizeram greve de fome, não assinaram cartas com sangue. O destino do amor foi o nada. Morreu sem se realizar. Deixou o ar de Ipanema carregado, tornando o bairro um lugar por vezes doloroso de viver. Por muito tempo e nos dias mais críticos, os bafos que precediam a chegada do sudoeste misturavam-se ao peso dos amores irrealizados, e era quase insuportável caminhar pelo bairro. É a umidade, diziam os desavisados. Os mais sensíveis fingiam acreditar.

Algum tempo depois do embate entre Laura e Brigitta, os irmãos começaram a crescer tanto que era preciso avaliar batentes de porta para não carregarem na testa a mesma cicatriz do avô. Agora no sofá de três lugares só cabia Brigitta e um filho. O consumo de sabonetes dobrou, todas as toalhas pareciam de rosto. Um bolo saía do forno e sumia de vista no instante seguinte, os momentos de geladeira cheia eram tão raros quanto aqueles em que os rapazes não sentiam fome. Brigitta teve que sair do sofá para projetos na máquina de costura. Costurou dois lençóis para cada filho se cobrir, fez calças e camisas que quando prontas já pareciam apertadas. Se antes, nos dias de ares carregados em Ipanema, os meninos se refugiavam em casa, agora não havia lugar onde ficassem confortáveis. Precisavam se revezar na sala e no quarto, só dois cabiam em cada cômodo.

— Johan, é você, meu amor? — Brigitta dizia, quando um dos filhos entrava curvado em casa.

— Ele não vai mais voltar — respondia Vigo, e Brigitta sorria, por saber que Johan estava com o filho no curvar do corpo.

64

Axel deixou Ipanema assim que ganhou buço. Percorreu o caminho inverso ao dos pais, comprou um navio pesqueiro e foi viver de caçar salmões no golfo de Bótnia. Contam que não se alimentou de outro peixe até o fim de seus dias e que fazia as refeições com o olhar um pouco longe, por saudade dos caranguejos. Vivia de galochas molhadas e sobreviveu a doze gerações de cachorros, todos de nome Argos. Nunca mais falou de Laura e dizem que só dormia com louras.

Vigo deixou Ipanema logo que a voz engrossou. Ouviu falar de uma expedição à Amazônia e foi um dos primeiros a se alistar. Passou anos percorrendo a selva infinita, até encontrar uma tribo e ver na clareira sua futura mulher. Dizem que se tornou imune à malária, teve catorze filhos e encontrou a cura do câncer.

Nils permaneceu no bairro. Os chamados da mãe eram mais fortes que outros, embora se tornassem cada dia mais tênues. Brigitta encolhia na voz, nas carnes e na altura. Percorria o bairro todas as manhãs, os cabelos brancos em desalinho contrastando com o roxo dos vestidos, os traços delicados impondo-se sobre as rugas. Às vezes se imaginava andando como nos primeiros meses na cidade. *Onde estará o negro de perna disforme*, ela se perguntava enquanto avançava outro quarteirão para encontrá-lo. Sorria no caminho de volta, talvez Johan já estivesse no hotel. Cumprimentava todos na calçada e intrigava os moradores recentes. Alguns diziam que era uma professora de holandês enlouquecida de amor por um comendador casado. Outros que era a filha de um polonês farmacêutico que se tornara lunática por causa de remédios errados. Também ouviram boatos sobre dias de festa em um castelo e de um marido tragado por ondas e pedras, história que lhes pareceu fantástica demais para ser verdade.

Depois da caminhada Brigitta voltava para casa e passava o resto do dia sobre a mancha escura do sofá, sussurrando de tempos em tempos. Vivia sem dar trabalho a Nils, até o dia em que brigou com o Atlântico e decidiu nunca mais olhar o mar. As vozes intermediaram: "Não brigue com o Atlântico, este é um mar tão bom!". Brigitta mandou se calarem. Brigava com quem quisesse, e se o mar era bom ela não sabia para quem. Agora quando saía de manhã evitava olhar para o lado da rua que ia dar na praia. Foi atropelada por duas bicicletas, e quando um caminhão lhe tirou um fino Nils chamou a mãe para conversar. Combinaram que ela só circularia pelo quarteirão, e poderia andar de costas no trecho com vista para o mar.

De vez em quando Nils recebia cartas dos irmãos. Axel descrevendo o sabor aveludado de peixes cor-de-rosa, Vigo reclamando de problemas com o cacique. Com o tempo as cartas passaram a chegar com algumas palavras em sueco e em nheengatu, e depois apenas com palavras em sueco e em nheengatu. *Adjo, vi ses snart, minnen mom, se mumiri.* Esforçava-se para decifrar as frases, tentando encontrar algo ainda em comum com os irmãos. Mas a barreira da língua era implacável, e só menor do que a do esquecimento, erguida quando as cartas deixaram de chegar.

Isso foi um pouco antes de Brigitta anunciar sua morte e sair pelo quarteirão despedindo-se dos conhecidos. Não aceitou levar recados para os mortos por ter péssima memória, mas prometeu distribuir mensagens genéricas de bem-estar. Tentou se jogar de costas no Atlântico, mas foi impedida por um aprendiz de salva-vidas e três veranistas de Botucatu. Voltou para casa, secou o corpo, sentiu certo medo de tudo e foi morrer embaixo da cama.

Depois do enterro Nils tornou-se um solitário inerte em um sofá de couro, cobrindo a mancha escura deixada pelo corpo da mãe. Era dono de um passado comum a muita gente, e que agora só pertencia a ele. Tentou se livrar das memórias projetando na parede imagens da infância, mas as cenas não se mesclavam ao cimento, voltando em seguida para seu peito.

Nils permaneceu no sofá de couro por duas semanas, quatro dias e seis horas. Alimentava-se de biscoitos de água e sal e dos pedaços de cuscuz que uma baiana doceira deixava na porta. Tomava água da pia e às vezes dormia. Sofreu pela vida que muda depressa, pelo futuro que já não queria, pelo passado por ser passado e pelo presente feito de farelos de biscoito e tique-taques de relógio. O único movimento na casa vinha do cuco.

No último segundo do último minuto de seu retiro, o cuco bateu doze vezes. Nils se levantou com ossos estalando e a pele descolando-se do couro. Espreguiçou-se até as mãos tocarem o lustre, coçou a bunda e disse:

— Melancolia é o cacete!

E, *bam*, o feitiço se quebrou. Foram essas as palavras mágicas que livraram o rapaz da tragédia de sua infância e dos encantos de Laura. "O cacete", ele repetia, sentindo-se mais leve a cada cacete retirado da alma. No final, restou a ele apenas um, que decidiu tratar com esmero. Dormiu na mesma noite com a primeira discípula de Laura que encontrou. Depois vieram outras noites e muitas outras mulheres. Quando, anos depois, sentiu leves dores nas costas, imaginou reumatismo, vislumbrou a velhice e decidiu ser cuidado por uma esposa. Escolheu uma noiva tão estrábica quanto doce. Guiomar compensava o desequilíbrio dos olhos com dificuldades para dizer não e com um pai dono de vários negócios no bairro.

Nils se tornou pai e marido, dono de cartório e boêmio. Tinha a própria caneca no Bar Jangadeiros e conta aberta no boteco Mau Cheiro. Fundou o bloco Tarados de Roma e todos os anos fazia uma limpa no enxoval em nome das togas para o desfile. Lançou moda em Ipanema como precursor do pretinho básico, composto de sunga e dinheirinho para o chope preso entre a pele e o elástico de helanca. Peidava toda vez que passava em frente à casa de Laura Alvim.

Quando os porteiros do prédio em que foi morar depois de casado começaram a chamá-lo de seu Nilson (Nils era ter muita

67

intimidade com o patrão), ele aceitou o nome como um presente. Descobriu que tinha nascido para ser Nilson. O Nilson de pés grossos por caminhar descalço no asfalto pelando, o Nilson da barriga que escondia metade da sunga. O Nilson doutor de segunda a sexta, quando administrava o cartório do sogro, o Nilson que virava Júlio César nos sábados de Carnaval, envolto em lençóis brancos. O Nilson que era Nilsinho na garçonnière de Copacabana, o Nilson que beliscava a bunda até das empregadas dos outros, o Nilson que levou quatro pontos na testa ao ser atingido por uma bandeja de pastéis numa briga de boteco, o Nilson que se transformava em Nils, quando a mulher se punha sisuda.

Nils Nilson Nilsinho foi um dileto guerreiro contra a melancolia do ar de Ipanema. Suas saideiras de noite inteira, seus desfiles de imperador, seus constantes sarros nos peitos e nas bundas das mulheres emancipadas do bairro tornaram Ipanema mais leve e leviana. Quando, no meio da noite, acordava suado por causa de um sonho ruim — Johan na praia se decompondo — ou de um sonho bom — Brigitta de maiô aplaudindo o entardecer, Laura representando para bonecas de porcelana —, corria para o banheiro, ligava o chuveiro e chorava baixinho. "Melancolia é o cacete", ele repetia, até as lembranças se esvaírem como a água pelo ralo.

Nilson não conseguiu erradicar de Ipanema a angústia dos amores irrealizados. Mas ensinou ao bairro que amores irrealizados ou tragédias pessoais podem ser temporariamente curados nas conversas de bar.

Depois que ele morreu, as primeiras histórias de Ipanema se dissiparam. Ninguém se lembrava, tinha certeza ou se importava. Foi em meados da década de 1980, quando até mesmo os mais sensíveis moradores do bairro achavam que o ar pesado de Ipanema não teria como causa a melancolia — era mesmo excesso de umidade.

Cinco

Pobre Guiomar. Ela até que nasceu ajeitada. Bumbunzinho redondo, bochechas rosadas, cachinhos no cabelo. Tinha sim um olho que olhava para cá e outro para lá, mas o médico disse que era normal, que já já ia melhorar.

Não melhorou, e a mãe voltou com a filha ao doutor. Ele movimentou uma luzinha no rosto da menina: "Agora olha pra cá, agora olha pra lá". Um olho obedeceu, o outro se fez de sonso. O médico apagou a luzinha e comprimiu os lábios. A menina seria estrábica para sempre.

A mãe de Guiomar suspirou. Era o que Deus queria, e pelo menos ela tinha outros quatro filhos, todos de olhos perfeitos.

Deus também quis que a família de Guiomar tivesse outras dádivas. Um pai com tendências alquimistas, capaz de transformar qualquer negócio em ouro. Um palacete de frente para a praia, projetado pelo mesmo arquiteto do castelinho. Dias tranquilos no pátio de mármore trabalhado, decorado com móveis de vime branco. Refresco de groselha na mesa com tampo de vidro, os filhos adiante, aprendendo a andar de triciclo. Revistas e gibis folheados em cadeiras de ferro no gramado e uma cozinha perfumada, que trocava de odores de acordo com a hora do dia: de manhã tinha cheiro de pão, meio-dia eram os refogados. Três da tarde era cheiro de bolo, de noite era um bom ensopado. Os tempos prósperos ficaram registrados em uma foto da família em frente ao palacete. De pé estão o pai e a mãe de Guiomar, ele com um bigode de peneirar sopas, ela com peitos de amamentar gêmeos. Sentados em um banco, os filhos Dedé, Naná e Lulu, ele segurando um barquinho, elas com o rosto inclinado e pousado nas mãos. No chão, Chiquinha e Guiomar, de mãozinhas nos joelhos. A imagem é como um jogo dos sete erros em que só há um, o olho estranho de Guiomar.

A reação das pessoas fez Guiomar estender o estrabismo dos olhos para a alma. No parquinho, na praia, na mercearia ou no açougue, olhavam seu rosto e detinham-se nos olhos. *Tem algo estranho*, pensavam, e Guiomar entendia. Seria para sempre meio esquisita, não muito bonita, um pouco apagada.

Piorou quando foi para a escola. As crianças contemplavam seu rosto, detinham-se nos olhos e faziam caretas:

— Por que você é assim?

— Porque Deus quis — Guiomar respondia, até ser corrigida por um colega. Ela não era daquele jeito porque Deus quis, mas porque entortou os olhos num dia de muito vento.

— Verdade verdadeira — disse o menino. — Quando a gente brinca de ficar vesgo e passa um vento os olhos ficam assim. Pra sempre.

Então era ela a culpada pelo estrabismo! Guiomar analisou todos os momentos de seu breve passado, mas não conseguiu se lembrar do dia em que brincou de ser vesga. Teria sido no verão em Mangaratiba? Ou em Ipanema durante uma tempestade? No escuro do quarto num dia de brisa noturna? Ou alguém soprou em seu rosto enquanto fazia careta?

Teve febre por três dias. *Ah, minha Guiomar. Nasceu tão fraquinha, cresceu tão fraquinha e já vai embora. Seja o que Deus quiser*, pensou a mãe, consolando-se por ter outros quatro filhos perfeitos.

Nos delírios de febre Guiomar se lembrou das vezes em que envesgou. Num dia de praia com vento e noutro de piquenique. Na tarde em que forçou os olhos e abanou o rosto. No primeiro dia de escola e no dia do seu batismo. Andando na rua, comendo feijão, ouvindo rádio, tomando banho, trocando de roupa. Ela era a pessoa que mais tinha envesgado no mundo. Quando ia para a escola mal levantava a cabeça dos livros. Passava o recreio sentada em um canto, de frente para um gibi que não lia. Recusava convites para a praia e para o parque. Guiomar se tornou a única criança do bairro com a pele tão branca quanto toalhas de linho. Passava os dias sozinha no quarto ou em frente à vitrola da sala, ouvindo música com o pai. Seu Demóstenes gostava da ópera *Aída*, talvez porque nas cenas mais fortes lhe fosse permitido chorar.

Guiomar só servia para fazer volume. Na hora de bater palmas e cantar "Parabéns pra você", no coro dos jograis e no pai-nosso da missa. Teve um único momento memorável durante a apresentação de uma peça escolar sobre o nascimento de Cristo. Guiomar interpretou a ovelha. Era um papel importante, disse a professora. Guiomar estava ao lado do menino Jesus. Entre ela e o boneco de gesso só havia a vaca leiteira interpretada por Leocádia, poupada de falas na peça por causa da gaguez.

Cansada de ver a filha voltar da escola para enrolar e desenrolar os laços do cabelo, d. Henriqueta quis dar-lhe distrações. Tentou tela e guache, que permaneceram intocados no canto do jardim de inverno. Tentou violino, que a menina descartou por dar torcicolo. Tentou aulas de balé, que se mostraram tortura: Guiomar não merecia ficar na ponta dos pés encarando seu rosto no espelho.

Numa tarde d. Henriqueta apareceu no quarto da filha com um pacote em papel pardo amarrado por um barbante. Guiomar avaliou o peso do embrulho, chacoalhou sem ouvir nada. Rasgou o papel e abriu um sorriso. Tinha em mãos uma pilha de revistas de recortar, com bonecas cercadas de roupas. Usavam combinação e tinham as mãos na cintura, exigindo: "Vista-me!". Guiomar correu até a caixa de costura da mãe, pegou a tesoura e recortou bonequinhas e roupas até a hora do jantar.

Uma semana depois estava menos vesga e branca. Seus olhos tentavam entrar em consenso para admirar as quinze bonecas espalhadas no chão, suas bochechas ficavam vermelhas devido ao esforço em vestir todas elas. Charlotte se arrumava para o chá das cinco no Palácio de Buckingham, Marguerite fazia as malas rumo à Côte d'Azur. Rosemary estava atrasada para o encontro com a modista, Mary Anne começaria aulas de tênis. De meia em meia hora anoitecia e todas vestiam camisola com babados na barra. No minuto seguinte era dia, e hora de ir à missa ou ao mercado.

O pediatra e a professora criticaram o passatempo. "Vai forçar o olho bom", disseram. D. Henriqueta não respondeu. Tinha sido criada por uma governanta francesa alheia à capacidade feminina de se expressar com negativas. Mas, se soubesse possuir tal capacidade, discordaria de ambos. Sua filha precisava de algum prazer, mesmo que fosse de papel.

Funcionou até a testa de Guiomar encher-se de espinhas, os vestidos ficarem apertados e ela começar a ver as bonecas de papel como bonecas de papel. Marguerite, Charlotte, Rosemary e outras quarenta e cinco mocinhas foram abandonadas com as mãos na cintura, os olhos exigindo: *Vista-me!* E Guiomar sentindo uma preguiça danada de atender ao pedido.

Passou a seguir a mãe pela casa e a se interessar por seus assuntos. A confecção de peixinhos de feltro para a quermesse no fim do mês, o conserto do telhado que durava mais de três dias, a inspeção dos armários de toalha e de lençol, a logística do entrar e sair da despensa, as janelas lavadas com álcool e jornal. Imitava os acentos e trejeitos de d. Henriqueta, sentando-se com a mão direita pousada no colo ou dobrando o braço como alça de bule para perder a paciência com os criados.

Era feliz. Seu mundo esfumaçava-se depois do portão e não existia além do bairro. Vivia dias iguais, entremeados por festas de família também iguais. Nessas ocasiões ela vestia um dos cinco tailleurs semelhantes aos da mãe. Prendia na lapela um besouro de ouro com olhos de rubi e penteava os cabelos apenas para tirar os embaraços. Comprimia a boca na frente do espelho da penteadeira, estudando os contornos feitos pelo único batom. Voltava para a sala achando-se bonita, cumprimentava a família que tinha visto fazia cinco minutos. Garçons estariam passando com bandejas de salgadinhos e Guiomar se serviria de dois ou três.

Nils se aproximou de Guiomar em uma dessas festas. Comemoravam o aniversário do irmão mais velho, Dedé. Guiomar estava sentada em um dos nove sofás do palacete, a mão direita pousada no colo, a esquerda segurando um guardanapo. Vestia um tailleur de linho cor-de-rosa e tinha o besouro dourado escalando o peito.

Para Guiomar era uma noite de cozinha farta, com dezenas de empadas de palmito saindo do forno de tempos em tempos. Para Nils, era uma noite de bar aberto, com dezenas de copos de cerveja servidos de tempos em tempos.

Ele se aproximou da moça com sincero interesse.

— Tem um verdinho no seu dente — disse baixinho.

— Quê?

— Um verdinho. Tem um verdinho no seu dente.

Guiomar baixou o rosto enquanto escondia a boca com o guardanapo.

— Do outro lado — disse Nils.

— É do quibe — ela explicou, com a boca ainda coberta.

— Estão saborosos — disse Nilson.

— Hum, hum.

Era a primeira vez que Nils falava com a irmã do amigo. Pensava em Guiomar como a moça distante, que só aparecia em contornos por trás das cortinas de voal do casarão. Quando criança tinha passado pelo processo de olhar, analisar e fazer caretas diante do rosto dela. Agora percorria o caminho inverso. Dispensou a careta, analisou Guiomar e em seguida olhou para ela. Não era bonita. Mas também não era feia. Nils viu em Guiomar algo além do estrabismo, e por causa do estrabismo. Uma mulher restrita ao papel da peça escolar encenada na infância. Guiomar era uma ovelhinha, protegida pelas paredes do casarão, alheia à massiva conversão das mulheres de Ipanema em discípulas de Laura Alvim, dona do único quadril que não tinha sido apalpado — consciente ou inconscientemente — pelas mãos experientes de Nils. Procurou o garçom, serviu-se de meia dúzia de quibes e voltou para junto de Guiomar.

Ficaram noivos no verão seguinte, depois de Nils prometer e reprometer a Dedé e a seu Demóstenes que seria um bom marido. Parte das conversas se deu no rendez-vous de Marlene, no alto da rua Alice. Garantiu aos futuros cunhado e sogro que não precisavam se preocupar, Guiomar era a mulher da sua vida, seriam felizes por muitos anos e "Opa, pera aí que Dorinha está me chamando".

A certeza de Nils sobre sua escolha fortaleceu-se pouco antes do casamento, quando, alegando assuntos pendentes, desapareceu de Ipanema. Estava enfurnado em uma festa no Itanhangá, onde a quantidade de uísque só não era maior que a de absinto, e a quantidade de absinto só não era maior que o número de mulatas, chinesas e polacas trazidas do Mangue para prestigiar a ocasião. Intercalou porres com comas, voltou a si com o sol batendo no rosto, as formigas picando a canela e os beijos de uma russa dizendo *Ya tebya lyublyu*. Nils balbuciou algo e ouviu *Ya tebya lyublyu*. Balbuciou de novo, e de novo *Ya tebya lyublyu*, até alguém responder:

— Hoje é 15 de outubro de 1942.

— Eu me caso amanhã! — disse Nils com um pulo. Vestiu-se e correu por um quilômetro numa estrada de terra até encontrar uma carroça que ia para São Conrado. Ali implorou ao dono de um sítio que o levasse para Ipanema. Baixou na casa da noiva com cheiro de álcool curtido, pedindo perdão a d. Henriqueta, a seu Demóstenes, Dedé e Guiomar.

Guiomar pulou em seu pescoço, tornando difícil para Nils terminar a explicação sobre a fuga do cativeiro cigano. Ela beijava seu rosto com tanta pureza que nem d. Henriqueta nem seu Demóstenes se escandalizaram com o gesto. Havia tanto amor nos toques da noiva que Nils se sentiu protegido dos ciganos recém-inventados. Guiomar podia ter só um olho bom, mas era um olho para lá de bom.

Nos primeiros anos de casados almoçavam com a família no palacete em frente ao mar. Quando Demóstenes morreu, Dedé tomou a frente dos negócios e informou à família que o pai tinha investido onde não devia. A herança estava arruinada, o palacete precisava ser vendido, a imobiliária já tinha feito uma oferta, e "Por favor, assinem logo estes papéis, oportunidades assim não aparecem toda hora".

A mãe assinou tremendo, as irmãs assinaram chorando e o palacete saiu de suas vidas como um parente ingrato. Nem ficou muito tempo de pé — duas semanas depois estava em ruínas, a placa em frente ao terreno anunciando a construção de um prédio de luxo. Dedé foi embora em seguida. Arranjou negócios em Angra, parece que a construção de um porto. Havia também uma ilha; eram terras promissoras. Deixou o Rio com um olho roxo — Nils despediu-se do cunhado mostrando seus mais profundos sentimentos. Irmãs e mãe se mudaram para perto de parentes em Itu, sem recursos para a compra de outro palacete. Contentaram-se com um sobrado mais ou menos imponente, deturpado por colunas gregas.

Guiomar adaptou-se à sala estreita e aos poucos cômodos do apartamento onde foi morar com Nils. Não sentiu falta dos janelões com vista para o Atlântico, da cozinha com copa e fogões, do comprido corredor e dos muitos quartos. Guiomar precisava apenas de paredes para se sentir segura, e ali havia paredes suficientes.

E foi assim, como fruto de uma união feliz, que veio ao mundo Otávio Jansson. Herdeiro dos fundadores do bairro, o filho do maior boêmio nascido naquelas bandas. Otávio, vulgo Tavinho, reinou em Ipanema por uma década. Estava em todas as festas, aparecia em todos os bares e nunca saía da praia. Por ele as mulheres brigavam, choravam, faziam fila, dieta e mandinga, trocavam turnos e inventavam rezas. A oferta parecia infinita, e para agradar a todas ele nunca passava mais de quinze dias com a mesma. A não ser uma vez, quando se apaixonou por uma moça de óculos e olhos riscados. Ficaram juntos por alguns meses — os bons meses — de sua vida.

Quando completou vinte e seis anos, Tavinho trocou a oferta de mulheres pela escolha de uma: Estela Aguiar. Teriam uma vida atribulada, sem tempo de assimilar as tantas coisas que aconteciam com o bairro e com o país.

SEGUNDA PARTE

Qual é o hormônio, e destilado por que glândula, que dá a uma mulher o gosto de engomar, tão alvamente, a sua toalha bordada para a bandeja do café?

Elsie Lessa

Um

Na primeira vez em que Estela viu Maria Lúcia, ela estava fazendo xixi num balde de gelo. Não ela, Estela, mas Maria Lúcia. Estela só fez xixi fora do vaso uma vez, quando estava em uma quermesse, tomou dois copos de quentão e a fila para o banheiro atravessava a quadra de esportes. Depois de algum desespero aceitou o conselho da amiga e sumiu atrás da casinha da sacristia, momento que não gosta de lembrar, e se perguntarem vai jurar que nunca existiu.

Com o xixi de Maria Lúcia foi diferente. Não houve segredo ou constrangimento; era um acontecimento. Todo mundo no bar parou para olhar, o garçom pensou em interceder mas achou sensato esperar, alguém bateu palmas. Estela nunca mais esqueceu a expressão de felicidade e alívio no rosto de Maria Lúcia, os olhos fechados, um sorriso contínuo, o pescoço para trás.

Na segunda vez em que Estela viu Maria Lúcia, ela estava de mãos dadas com um homem louro e imenso, que levantava o braço de tempos em tempos para beijar sua mão. Maria Lúcia sorria e ajeitava os óculos. Conversava tão entretida que não percebeu o longo olhar da moça desconhecida em seu vestido. Estela voltou para casa, desenhou o modelo em um caderno e mostrou para a mãe, perguntando se ela saberia fazer. Foram juntas à Casa Alberto e encontraram o mesmo tom de amarelo do vestido de Maria Lúcia.

Na terceira vez em que Estela viu Maria Lúcia, ela estava com o homem louro e imenso. Ela mesma, Estela. Foi na festa de réveillon de Helô, na passagem para o ano de 1968. Cumprimentaram-se quase sem se ouvir, o som estava alto demais, Maria Lúcia foi pedir para baixar. No meio do caminho um homem puxou seu braço e deu-lhe um soco. O rosto de Maria Lúcia foi para trás e voltou protegido pela mão, como Estela via acontecer nas novelas.

Na quarta vez em que se viram elas não se falaram.

Na quinta já não podiam falar.

IPANEMA, 1967

Mas a festa. Foi na festa de réveillon que tudo começou.

A essa altura Estela já estava casada com Otávio Jansson e nem era preciso perguntar se viviam felizes — tudo em volta já respondia. Moravam em um apartamento de três quartos em um prédio novo da rua Aníbal de Mendonça, com garagem e elevador, porteiro até dez da noite, lavabo e varanda com vista para o mar.

Os armários do corredor tinham doze itens de tudo o que podiam precisar: copos e taças, pratos e pratinhos, colherões e colherzinhas. Nas prateleiras estava tudo do que jamais precisariam: réchaud e porta-caviar, pinça de aspargos e paliteira provençal. Possuíam os móveis certos nos lugares certos, preenchidos pelos objetos certos, presentes de um casamento certo: o conjunto de baixelas no bufê de madeira nobre, o vaso chinês sobre a mesa de jantar, os copos de coquetel no bar americano, talheres de prata na caixa revestida de veludo, guardada no armário da cozinha de azulejos claros, onde uma empregada de uniforme cinza preparava três refeições por dia, lavava e engomava as toalhas de linho e escaldava paninhos de prato.

Estela se encontrou no casamento, entregando-se às tarefas que podem durar um dia, uma semana, uma vida. Aprendeu sobre os dois tipos de iluminação, direta e indireta, e as cinco formas de utilizá-las. Decorou todas as fórmulas para eliminar manchas, sabendo usar amido em casos de mofo e glicerina para marcas de café. Tinha olhos treinados por revistas femininas, onde se informou sobre a função de biombos, a altura correta para abajures e os tecidos adequados para almofadas. Tudo o que precisava saber estava nos bons artigos que lia: *Trata teu esposo como se estivesse na iminência de perdê-lo*, aconselhou um. *Muito cuidado ao escolher o tule para cortinas. É preciso discernir entre o branco-gelo, o branco-marfim, o branco-transparente e o branco-absoluto*, alertou outro.

Nos primeiros meses ela combinou a cor do sofá com a do tapete e a das cortinas, decorou as paredes da sala com quadros de flores do campo e trocou duas vezes o estampado de sua colcha. Posicionou os cinzeiros em lugares estratégicos, para que atendessem aos anseios de Tavinho por cigarros depois do jantar. Escolheu tons de creme para a sala de jantar, porque leu na revista que era o correto. Escolheu verde-claro para a sala de estar, por ouvir dizer que era chique. Comprou protetores de crochê para os vasos sanitários, que depois de postos pareceram-lhe cafona. Deu todos para a empregada. Permitiu-se desfrutar de um banheiro de estrelas, coordenando uma pequena obra para instalar lâmpadas em volta do espelho. Ligava o interruptor e protegia os olhos da claridade.

Quando a casa ficou pronta Estela sentou no sofá para descansar. Admirou a harmonia entre os móveis, orgulhou-se de ter ousado no biombo com motivos tribais. Contemplou o aparador, comprado para expor o aparelho de chá em prata. Um conjunto que quase nunca seria utilizado, mas serviria para as visitas pensarem que custou uma fortuna. Suspirou realizada. As toalhas do banheiro estavam secas, os pisos limpos e a despensa guarnecida. Da cozinha vinham os barulhos corretos da empregada treinada por ela.

Suspirou de novo, e de novo contemplou o aparador. Tamborilou os dedos no antebraço. As revistas empilhadas na mesa de centro pareciam estranhas. Mas é lógico, faltava um revisteiro. Podia ser de madeira ou vime, ou mesmo de plástico, num tom moderno. Folheou a primeira revista da pilha em busca de ideias, distraiu-se com um artigo sobre a importância de uma estante balanceada, só possível com a correta proporção entre livros e bibelôs. Olhou para a estante, encontrou desbalanços, implicou com um galinho de Barcelos que a sogra trouxe de viagem. Ou talvez fosse o verde-musgo da enciclopédia de plantas. Era muito verde, muito musgo, não combinava. Levantou-se para arrumar prateleiras.

Estela sabia acertar os detalhes de um lar perfeito — as porcelanas, as pratarias, o marido. Tavinho era um homem de emprego estável, sólida conta bancária e costas que esgarçavam camisas. Para ele as mulheres sempre olhavam duas vezes, a primeira para ver, a segunda para ver de novo. Os homens também olhavam dobrado, mas disfarçando — macho que é macho não olha outro macho. Era louro, de olhos azuis e pele dourada, com músculos que se encaixavam no peito como pecinhas de quebra-cabeça.

Assim como Estela, Tavinho estava satisfeito. Trabalhava com o pai no cartório de notas e passava por um dia agitado quando registrava dois imóveis numa tarde. Usava a hora do almoço para resolver assuntos urgentes, que se passavam nas areias da praia em frente à rua Montenegro. De resto tinha tudo o que precisava: casa, comida, roupa lavada, jogo do Botafogo, mulher cheirosa e pudim de leite aos sábados.

Com o casamento, Estela ganhou muito mais do que o apartamento da Aníbal de Mendonça, os presentes empilhados no armário e o marido louro na sala. Ganhou sogros e o compromisso de recebê-los todos os sábados para o almoço. Estela gostava do pai de Tavinho, Nilson, um homem tão enigmático quanto popular.

Nilson andava em Ipanema como quem desfila em carro alegórico. Acenava, mandava beijos, cumprimentava porteiros e embaixadores, artistas e babás. Para Estela, que até os dezessete anos tinha morado no Estácio, Nilson era celebridade. De vez em quando ela se aproximava do sogro para perguntar sobre seu passado. Era verdade que tinha morado num castelo em frente à praia? Que seu pai era o maior homem do Rio e sua mãe conversava com o mar? Nilson fechava os olhos e balançava a cabeça em negativo, como se as lembranças doessem. "Já se passaram tantos anos que eu nem me lembro mais, meu benzinho", ele diria, sorrindo e apertando as bochechas da nora.

Estela sorria de volta. Era bom ter um sogro misterioso, com um castelo envolvido no lusco-fusco desses mistérios. Tinha acertado na escolha do noivo e do sogro. Já a sogra... não chegava a lhe desejar mal, mas achava que podia trocar o apartamento onde morava por uma fazenda no Acre, perto de um povoado que desconhecesse telefones e onde fosse difícil para o carteiro chegar. D. Guiomar nutria por Estela sentimentos semelhantes, desde que houvesse no povoado um convento de carmelitas, devotas do silêncio eterno.

Tentavam disfarçar as diferenças durante os almoços de sábado. A campainha tocava por volta das onze, Estela abria a porta e Nilson apertava suas bochechas, chamando-a de meu benzinho. D. Guiomar vinha atrás, o batom vermelho borrando a boca fina, o braço direito espremendo a bolsa no tronco. Um quinto membro, a bolsa. Amputado quando a empregada aparecia com a bandeja de empadinhas. Guiomar sentava na beira do sofá, botava uma empadinha na boca e mais duas no guardanapo. Só depois de comer a terceira é que anunciava: as empadas estavam salgadas, um pouco frias, talvez passadas.

Nos primeiros tempos Estela explicava: "O gosto é de queijo curado, foram feitas ainda há pouco, o forno ainda está morno". Mas depois que o casamento entrou na rotina — iniciada quando Tavinho deixou de fechar a porta do banheiro —, ela começou a se incomodar. A sogra só sabia comer e falar mal do que tinha comido. Mas Estela tinha horror a vexame e não reclamava. Preferiu se fazer de surda, mesclando os comentários de Guiomar aos barulhos da casa: ao tilintar do gelo das caipirinhas, ao som dos bifes fritos na manteiga, ao radinho de pilha da empregada Dalvanise, tocando baixinho lá longe.

A partir de então d. Guiomar poderia passar a tarde criticando as imperfeições do molho rosé que Estela manteria a calma dos que fazem palavras cruzadas.

— Está muito vermelho — diria a sogra.

— Larali, laralá — cantarolava Estela, ajeitando almofadas no sofá.

— Muito com gosto de creme de leite.

— Laralá, laralá — ela continuaria, empilhando *Manchetes* no revisteiro novo.

— Não é essa a consistência — Guiomar insistia, o braço estendido com um camarão envolto no molho, uma gota caindo no sofá.

Estela olhava a mancha no tecido e sentia vontade de gritar.

— Dalvaniiiise!

A empregava chegava num instante, Estela dava ordens de limpeza e sentia-se um pouco melhor. Guiomar calava-se para comer, indignada com a ousadia dos jovens. Ser ignorada assim, e sem motivo, ela que entendia tanto de molho rosé.

Num almoço em agosto embalado por laralirás de Estela, a sogra sentiu tanta raiva que os três pratos de bacalhoada lhe caíram mal. Ficou de cama, com Nilson entrando no quarto acanhado para perguntar se queria mais água.

Depois de dois dias estava curada, e diferente. O desprezo de Estela, associado à má digestão e a outros desgostos em sua vida — desgostos que nunca são poucos em se tratando de mulheres que nada demonstram —, afetaram outras áreas de sua saúde, e Guiomar deixou de ver a nora.

No sábado seguinte encarou o piso ao cumprimentar Estela. Encontrou em seguida os olhos de Tavinho, e se perdeu neles com tanta certeza que seu estrabismo quase desapareceu. "Como foi a sua semana? Você parece cansado. Melhorou da tosse?" Na hora dos aperitivos d. Guiomar se esforçou para ignorar os quitutes, mas assim que sentiu o cheiro de catupiry derretido abandonou a bolsa e sentou-se na beira do sofá com o guardanapo nas mãos.

Deixar de ver Estela era meia vitória; não deixar de ver as delícias de sua cozinha era meia derrota. Um empate perpetuado a cada sábado: Estela desfilava pela casa cantarolando enquanto d. Guiomar aprendia a falar com alimentos. Olhava o rissole mordido e dizia que tinha gosto de maresia. Comia metade da coxinha enquanto reclamava que estava massuda. Virava o quibe na mão e aproximava o salgado dos olhos para concluir que sobrava gordura.

Guiomar não era ouvida nem por Estela nem por Tavinho

ou seu Nilson. Depois da segunda dose os dois só ouviam o que eles mesmos diziam. Seu Nilson se descobria o detentor da verdade universal. Falava alto, para transmitir ao assunto a certeza da voz. "Os abacaxis do seu João são os melhores da feira. Os me-lho-res. Terceira barraca depois da Prudente, pode dizer que fui eu que indiquei." Também gostava de relembrar os melhores momentos da semana nas rodas dos botequins: "Sabe a última do português?".

Estela ria sem vontade, preocupada com os farelos de empadinha caindo no tapete. Deixava a sala para inspecionar a cozinha e sabia que era hora de servir o almoço quando ouvia gritos na sala. Tavinho era Botafogo, seu Nilson Fluminense, e depois de algumas cervejas os dois viravam a mesma coisa, que era torcedores de times de pernas de pau.

Só uma lasanha, moqueca ou carne assada conseguia acalmar os ânimos e diluir os alcoóis da família. Ao serem guiados à mesa os convidados de Estela sentiam-se como deuses gregos diante de um banquete, mas nesse caso era tudo muito melhor, porque já tinham inventado a farofa de ovo. A toalha de linho, os copos de cristal, as fileiras simétricas de talheres, os pratos adornados por arabescos, os guardanapos com rendas de frivolité, a bossa nova tocando ao fundo. Detalhes que tornavam o arroz soltinho mais soltinho, e faziam o frango macio ainda mais macio.

Durante os almoços de sábado Estela comia pouco. Arrumava a mesa, ensinava truques culinários à empregada e olhava incrédula para o sogro e o marido. Tavinho e seu Nilson faziam e desfaziam morros de comida, para voltar a fazê-los e desfazê-los. Comiam em homenagem aos antepassados nórdicos, que nos tempos de invernos magros só viam uma batata por dia. Até mesmo a sogra deixava de lado as reclamações para mastigar absorta. Só voltavam a si na hora de palitar os dentes.

Começava ali a última fase da visita e a mais angustiante. Nilson de barriga cheia tornava-se melancólico. Acendia um cigarro e recostava-se na cadeira para lamentar os problemas do país. Falava como grande patriota, como se o bisavô tivesse nascido nas margens do Ipiranga no dia da Independência. Uma tragédia, tudo aquilo. Eleições indiretas para presidente, censura nos meios de comunicação. Polícia batendo em estudante. Descrevia as notícias de jornal, misturava com opiniões de bar e repetia os temas que mais lhe doíam.

D. Guiomar balançava a cabeça, Tavinho ouvia calado, Estela enrijecia os ombros. Não importava quantos cinzeiros colocasse na mesa, quando seu Nilson se perdia em assuntos de política a cinza sempre caía na toalha. Uma cinza comprida, de cigarros esquecidos em nome de grandes temas. Estela teve que mandar cerzir duas toalhas, mas o resultado não ficou bom. Deu as duas para a empregada. Se pudesse gritaria com o sogro como se ele fosse um menino: "Olha a cinza, vai cair, vai cair!". Mas seu Nilson não era criança. Era um velho grisalho e cabisbaixo, consolando-se com pedaços de pudim. Sem encontrar alívio ele apelaria para o cafezinho. Mexeria a colherzinha na xícara em desalento, querendo saber se por acaso Estela ainda teria as balinhas de coco.

O velho acabava com as balinhas e continuava triste. Arrastava os pés até o sofá e desabava nas almofadas, a cabeçorra pendendo de um lado, as pernas se estendendo do outro. Um nórdico expatriado num sofá produzido em Lilliput. Dormia um sono profundo, que destilava amarguras e caipirinhas. Tavinho sumia rumo ao quarto, Estela e Guiomar eram deixadas na sala.

Caladas.

Era a hora da tarde em que o relógio cuco batia mais alto. O cuco, única contribuição de Tavinho para o enxoval, além de seis cuecas de algodão. Um trambolho que não combinava com nada e fazia Estela pensar em doá-lo para uma tirolesa.

Os silêncios de sábado sincopados pelo cuco angustiavam Estela. Não gostava de ver Guiomar sentada na beira do sofá com a bolsa restituída ao corpo, como quem espera um apito para sair correndo. Decidiu distrair-se com bordados, começando com espaldeiras para o sofá. Não eram exatamente chique, mas ajudariam a proteger o tecido das longas sestas do sogro. Seu Nilson dormia de boca aberta e às vezes babava, a mancha da baba não saía de jeito nenhum, nem aplicando a mistura de bicarbonato e álcool.

No meio da tarde Dalvanise aparecia na sala para dizer que já estava indo.

— Até segunda — dizia Estela, aproveitando para também sumir. — Sabe como são essas empregadas, vão embora e deixam um rastro de coisas por fazer.

Ia para a cozinha rearrumar pratos, reorganizar a comida e guardar os copos. Fazia os barulhos necessários para acordar o marido e devolvê-lo à sala. Às vezes seu Nilson também acordava, e depois do quinto almoço de sábado passou a abrir a geladeira com o desprendimento de quem poderia fazer xixi de porta aberta. Espreguiçava-se com um rugido, cavoucava o resto de pudim e bebia água gelada direto da garrafa.

Foi a ousadia, e o que Estela considerava um pecado terrível de etiqueta, que pôs fim às angústias dos almoços de sábado. Naquela tarde a empregada terminou de arrumar a cozinha mais cedo. Dalvanise se tornava muito competente nas semanas de ensaio no morro que precediam os desfiles de Carnaval, e também muito doente: antes das duas horas do sábado já tinha a cozinha lavada, e só voltava segunda depois das dez, por causa de um catarro renitente. Estela partiu para a cozinha e reorganizou o que pôde. Abriu e fechou gavetas, tilintou talheres e bateu baixelas como se fossem bumbo. Tavinho permaneceu desmaiado no quarto, digerindo batidas de caju e pratos de rabada. No sofá Nilson roncava de boca aberta.

Estela voltou para a sala. Pegou o bordado no cesto e sentou-se no sofá, tentando ignorar a sogra em silêncio. Faltava pouco para completar a florzinha, só precisava fazer a haste. A agulha tinha que entrar num furinho e sair no outro, entrar num furinho e sair no outro. A sogra atrelada à bolsa, os furinhos e os pontos, mais um furinho e um ponto, outro furinho, outro ponto. Estava quase terminando, *Não vou pensar na minha sogra*, mais um furinho e um ponto, um furinho e um ponto. *Não vou pensar*, um furinho, *Não vou pensar*, outro ponto, *Não vou pensar*, um furinho e um ponto, até que o cuco quebrou o silêncio anunciando duas da tarde. Estela deu um pulo, machucou-se com a agulha e falou num rompante:

— O que a senhora acha de ligarmos a televisão?

— Se você quiser — respondeu Guiomar.

Estela ligou o aparelho, tentando não pensar na falta de educação. Ela com visita em casa e a TV ligada! Aqueles não eram modos de uma anfitriã chique. Mas uma anfitriã chique não tinha um sogro que bebia direto do gargalo, devolvendo à água partículas do almoço, não tinha uma sogra tão tesa como uma estátua de sal nem um marido que coçava como um tique as partes íntimas — Estela precisava remendar as bermudas de Tavinho entre as pernas, de tanto que ele coçava.

A partir desse dia a TV se tornou a presença mais confortante dos almoços em família. Nilson apagava no sofá, Tavinho sumia no quarto e Dalvanise se despedia. Diante do silêncio Estela ligava a TV e Guiomar disfarçava a alegria. Nilson acordava no meio da tarde e passava pela tela a caminho da cozinha. Olhava a TV ainda sonolento, espreguiçava-se com as mãos tocando o teto e avaliava os jurados do programa de calouros.

— Esse aí é bicha. Esse que apareceu agora também. Aquele ali, bicha. Cavanhaque é coisa de bicha.

Ninguém respondia. A caixa iluminada trazia o alívio desejado, enfim alguém falava por elas. D. Guiomar deixava a bolsa de lado e se recostava, Estela libertava os ombros dos ombros. Depois de três sábados passou a tirar os sapatos para encolher as pernas no sofá.

Dois

A maior diferença entre Estela e Guiomar não estava nos olhos ou na idade, mas nas receitas. Estela cozinhava muito melhor que a sogra. Toda manhã entrava na cozinha e saía radiante por volta das onze, com um pouco de farinha na ponta do avental. Deixava para trás as baixelas fornidas e a empregada limpando o fogão. Conhecia todas as combinações de carnes e temperos, gorduras e vegetais, farinhas e embutidos, comprovadas pelos cheiros que deixavam vizinhos esfomeados.

Já Guiomar nunca teve sorte. Só comprava fermento fora do prazo, arroz que empapava, feijões tornados insossos por falta das chuvas de março. "Foi a colheita deste ano, o feijão veio todo assim, com gosto de pano de prato", tentava explicar aos homens da casa.

No começo do casamento era ainda pior. Seja lá o que Guiomar cozinhasse ganhava a dúvida de ser comestível. Seus purês viravam sopas ou cimento. Os picadinhos causavam caretas, e o frango ensopado ficava tão feio que por pouco a ave não tinha morrido à toa. Os pedaços permaneciam intocados na geladeira até serem despachados para as refeições da empregada.

Foi assim até um jantar de bife de fígado com batata-baroa. Naquela altura Nilson já havia aprendido a jantar com um sorriso congelado, importante para deixar Guiomar feliz, e para convencê-lo de que poderia superar mais uma refeição preparada por ela. Mas dessa vez, com o garfo e a faca tocando o bife semicru, ao lado das batatas sujas na poça marrom, o rosto de bom marido se desfez e os olhos se esbugalharam, restando apenas o sorriso resiliente.

— Não é possível, eu não consigo, não posso mais! — ele disse, enquanto se levantava da mesa desesperado, a cadeira indo bater na parede.

Os vizinhos acharam que ele falava do casamento, mas não, o casamento de Nilson e Guiomar era perfeito até demais. Ou até o advento do bife de fígado. A tripa marrom, as cebolas mal cortadas, as batatas se decompondo... Ele amava Guiomar, mas não podia aguentar mais. Mesmo Tavinho, que naquela época não conhecia outros alimentos além dos preparados pela mãe, desconfiava que a hora das refeições não precisava ser tão triste. Seu Nilson saiu batendo a porta e desceu as escadas do prédio com tanta raiva que foi possível ouvir seus passos até a portaria. Sua ira nórdica, adormecida havia gerações, tinha sido despertada por um bife de fígado cru.

Voltou para casa de madrugada, e gemendo. Não por causa do olho roxo, mas porque fora proibido de voltar ao Jangadeiros. Naquela noite ele chegou no bar e pediu oito porções de pastel. Comeu sem descanso até perder a razão, num caso de pileque alimentar. Pela segunda vez na noite levantou-se decidido. Nilson invadiu a cozinha e ofereceu trabalho ao cearense do fogão:

— Vem comigo pra casa — disse. — Pago o dobro do teu salário.

O cozinheiro botou a mão no queixo já calculando as melhoras de vida, mas não teve tempo de começar as negociações. Entre ele e seu Nilson já estava o português dono do bar, gritando que o cozinheiro era dele. Seu Nilson evocou a Lei Áurea e disse que estavam num país livre, que ninguém era de ninguém. O português respondeu que só no Carnaval ninguém era de ninguém, mas Nilson ignorou. Sopapeou o português, que revidou com uma frigideira, e agora era o cearense que estava entre os dois, enquanto quatro garçons seguravam Nilson e outro afastava as panelas de perto do dono do bar.

Desesperada pelas violentas consequências de sua incompetência, no dia seguinte d. Guiomar foi até a Livraria São José. Procurou a sessão de culinária, assustada e resignada. Foi sem esperança que começou a folhear *Segredos da cozinha magnífica*, e com emoção que se demorou nos capítulos. Eram fotos de página inteira impressas em papel couché, estampando bifes à milanesa, berinjelas fritas, camarões empanados. O rosto de Guiomar brilhava como os alimentos gigantes nas páginas. O segredo da cozinha, ela acabava de descobrir, era a fritura.

A partir de então Guiomar nunca mais se sentiu ameaçada pelo conteúdo das panelas. Era só imergir em óleo para tudo se resolver. A batata, o frango, a couve-flor. Seja lá o que passasse por suas mãos voltava ao mundo com uma camada de gordura, tornando-se temporariamente irresistível. Seu Nilson e Tavinho comiam calados e consentindo. D. Guiomar sentiu-se segura e até mais bonita. Botava ruge para fritar os bifes.

Nos anos seguintes descobriu que a maionese e o creme de leite eram excelentes meios de acobertar o mal que ela fazia aos vegetais. Tinha tempo de cantar "Cai, cai, balão" duas vezes enquanto jogava azeite na salada. Sabia misturar como ninguém o ketchup no creme de leite, na sua receita secreta de molho rosé. A culinária era como a vida, ela concluiu. Para tudo havia uma solução. Bastava cobrir com uma camada de Hellmann's e chapiscar com mostarda.

Seus homens adoraram. Tudo o que d. Guiomar fazia caía bem com uma cervejinha. E, quando Tavinho e seu Nilson se perdiam por aí, por causa do bife com fritas do Bar 20, ou do bobó de camarão do Veloso — cujo aroma se alastrava pelas janelas abertas dos apartamentos próximos, partindo o coração das donas de casa sensíveis —, Guiomar não ligava, porque seus homens voltavam. Eles sempre voltavam para a mesinha da copa — mesmo no Carnaval, quando só apareciam depois de três dias, e vestidos de mulher.

O mundo empanado de Guiomar desabou com a chegada da nora. Primeiro foi Tavinho, que saiu num sábado de manhã para a praia, ligou para dizer que não voltaria para almoçar e só apareceu em casa à noite. Estava diferente. Disse que tinha conhecido uma moça gordinha nas partes certas, de cabelos castanhos e corrente com pedrinhas no calcanhar. Estela usava os minivestidos das mulheres emancipadas e fazia uma paella tão sublime que o prato justificava a perpetuação do sistema patriarcal. Era ao mesmo tempo moderna e tradicional, feminista mas nem tanto, com dedos curtinhos e unhas um pouco compridas.

Depois foi seu Nilson, que disse que se a coisa era assim tão séria ele tinha que conhecer a moça e a paella. D. Guiomar ouviu a conversa enquanto fritava chuchus. Entendeu na hora que seus homens estavam partindo.

Depois que o filho se casou a rotina de d. Guiomar passou a ser ouvir o marido comentar sobre o último almoço de Estela, ouvir o marido se preparar para o próximo almoço de Estela. Ouvir o marido e o filho elogiarem os almoços de Estela, o que causava sorrisos no rosto da moça e furúnculos na alma da sogra. Todos os sábados ela olhava os quitutes preparados pela nora pensando no que criticar, cheirava o garfo desconfiada, botava na boca e se rendia. Todos os sábados Estela vencia.

Três

Depois do casamento de Estela com Otávio Jansson, depois da lua de mel em Buenos Aires e da extensão da lua de mel em Ipanema, algo curioso aconteceu no apartamento da Aníbal de Mendonça. A moça por quem Tavinho se apaixonou deixou de ser uma das garotas das areias de Ipanema para se tornar uma das mulheres dos apartamentos de Ipanema. Seu horizonte não era mais o da praia, e sim o das paredes da sala e dos quartos. Era quase previsível. As primeiras paixões de Estela não foram a areia branca ou o sol quente sobre o corpo molhado. Foram o som da batedeira que antecede o cheiro de bolo, a imagem do vaso com flores frescas em dia de feira. Ou o som dos passos do pai no corredor, a porta da casa batendo. Todos os dias, na mesma hora, o pai saía e voltava do trabalho, num gesto que, condensado, seria um dos ritmos da classe média.

Tavinho percebeu as mudanças: "Meu amor, hoje não quero encontrar o pessoal no bar, estou com uma dor de cabeça daquelas". *Daquelas* eram dores que surgiam na hora de eles saírem para beber à noite ou para irem ver um filme francês em cartaz na cinemateca do MAM. Percebeu mas não ligou, porque as partes de Estela de que ele mais gostava continuavam ali: as mãos delicadas que preparavam a moqueca inesquecível, as pernas roliças que pesavam sobre as pernas dele, o rosto liso de quem só franzia o cenho ao ler um artigo elaborado na revista. Estela tinha sido feita para admirar ornamentos de Natal e para ser admirada enquanto admirava ornamentos de Natal.

Tavinho também estava diferente. Não queria mais ser o figurante alto e louro convidado para todas as festas, ou ter que saber da última música do Chico, do último filme do Glauber, da nova crônica do Rubem. Tinha preguiça de ficar na fila de espera no Veloso só porque todo mundo fazia. Verdade que continuava olhando o mar toda manhã para saber se ia dar praia. Mantinha a participação administrativa em dois blocos de Carnaval e ficava de mau humor quando o Botafogo perdia. Mas era um novo Tavinho, casado com uma nova Estela, os dois desapegados de algumas coisas e apegados a outras tantas, num acordo selado ao dormirem de conchinha todas as noites.

O mundo fora do apartamento estava complicado demais. O rapaz que lia Gramsci na mesa dos fundos do Bar Lagoa tinha sumido. "Parece que era terrorista", disseram os garçons. Na PUC militares interromperam uma aula de semiologia, todo mundo foi revistado, teve tiro. Diziam que a casa na esquina da Joana Angélica com a Prudente era um aparelho, só não podia espalhar. Quando não havia milico por perto as conversas de Ipanema giravam em torno de luta armada, retomada de poder, guerrilheiros, terroristas, entreguistas, golpistas, marxistas, trotskistas. Tantos "istas" incomodavam Estela. Queria o fim da ditadura, mas fazer o quê? Não ia cutucar as costas dos militares para se fazer entender. Entre ficar curvada num pau de arara e sobre a pia, preferia a pia.

Havia também o resto não chamuscado pelo golpe militar, e que nem por isso parecia simples. A pílula e a minissaia, Beatles e Rolling Stones, os prédios desarvorados que cresciam em Ipanema, fazendo todo mundo se perguntar onde é que ia caber tanta gente, e na falta de resposta as pessoas continuavam cabendo. O homem na Lua, o LSD, as músicas do festival da canção. Tanta coisa que o melhor era dizer: "Vem cá, meu bem, deita comigo na rede, deixa o resto pra lá".

Os desprendimentos do casal foram interrompidos no fim de 1967, quando os dois receberam o convite de Maria Lúcia para uma festa de réveillon. Seria na casa de Luiz e Heloísa Buarque de Hollanda. Maria Lúcia estava ajudando a organizar e podia convidar quem quisesse. Estela não conhecia e não gostava de Maria Lúcia. Tinha sido a única namorada séria de Tavinho.

— Vai ser a festa do ano — disse Maria Lúcia ao telefone.
— Vê se aparece, quero conhecer sua mulher.

Tavinho não disse nem sim nem não.

— Walter tá fazendo uma escultura pra botar no jardim. Um cogumelo gigante embebido em álcool pra implodir depois da meia-noite. Você se lembra do Walter?

Walter, o escultor por quem Maria Lúcia deixou Tavinho? O cara que se mudou para o apartamento dela com cinco quilos de argila e dois rolos de arame farpado? Que desmontou a batedeira de Maria Lúcia e enfileirou as peças no chão de tacos da sala, chamando de arte cada parafuso, "por serem a definição da não arte"?

— Acho que sim — disse Tavinho. — O cara dos tubos?
— Sabe que os tubos nem estão mais embaixo da cama. Walter fez uma instalação, mandou pra Bienal de Veneza.

Tavinho fez hum, hum.

— Vai todo mundo nessa festa, Tavinho. O pessoal da praia, da faculdade.

Calaram-se por alguns segundos. Maria Lúcia quis dizer que sentia saudades das vezes que tomavam sorvete do Morais, das noites em que caminhavam na praia e sentavam-se na areia de frente para o mar, tranquilos em seus silêncios. Que agora fumava tragando profundo e jogando a cabeça para trás, e que um dia, passando por um espelho, ela se viu no hábito e não gostou.

— Você leu a reportagem que eu fiz sobre as formigas gigantes em São Gonçalo? Nem te conto, Tavinho. Comem o papo da galinha e depois a galinha inteira, eu só acredito porque fui nos sítios e vi acontecer. Promete que vai?

Tavinho disse que ia ver. Desligaram o telefone, Maria Lúcia acendeu um cigarro, tragou fundo e jogou a cabeça para trás.

Tavinho olhou para Estela, que desde o começo da ligação tinha os braços cruzados, tentando encontrar nos hum, hums do marido um motivo para brigar. Não conseguiu, porque quando Tavinho viu a cara da mulher escorregou para o quarto. Estela foi atrás e ele voltou para a sala, ela o seguiu e Tavinho sumiu pelo corredor. Estela apressou o passo, ele se trancou no banheiro. Ela encostou o rosto na porta:

— Como essa mulher tem o nosso número? O que ela quer com você? Quem ela pensa que é? Quem você pensa que é? Tavinho, você não presta.

— Não é assim, meu amor, eu presto, ela presta, todo mundo presta. Um amigo deu o meu número, ela só estava sendo simpática. Além do mais a Maria Lúcia está noiva de um escultor famoso, talvez se mudem para Madri.

O noivado e a Espanha foram meio que invenção de Tavinho, depois de ouvir Maria Lúcia dizer que Walter era o amor da sua vida. Se está amando assim vai se casar, concluiu, e Maria Lúcia sempre quis ir para Madri.

Estela permaneceu de braços cruzados e cabeça apoiada na porta do banheiro, avaliando se um escultor apaixonado e Madri seriam razões suficientes para se acalmar. Não eram, havia tempos esperava Maria Lúcia emergir das cinzas, porque é isso o que fazem as ex-namoradas. Somem só para voltar e tentam roubar o homem das outras. Quem dera seu marido tivesse uma ex-namorada chocha, mas não. Desde que tinha se mudado para Ipanema, Estela via Maria Lúcia em todos os lugares. Mesmo da janela do quarto de solteira, que ficava em frente ao Bar Veloso. No primeiro ano no bairro Estela passava as noites de sábado em pé, olhando o movimento do bar, e lá estava Maria Lúcia. Sambando em cima da mesa, abraçando até os garçons, fazendo xixi num balde de gelo. Era uma das mulheres de Ipanema que se achavam mais mulher por ser inteira de Ipanema. Mas aquilo não ia ficar assim. Estela tinha nascido na zona norte e era filha de ninguém, mas ninguém sabia se vestir como ela, ninguém sabia receber como ela, ninguém sabia cozinhar e amar como ela. Talvez fosse hora de mostrar a Maria Lúcia quem era a dona de Otávio Jansson.

— Pode sair do banheiro, Tavinho. E diga para essa sua amiga que nós vamos na festa, sim.

Quatro

A casa do réveillon ficava em uma das ladeiras transversais da rua Jardim Botânico, que começavam na Lagoa e subiam pela Floresta da Tijuca até terminar em casas que se mesclavam à mata. Era uma construção de concreto e ferro em formato de L, com portas de vidro abrindo-se para um gramado. Em meio ao verde sobressaía uma árvore centenária. A ampla sala com chão de tacos era decorada por móveis modernos, um corredor à direita levava aos quartos e aos fundos ficava a cozinha.

Os convidados representavam todas as ideologias e camadas sociais da época. Industriais, empresários, estudantes, profissionais liberais, comunistas e democratas, guerrilheiros boêmios ainda aprendendo a pegar em armas. A classe operária também estava presente, descarregando caixas de uísque e servindo canapés e salgados. Havia diretores de cinema, músicos, artistas plásticos, escritores, lacerdistas, janguistas, editores de livros, leitores de Marcuse, e ainda mais leitores de orelhas dos livros de Marcuse.

Na noite da festa e já perto da meia-noite, a multidão do

lado de fora da casa não respeitava mais a fila para entrar. Temendo a quarta briga, o dono da casa ordenou:

— Se não estiver nu, deixa entrar.

Estela e Tavinho seguiram o fluxo, o porteiro nem conferiu o convite que tinham em mãos. Chegaram no gramado e Tavinho se afastou para abraçar um amigo: "Porra, sua bicha, não te vejo desde os tempos de São Bento!". Estela olhou o marido ir embora como quem perde um balão de gás. Cruzou os braços e se fechou num sorriso postiço. Queria sumir ou ser salva, o que aconteceu ao ser abordada por um homem que precisava de um corte no cabelo. Chamava-se Augusto, era professor de química e poeta concretista. Perguntou a Estela quem ela conhecia ali.

— A Malu — ela respondeu, tentando sorrir.

Ele fechou os olhos, como se precisasse do escuro para respirar:

— Malu é musa — disse. Abriu os olhos e levantou o copo num brinde.

— Augusto gusta Malu. Augusto gusta do augusto gosto de Malu.

Estela refez o sorriso postiço enquanto Tavinho passava longe. Queria ir com ele, ser vista a seu lado com a maquiagem fresca de início de festa, mas o poeta não deixava. Conjugou os verbos *augustar* e *malgustar*, e diante do esforço fechou novamente os olhos, deixando Estela livre para escapar pela esquerda.

Andou um pouco e caiu numa roda de jovens que ouviam um homem moreno. O rosto não lhe era estranho, talvez fosse ator de novela, mas não tinha cara de quem fazia papel de mocinho nem de vilão. Alguém cochichou que era aquele diretor do cinema novo, e Estela fez cara de quem já sabia. Pôs-se séria enquanto ouvia o diretor dizer que "o Terceiro Mundo era um museu em Paris e que o Quarto Mundo pertencia ao reino de Valadô, onde morava um revolucionário caudilho e caboclo chamado Benedito. O quinto mundo era a Ilha de Itaparica, onde choravam os seguidores de Rogério Duarte, provocador de trinta e sete loucuras voluntárias".

Estela disfarçava a virada de rosto para ver as roupas das mulheres e procurar Tavinho. Ele surgia distante, conversando com um barbudo, apartando uma briga, fumando um cigarro. Seu marido já não parecia tão seu, era apenas mais uma imagem da festa confusa, estranha.

Um estudante de comunicação perguntou sobre os mecanismos do Quinto Mundo, Estela cedeu o lugar e se afastou. A voz do diretor se distanciava, "O racionalismo é uma interpretação jurídica da razão, como disse Kant e Hegel. Mas quando Marx derrubou as teses de Feuerbach estava com o saco cheio de uma especulação pura e na verdade o que importa...", sentiu aumentar o barulho das risadas e do iê-iê-iê. Um garçom passou com copos de uísque e, antes que Estela pudesse dizer não, ela não bebia uísque, a mão pegou o copo, a boca deu um gole, o rosto fez uma careta, a boca deu outro gole, e a moça se sentiu mais moça. Tavinho estava por ali, em algum lugar. Perto da árvore. Na pista de dança. No sofá de couro.

Estela percorreu o salão, espremeu-se junto à parede ao passar por um grupo que conversava sobre massas de manobra, classe média e bens de consumo. Passou rente a outro que definia o teatro como uma experiência libertária. Escutou conversas estéreis sobre luta de classes, dessublimação repressiva, juventude cooptada e supraestrutura. Pensou em comer mas teve preguiça, deixou o copo vazio na estante e pegou outro cheio.

Encontrou Tavinho perto da meia-noite, ele dizendo: "Incrível, tem gente aqui que eu não via há anos", ela pensando: *Incrível, então é isso que os homens sentem quando bebem uísque.* Ouviram a contagem regressiva, beijaram-se abraçados na passagem de ano. Sentiram alguém se colocar entre eles.

Maria Lúcia. Calça apertada, collant de frente única, argolas douradas. Detalhes que se perderam quando ela abriu um sorriso que embaçou sua imagem, transformando-a inteira no sorriso.

— Eu disse que a festa ia ser boa! E a sua mulher, não vai apresentar?

Estela se aproximou de Maria Lúcia com um sorriso ainda maior. Beijou seu rosto e disse algo.

— O quê? — perguntou Maria Lúcia.

Estela repetiu, Maria Lúcia não ouviu.

— Pera, vou pedir pra abaixarem o som — disse, se afastando. No meio do caminho foi abordada por um homem com calça boca de sino que puxou seu braço e lhe deu um soco. Maria Lúcia caiu no chão, Tavinho partiu para cima do sujeito, muitos outros fizeram o mesmo e alguns tiveram que mudar de lado para proteger o agressor. Estela correu para o gramado, não gostava de briga. Dali viu Maria Lúcia sair sangrando da festa e Tavinho sumir na multidão. Pegou outro copo de uísque e foi para o jardim.

Depois da terceira dose, de encontrar Tavinho e perdê-lo outra vez, de se tornar novidade e déjà-vu para os homens, e de provocar uma briga entre uma condessa italiana e sua namorada socialite, Estela entendeu que a essência das festas é feita de solidão e liberdade. Sentia-se livre para flanar entre casais que se beijavam, casais que brigavam, intelectuais que discutiam soluções mágicas para o país, garçons que se desviavam dos bêbados, garçons que iam ao encontro dos bêbados, o astrólogo que chorava diante das previsões para 1968, a fada anã vista de relance e somente por alguns entre as pernas dos convidados, jovens que dariam seus últimos sorrisos de dentes perfeitos e dormiriam suas últimas noites sem pesadelos antes de serem presos e torturados pelo regime, bombeiros de extintor na mão, apagando as flamas do cogumelo de Walter, a tia-avó de alguém imóvel no sofá, o dono da casa dizendo: "Na árvore não, parem de mijar na árvore", a dona da casa descobrindo nas conversas da noite o tema da sua tese. Estela circulava absorta e distraída, entre copos vazios, guardanapos usados e restos de sanduíches. Sentava-se de pernas cruzadas, com o minivestido na iminência de mostrar a calcinha, levantava-se para dançar, sentava-se de novo. Foi assim até ser puxada para dentro de um armário.

Ela não sabe quanto tempo passou ali. Só se lembra do cheiro de naftalina, do hálito de queijo com tabaco e das mãos que passeavam em seu corpo já sabendo aonde queriam chegar. Mas não chegavam, não tinham pressa. Depois de muito explorar as mãos se abriram no peito. O corpo pressionou seus quadris contra os casacos, a língua desceu pelo pescoço e foi parar no *Ai, meu Deus, aí não, aí não, aí sim*. As pernas comprimiram Estela com movimentos coordenados, precisos, perfeitos. No armário a moça, que já tinha se desprendido do mundo, desprendeu-se toda de si e entregou-se para aquele que não via. O que veio em seguida foi inédito. A explosão entre as pernas, a energia se espalhando pelo corpo, os segundos de êxtase cortados pela brusca volta à razão.

Foi devolvida à festa com menos certezas. Pediu água para o garçom, desviou-se de corpos no chão. Mais adiante havia outra briga, ela deu meia-volta e saiu para tomar ar. Esperou paciente na fila do banheiro, onde uma mulher chorava, duas se beijavam e uma terceira dormia sentada. Entrou no lavabo e trancou a porta. Estranhou ver no espelho a imagem de sempre. Aproximou o rosto, constrangeu-se com os cabelos desarrumados e os lábios sem batom. Um dos brincos de strass tinha se perdido, as botas brancas estavam encardidas. Incomodou-se com o vestido curto, puxou o tecido para baixo.

Dessa vez foi mais ativa na busca por Tavinho. Encontrou o marido refém do diretor de cinema:

— A queda do racionalismo tradicional equivale à descurtição rumo à razão pura que se funda numa desmontagem linguística crônica, e é aqui que os estruturalistas se estrepam. Os filhos do capitalismo, sacando o Eros, estão descurtindo o dinheiro e suas projeções de tal forma que em pouco tempo não restará pedra sobre pedra e é por isso que a dialética do desenvolvimento passa necessariamente pela alegoria da classe média que pode ser entendida como o...

— Vamos pra casa, Tavinho. Agora.

Foram dois dias de ressaca, Tavinho gemendo de um lado da cama, Estela do outro. Dalvanise entrando no quarto escuro com chazinhos para o estômago. Estela preferiu não comer, mas Tavinho devolveu ao mundo os pedaços de bolinho de arroz feitos pela mãe. Excelentes para acalmar o estômago, segundo Guiomar.

No terceiro dia Tavinho se levantou para ir trabalhar. Estela permaneceu na cama fingindo que dormia. Sozinha no quarto ela passeou as mãos por baixo da camisola, pensou no hálito de tabaco e queijo, levantou-se depressa. Era dia de limpar a prataria. Trocou de roupa, escovou os dentes, penteou os cabelos, olhou para o espelho iluminado sem pensar em si. Mandou Dalvanise limpar as baixelas de prata, preparou um risoto, folheou revistas.

No fim da tarde ela decidiu curar o resto da ressaca com um mergulho na praia. Do lado da sua esteira um grupo comentava a festa. A princípio Estela sentiu receio. Talvez estivesse ali o homem que tinha lhe mostrado zonas erógenas que ela nem sabia serem erógenas. Depois se rendeu à curiosidade. Ouviu que Maria Lúcia estava irreconhecível depois do soco e precisou pedir uma semana de licença no jornal. Que no dia seguinte os donos da casa encontraram flechas na árvore centenária — uma técnica nova de ataque militar ou guerrilha urbana, a versão mudava de acordo com a fonte. E que, por causa da festa, fulano, sicrano e beltrano decidiram se separar de fulana, sicrana e beltrana. Estela soube ainda de brigas de unhas, socos e mordidas, vestidos rasgados, versos escritos, discursos pronunciados, planos para liberar, educar, doutrinar, deixar ou voltar ao país. E que tudo estaria num artigo que o jornalista Elio Gaspari prometeu escrever, apesar de enfrentar problemas com as fontes. A maioria não conseguia se lembrar do que tinha feito.

Quem estava diferente era Tavinho. Começou o ano sorrindo pouco, falando pouco e olhando triste pela janela ao acordar de manhã. Estela definiu a mudança em duas palavras: ele sabe.

Fez então o que sabia que não devia fazer. Ela sabia, *sabia* que não devia fazer, foi o que pensou nas tantas vezes em que relembrou a cena. Em vez de fechar os olhos para os suspiros angustiados de Tavinho, em vez de ignorar a melancolia diária, em vez de se preocupar tão somente com a lista do mercado e o horário no salão, Estela perguntou o que estava acontecendo.

— Nada.

— Como nada, Tavinho. Você não vai à praia há uma semana, não viu o jogo do Botafogo na quarta, deixou meu estrogonofe no prato e nem quer receber cafuné. Como é que nada está acontecendo?

Tavinho permaneceu calado, brincando com o maço de cigarros. Tirava um cigarro e colocava de volta, tirava e colocava.

— Eu não estou bem.

— Quer que eu ligue para o dr. Zuzarte?

— Não, eu estou bem. Quer dizer, de saúde.

— Então é o quê, Tavinho?

Ele levantou o rosto, olhou dolorido para Estela. Voltou a baixar os olhos para o maço.

— Eu acho que gosto de homens.

O mês de janeiro na cidade do Rio é feito de momentos

insuportáveis ao meio-dia e de brisas noturnas que demovem os cariocas da ideia de viver em outro lugar. Naquela noite, logo depois da revelação de Tavinho, apenas o vento se movimentou no apartamento da Aníbal de Mendonça. Entrou pela janela, brincou com as cortinas, levantou algumas páginas do jornal, encontrou o caminho até a copa e foi embora pela área de serviço. Depois foi Dalvanise, que apareceu na sala para saber se podia servir o jantar.

— Pode sim.

"Pode sim" foram as primeiras palavras de Estela após a revelação de Tavinho. As seguintes foram: "Passe o sal", "A carne ficou malcozida", "Cuidado para não sujar a toalha" e "Por favor, tire os pratos, Dalvanise".

As frases que Estela gostava de dizer, e que faziam parte do mundo perfeito criado ao se casar com o homem mais desejado de Ipanema, já não pareciam tão suas. Pertenciam a outra mulher, na mesa de jantar de outro apartamento, cujo marido tinha como único segredo terrível o desejo de cheirar o fio dental depois de passar entre os dentes.

Vieram de Tavinho, tarde na mesma noite, outras explicações. Na festa de réveillon ele sentiu-se estranho, desprendido de Estela. Circulava pela casa distraído, desviando-se dos bêbados e das discussões chatas, parando para ouvir os grupos interessantes, ignorando as investidas femininas e aceitando uísques como as colheradas que a mãe lhe dava na infância e não podia negar. Depois da terceira ou quarta dose foi puxado para um armário. Uma barba roçava seu rosto, uma calça encostava na sua, braços peludos exploravam seu dorso, e Tavinho não achou ruim. O tranco do abraço, a intensidade do toque, o hálito de tabaco e queijo...

— Não quero ouvir, não quero ouvir! — gritou Estela.

Enroscou-se dentro da camisola e virou o corpo para a parede. Tavinho permaneceu ao seu lado, com medo de tocar seus cabelos. Estela continuou de costas:

— Melhor fechar a janela, esse vento não me deixa dormir.

O almoço que Estela preparou para os sogros no sábado seguinte ao réveillon da Helô alimentou apenas o ego de d. Guiomar. Os pãezinhos de queijo estavam mais densos que Durepox, o arroz mais crocante que cereal. A carne poderia ser serrada, as ervilhas pareciam verrugas. O feijão carecia de liga entre caroços e caldo, a compota de jaca tinha gomos passados. Tavinho e os pais abriram um vão no prato, estudando a melhor composição para fingir que comeram algo.

Era uma técnica bastante conhecida por seu Nilson e Tavinho e que jamais esperaram ter que usar nos almoços preparados por Estela. A moça inclusive estava mais borocoxô que o almoço. Manteve-se cabisbaixa tempo suficiente para contar os pontos-cruz do guardanapo de rosas. Nilson associou a tristeza de Estela ao fracasso do almoço:

— Que besteira, meu bem, essas coisas acontecem. Há tantos problemas maiores na vida!

Guiomar tentou ajudar:

— Eu sei, minha filha. Dói quando não conseguimos satisfazer nossos homens.

Estela correu para o quarto e abafou o choro no travesseiro. Manchou a fronha com o negro do rímel, secou o nariz nas florezinhas bordadas na barra. Soluçou muito tempo e um pouco mais, encolheu as pernas, abraçou almofadas e dormiu sem perceber.

Havia no choro de Estela dois casamentos e uma viagem de transatlântico. Uma cadeira em frente à janela de seu quarto com vista para o movimento do bar oposto ao prédio. Havia vitrines de Copacabana com baixelas e vestidos, e o sonho de usar o vestido para levar a baixela ao marido à mesa, os vapores do ensopado se diluindo no corredor. Havia também d. Ana olhando Estela e Tavinho no dia da grande festa: "Eu sempre soube que minha filha faria um bom casamento".

Cinco

ESTÁCIO, 1940

Joaquim e Ana têm apenas uma foto de seu casamento. Ele veste o terno que usava todos os dias para ir trabalhar como bilheteiro de um cinema na rua da Carioca, ela usa um vestido emprestado, com as sobras de tecido costuradas sob o forro. Ele tem olhos de criança e um bigodinho fino, ela tenta parecer mais velha fazendo um rosto sisudo. Na frente do casal está a mesa com seis garrafas de grapa e um bolo de pão de ló.

Tinham chegado havia seis meses de Portugal. No Rio Joaquim começou fazendo biscates e evoluiu para empregos mal pagos, até se estabelecer como estivador no cais do porto. Ana lavava e passava os lençóis bordados que recebia das casas ajardinadas do bairro do Rio Comprido.

Joaquim recebia o salário, separava um trocado para o cigarro e entregava o maço de notas para a mulher. Ela juntava com o dinheiro que recebia lavando roupas, cerzindo meias e costurando para as filhas de d. Constança, cobrindo folgas de uma ama em Botafogo e vendendo broas de milho nos pontos de bonde da avenida Rio Branco. Trabalho e constância se transformaram na escritura de uma casa de cinco cômodos no bairro do Estácio, onde abriram uma pensão de refeições.

Era um sobrado na rua Júlio do Carmo com quatro janelas de frente para a rua e uma sala onde cabiam dez mesas de jantar. Doze, depois que Ana afastou uns móveis e liberou mais espaço para os fregueses. A casa não ficava em uma área nobre. Um lado da rua ia dar no centro, onde prédios modernos eram construídos a cada ano. O outro terminava em casas suspeitas, com moças de rosto maquiado debruçando-se nas janelas. D. Ana se incomodava com a visão dessas casas. Acostumou-se a olhar apenas para o lado da rua que dava para a Presidente Vargas.

O ponto ajudou. Os homens passavam na pensão para se preparar ou recuperar do encontro com as mulheres do fim da rua. O negócio tinha um ano melhor que o outro, dava até para virar o rosto e ver a miséria de longe. Só faltava uma coisa.

Joaquim e Ana queriam ser mais que dois. Faziam amor no dia propício do mês, mas só conseguiam aumentar a decepção quando a regra de Ana chegava. Depois se acertaram, e Ana engravidou. Uma, duas, três vezes. Mas seus bebês eram como estrelas cadentes, dissipavam-se logo depois de anunciar a presença.

Estela foi concebida por acaso, quando o casal já não pensava em dias certos de concepção. Ana andava tão enrolada com os assuntos da pensão — pela segunda vez na semana teve briga na fila do almoço, e as postas de peixe acabaram antes do último pedido — que não notou o atraso da regra. Só no mês seguinte, quando Estela já era um monte duro no baixo ventre, é que se deu conta de que estava prestes a abortar.

Quando não abortou e a barriga cresceu, quando as pernas incharam e os dedos se transformaram em canelones, entendeu que ia parir. Pensou que era tudo muito natural, se tornaria enfim uma mulher como as outras. Até enfrentar a primeira contração.

Ana gritou tanto que o bairro se pôs em silêncio, tanto que o marido quis ser outra pessoa. Chegou ao hospital gritando ainda mais, os outros doentes calaram. Era o neném, o médico explicou, querendo sair pela cintura. Tentou algumas manobras, que envolviam amassar a barriga de Ana como massa de pão. Ali Ana perdeu a razão. Pensou que ia morrer e confundiu o branco do hospital com os campos da paz do Senhor, as margaridas do vestido com os jardins do mundo do além, e o bebê que surgiu em seus braços como um dos anjos do céu.

Quando voltou a si ela entendeu que o branco e as margaridas eram deste mundo, mas seu bebê, aquela menina, ela veria para sempre como um anjo.

Estela cresceu entre as mesas da pensão de d. Ana. Aprendeu a andar apoiando-se nas cadeiras, aprendeu a correr entre os lençóis no varal. Brincou de tambor com as panelas, fez cachorros de batata com pernas de palito. Prestava atenção em tudo o que a mãe fazia, dos refogados no azeite às anotações no livro-caixa. Para ela não havia mulher mais linda, com seu coque acima da nuca e avental cinza sobre o vestido creme.

Para Ana também não havia menina mais linda ou bem cuidada. Estela teria tudo o que ela não teve. Sapatos de verniz e três pares de meia. Quarto com colcha de babados e cinco vestidos no armário. Laços de fita maior do que o rosto e água de colônia. Estela tinha até uma boneca que abria e fechava os olhos, e que chorava quando virada de cabeça para baixo.

— Mamãe está aqui, nunca nada vai lhe faltar — a menina dizia para a boneca, envolvendo-a num abraço de quase asfixia, como os que recebia de Ana.

Mãe e filha iam juntas ao açougue, à mercearia e à feira da rua Santa Maria. Estela aprendeu com Ana a definir o frescor dos peixes pelo brilho dos olhos, a selecionar melões com gosto de mel dentre outros com gosto de nada, a inspecionar a limpeza da carne pelo açougueiro.

Uma ou duas vezes por ano Ana tirava uma tarde de folga para levar a filha no centro da cidade. Pegavam o bonde a dois quarteirões da pensão e desciam na rua do Ouvidor. Passavam por vitrines que agradavam aos olhos e causavam desconforto quando o olho encontrava o preço. Depois iam comer pastéis de camarão e tomar suco de groselha na confeitaria Cavé. O passeio terminava nas lojas populares da rua do Saara, as promoções nas bancadas perto da porta definindo o que Ana precisava comprar. Voltavam de bonde ao entardecer, Estela com a cabeça apoiada no braço da mãe, admirando as luzes dos prédios novos da avenida Presidente Vargas.

Aos domingos passeavam pelo campo de Santana. Estela corria atrás das cotias, Joaquim alimentava os pombos na beira do lago. Ana sentava em um dos bancos de frente para a água, as pernas cruzadas sob o vestido novo, as mãos segurando as luvas por cima da bolsa de couro. Talvez fosse rica, pensava. Nem que fosse apenas em instantes como aquele.

Numa tarde quando voltavam do açougue, mãe e filha passaram por uma menina pulando corda a poucos metros da pensão. Ana apressou o passo, Estela andou devagar. Entraram na pensão e enquanto Ana se ocupava de cortar os bifes a filha voltou para a rua.

Ana mandou Estela entrar, mas a menina não ouviu. Contava os pulos que dava na corda, "dez-onze-doze-treze-catorze, agora é a sua vez, Iolanda". Chamou de novo, ouviu "três-quatro-cinco-seis-sete-oito". Repetiu o chamado até seus gritos entrarem como sussurros no ouvido de Estela. A menina largou a corda contrariada e entrou em casa marchando, pela primeira vez sentindo raiva da mãe.

Ana permaneceu de pé na porta de casa secando por muito tempo as mãos no avental, enquanto Iolanda enrolava a corda e seguia para uma das casas do fim da rua. Continuava não gostando de olhar para as casas suspeitas, e não apenas porque achava aquilo uma pouca vergonha. Mas porque ao olhar as casas Ana se indispunha com seu destino. Apesar das refeições cada vez mais fartas e da dúzia de roupas no armário, apesar de agora poder usar duas gotinhas de um perfume minúsculo comprado por Joaquim em seu único momento extravagante, apesar da filha vestida com linho, olhar para as casas no fim da rua lembrava Ana que eles não tinham dinheiro para ir morar em outro lugar.

Para ter mais dinheiro Ana trabalhava dobrado, e por trabalhar dobrado descuidava de Estela, que ia brincar com Iolanda. As meninas desenharam com carvão o jogo de amarelinha na frente da casa de Estela. "Casca de banana é que é bom pra jogar nos números", Iolanda dizia. "Bom é miolo de pão", Estela dizia. "Casca é melhor", "miolo é melhor", e então brigavam, faziam as pazes, e jogavam uma vez com miolo de pão e a outra com casca. Amarravam a corda na grade para Estela contar e Iolanda pular, ou Estela pular e Iolanda contar. Faziam elixires de terra e folhas de árvore, administrados para os grilos do hospital no jardim. "Este aqui está muito doente", Iolanda dizia, depois de esmurrar o inseto. "Este também", dizia Estela, arrancando a perna de outro.

Demorou um pouco para Estela dividir com a amiga seu mais precioso bem — a boneca com olhos que abriam e fechavam, e que chorava quando ela não estava por perto.

— Hoje a Gina não está doente — disse. — Pode segurar.

Iolanda sentou-se com as costas retas. Em seus oito anos de vida nunca havia posto a mão em algo tão precioso. Não que nunca tivesse tocado uma boneca, Marialva dormia com ela todas as noites. Mas a boneca de Iolanda tinha insônia, por nunca fechar os olhos, e sujava-se tanto na hora de comer que o mingau ficou grudado para sempre em seu rosto. '

— É por isso que ela tem esta mancha — explicava. A boneca de Estela não tinha mancha. Dormia de noite, chorava quando mexiam com ela e usava uma saia de rendas com laço de fita nas costas.

— Você agora tem uma madrinha, Gina — disse Iolanda solene, enquanto embalava a boneca. — Vou estar sempre aqui para você.

Um dia Iolanda apareceu com uma amiga chamada Otília. Agora podiam jogar Passa-Anel e Mamãe Posso Ir. Estela gostou de Otília, ela também achava melhor pular amarelinha com miolo de pão. A boneca passou a ter duas madrinhas, o que Iolanda e Otília disseram ser ótimo; elas também tinham muitas madrinhas, e todas lhes davam doces. Estela sentiu inveja. Só tinha uma madrinha, que morava longe e apertava sua bochecha. Detestava a viagem de trem até a casa dela e as horas que passava na sala abafada sem ter o que fazer. Detestava principalmente os rituais de chegada e de partida, quando era obrigada a beijar a madrinha e não conseguia desviar o rosto da verruga peluda do queixo.

— Domingo é aniversário da sua madrinha, nós vamos visitá-la — a mãe dizia todos os anos.

Dessa vez Estela disse não. Que não ia, não ia e não ia. A mãe disse sim, você vai, *não, não vou*, pois não me responda assim, *respondo, sim, eu não gosto desta madrinha, quero ter outras madrinhas como as minhas amigas*, você não sabe o que está falando, *sei, sim, as madrinhas delas são melhores que a minha*, você está dizendo besteiras, *Não estou, Odete ganhou um batom de uma das madrinhas*, pois cale-se e deixe de sem-vergonhices, *eu também quero um batom*, você quer é ir para o quarto com uma sova, e a conversa acabou em gritos, os gritos acabaram em castigo e o castigo terminou em choro no escuro do quarto.

Algumas semanas depois Ana chamou a filha no quintal.

— Vamos até o centro.

Estela bateu palmas, era o dia especial do ano. Olhariam vitrines, comeriam na Cavé, talvez ganhasse um presente. Nesse dia Ana comprou muitas coisas para Estela. Duas camisolas de flanela, um par de sapatos de couro, escova de dentes, escova para os cabelos, seis calcinhas brancas, cinco pares de meia três-quartos, dois cadernos, um estojo com lápis, apontador e borracha. Estela ria para a mãe, que evitava olhar a filha.

No caminho de volta Ana parou em frente à loja de um fotógrafo. A vitrine estava repleta de fotos de casamentos, famílias e crianças. Algumas haviam sido retocadas, e seus personagens tinham bochechas rosadas e lábios vermelhos. Havia também postais do Rio, os céus por demais azuis, os morros pintados com um verde artificial. Ana apertou a mão da filha e a guiou até a loja. Penteou os cabelos de Estela com um cuidado exagerado, olhou-a com um carinho desmedido. Um homem magro e de bochechas encovadas pediu para a menina sentar no banco em frente à câmera e desapareceu embaixo de um pano preto.

A foto está hoje no corredor do apartamento de Estela, cercada por outros registros de família. Era moda, diziam as revistas, pendurar fotos assim. A imagem é de uma menina com as mãos pousadas nas coxas e pés que não tocam o chão. O rosto está ligeiramente virado para o lado, como se o imenso laço nos cabelos lhe fosse muito pesado. Quem prestar atenção verá que a menina olha para a frente, mas não para a câmera. Estela sorri para a mãe, que não tira os olhos do chão. No domingo seguinte Ana, Joaquim e Estela pegariam o ônibus para Petrópolis, onde a menina começaria a estudar em um colégio interno.

Estela só soube do exílio no dia da partida.

— Você vai estudar num internato — disse Ana.

— O que é um internato? — perguntou a menina.

Estela chorava, Joaquim e Ana escondiam lágrimas. Por favor, por favor, por favor, deixa eu ficar, Estela dizia, com as mãos em volta do pescoço de Ana. Meu amor, você tem que ir. *Por quê?* Para ter uma boa educação. *Mas, mamãe, eu não quero ficar sozinha.* Você não vai ficar sozinha, você vai ter muitas amiguinhas na escola. *Mas e você? E o papai? E as minhas amigas daqui?* Nós vamos estar sempre aqui. *E quando vocês vão me ver?* A cada quinze dias vamos te visitar. *Promete?* Prometo. *Muito?* Muito. *Mas mamãe, eu não vou mais voltar? Eu nunca mais vou poder voltar?* Você vai voltar, você vai voltar nas férias. *E quando são as férias?* As férias são em julho. *Quando é julho? Julho é daqui a três dias? Sete horas? Uma semana? Julho é quando chegar no dedo mindinho?* Julho é quando o tempo esfriar. *Vai demorar pra ficar frio?* Um pouco.

Não havia saída. Se ao menos eles tivessem condições de se mudar para um bairro melhor! Mas as condições não chegariam logo, e se tudo corresse bem em alguns anos a menina que abraçava a mãe em desespero já estaria casada e sendo abraçada por outra menina, sem sinais de desespero.

Seis

No primeiro ano Estela achou o internato muito grande e frio. No último ano sua opinião era outra. Perguntem à Estela criança se a solidão maior é a da morte ou a do internato, e ela responderá internato. Perguntem à Estela já moça, e ela vai se ajeitar na cadeira, alongar a coluna, cruzar as pernas e dizer: "Até que não foi tão ruim".

Estela só se lembra de fragmentos. O cheiro de naftalina no armário de uniformes novos, o barulho da enceradeira no corredor de cerâmica escura, o copo de alumínio que suava com água fria, a sopa de vegetais depois da oração das seis. O sinal anunciando a hora do bordado, da porcelana, dos estudos, da missa, de acordar, dormir e tomar banho, comer e descansar. Cabelos presos, rosto limpo, sapatos engraxados, unhas polidas, respostas polidas.

Havia, é claro, muito mais. Álgebra, química, física e ciências. Mapas de civilizações antigas copiados para o papel vegetal em horas da tarde em que ela descobria o sentido da vida, que é esquecer-se do tempo. Havia irmãs tão doces que às vezes Estela quase não tinha saudades da mãe.

Havia também as outras, que não sorriam. Algumas por falta de prática, outras por se ressentir da vida que lhes foi privada, e por saber que os anos futuros seriam pastiches dos que se foram. E por que rir, se a Missa do Galo servia para lembrar que um ano bom terminava e que o próximo talvez trouxesse um reumatismo? As que ensinavam religião eram criativas ao descrever o inferno, detalhando escadas de pedra com limo, gritos perpetuados por ecos e pequenas criaturas armadas com lanças que à noite nos pesadelos furavam os rins de Estela, fazendo com que acordasse molhada.

No final restaram os valores. Como não se cansou de repetir a amigos, parentes, vizinhos, convidados de festa, açougueiros, farmacêuticos, sapateiros, feirantes, vendedores, professores dos filhos, manicures, motoristas de táxi — e uma vez ao guarda da esquina da Visconde com a Farme durante um sinal vermelho —, Estela formou-se numa escola que preparava as alunas para a vida, com aulas diárias de religião, conjugação de verbos em latim e atividades extracurriculares, como os cursos de sólidos geométricos em cartolina e decoração com papel crepom.

O internato permaneceu em Estela principalmente no hábito inconsciente de tratar os mais variados assuntos com o mesmo franzir de cenho ao pensar: *Tem que ser assim porque tem que ser assim, não pode ser de outra forma, de jeito nenhum.*

Nas férias de verão voltava para casa com mais condecorações que generais da reserva.

— Esta é por excelência nos estudos, esta por bom comportamento, esta por asseio e pontualidade — Estela dizia, apontando as medalhas enfileiradas na cama.

Joaquim tocava as medalhas como se fossem de ouro, Ana ria deslumbrada, a mão escondendo os dentes. Tinha arrancado um molar e só poderia fazer a dentadura no ano seguinte, se o movimento da pensão fosse bom, se o marido recebesse um aumento e se sobrasse algum depois de pagar a excursão que Estela faria com as freiras ao santuário de Aparecida do Norte. Olhava a filha e continuava vendo um anjo, agora de meias três-quartos, vestido de pregas e cabelos presos. Já Estela não via a mãe da mesma forma. Quanto mais medalhas recebia, mais Ana se transformava em uma imigrante de avental sujo sobre um vestido roto, cabelos presos para não atrapalhar o rosto e cutículas molhadas pela água da louça e das roupas. Ana sentia a filha distante, mas não se importava, porque no mundo novo de Estela não havia espaço para as casas do fim da rua, onde moravam Otília e Iolanda.

Estela concluiu os estudos no ano em que os pais anunciaram a mudança para Ipanema. D. Ana sentia dores no peito, que o médico atribuiu ao excesso de trabalho e à falta de ares limpos. A brisa do mar ajudaria no processo de recuperação. A essa altura o casal já tinha dinheiro suficiente para dentaduras e aposentadorias. Venderam a pensão, juntaram as economias e compraram um apartamento na rua Montenegro.

Nos primeiros tempos no novo bairro Estela sentia-se solitária e estrangeira. Entendia a solidão como castigo e pecado. Era pecado ser solteira, e como punição recebia a perpetuação desse estado. Também não ajudava morar de frente para o Bar Veloso. As noites de sábado eram as mais sofridas: o pai dormindo, a mãe dormindo, o silêncio da casa, o barulho do bar. Estela passou as horas mais longas de sua vida durante os primeiros sábados em Ipanema — assistindo TV, tentando se concentrar em um livro, fazendo um bordado ou bainha. Ela não pertencia àquele mundo, e talvez por masoquismo observava do quarto o movimento do bar. Um dia teve que sentar na cama, a mão tapando a boca de espanto. Mas aquela mulher, como podia fazer xixi assim em um balde, no canto do bar?

Foi também da janela que viu as muitas outras mulheres do bairro. Passavam carregando sacolas, conversando a caminho da praia, abraçadas ao namorado. Observou como andavam, se vestiam e se maquiavam. O jeito de mexer nos cabelos, ajustar os brincos, tocar os colares. Estela se esquecia do bordado, do livro, das bainhas e da TV, para se postar em pé diante da janela. Cansava-se só nas pernas, arrastava uma cadeira, sentava-se para ver mais. Comprimia os olhos sem perceber: *O que eu preciso fazer para um dia ser assim?*

Meses depois *o dia de ser assim* chegou. Difícil precisar o que houve, talvez tenham sido os ares do mar, o tempo finito de adaptação ou a determinação em ter uma vida melhor do que a de espreitar-se atrás de janelas. Foi também depois de ter descoberto a butique Mariazinha, de ter diminuído o cumprimento dos vestidos e de ter comprado uma tornozeleira dourada com pedrinhas azuis que tinha o estranho poder de fazê-la corar. Nesse dia Estela desceu até a portaria, atravessou o portão e sentiu que era uma delas.

Estela agora andava sem olhar para os lados; as pessoas em volta é que olhavam para ela. Sabia estar sendo observada assim como tinha observado Maria Lúcia, que um dia também soube estar sendo observada como observara as outras mulheres do bairro. Imitavam-se umas às outras, expressando-se em modismos e trejeitos que quando postos em prática tornavam-se originais. Estela fez amigas, foi a bares, recebeu convites, descartou pretendentes. Conheceu Otávio Jansson e teve certeza. Era ele seu futuro marido.

Agora, houve alguns problemas de comunicação, porque Tavinho não soube de imediato que seria o marido de Estela. Foi avisado aos poucos, por uma Estela que preparava comidinhas e dava carinhozinhos. Tavinho estava tão entretido por mimos que mal pensou no que fazia quando chegou à casa da namorada com duas alianças de ouro. Suava e tremia, mas achou que fosse normal, e talvez tudo melhorasse depois de um cafunezinho. Quando se deu conta estava retribuindo o cumprimento do sogro, transmitindo no aperto de mãos a segurança de que Joaquim precisava para dar à filha uma festa de casamento que fosse o oposto da que teve com Ana.

Na noite do noivado, depois que Tavinho deixou a casa e Estela foi dormir sentindo o poder da aliança se alastrar pelo corpo, Joaquim se lembrou das seis garrafas de grapa, cuidadosamente arrumadas na mesa simples de seu casamento para disfarçar os espaços vazios. Refletiu sobre gerações e progresso, e decidiu que a partir de então seria um homem rico. Liberou o talão de cheques para a mulher, com instruções específicas de uso:

— O casamento de Estela tem que ter do bom e do melhor.

No começo d. Ana estranhou. Ela ainda tinha o hábito de se banhar com sabão de coco quando a cota de sabonetes acabava antes do fim do mês. Depois achou lindo. Não tinha decidido ser rica, mas gostava de ter o marido decidindo por ela. Saía com Estela em busca do bom e do melhor, e quando ficava em dúvida entre uma coisa boa e outra melhor, optava pelas duas. Flores do campo ou lírios para a igreja? Flores do campo na entrada, arranjos de lírio no altar. Coquetel ou jantar? Coquetel das oito às nove, jantar das nove às dez. Em outras ocasiões a decisão era unânime, por ser o melhor do melhor. Cerimônia no Outeiro da Glória, recepção no Clube Piraquê. Buquê feito pelas senhoras da galeria no Catete, dezenas de metros de tafetá, gorgorão, renda francesa e filó, que poderiam vestir uma turma inteira do Instituto de Educação, mas que foram usados para envolver uma única noiva, formando um vestido mais cheio de camadas do que o mil-folhas da Colombo.

A lista de convidados sofria modificações diárias. A família de Tavinho era tão antiga no bairro que havia dúvidas sobre quem tinha nascido primeiro, se Ipanema ou o clã dos Jansson. Tavinho queria convidar os amigos da praia, seu Nilson, Ipanema inteira. D. Guiomar também tinha convidados. Seus parentes mais próximos já estavam mortos, mas ela mantinha contato com um primo de Itu e com uma amiga de infância que se mudara para o subúrbio.

Os convidados da família do noivo somavam trezentos nomes em dias de austeridade. Nos de bonança, chegavam a trezentos e sessenta.

— Mas, meu benzinho, eu tenho que chamar o Túlio — Nilson explicava a uma Estela de braços e pernas cruzados. — Ele era o otorrinolaringologista do Tavinho, toca comigo na Banda de Ipanema e mora no primeiro andar do prédio. Com que cara que eu vou ficar no elevador se ele não receber um convite?

Estela queria dizer não mas terminava dizendo sim, para depois descobrir que Túlio tinha quatro filhos, que os quatro tinham namoradas e que se haviam convidado o trompetista da Banda de Ipanema era preciso convidar o saxofonista, a turma do pandeiro, o moço do bumbo e os meninos do reco-reco.

O lado de Estela também não fazia progressos. Joaquim e Ana queriam chamar os parentes de Realengo, integrantes da mais tradicional comunidade portuguesa do Rio. Portugueses na essência e na aparência, dançadores de vira, apreciadores de fado, duros com os seus e com os outros, repletos de um amor meio bruto. Mas os parentes de Realengo eram como elos de uma corrente. Um se ligava a outro, que se ligava a outro e a outro, sendo impossível chamar só alguns. Havia também os sócios do Clube da Casa da Vila da Feira e Terras de Santa Maria, que Ana e Joaquim conheciam desde os tempos de biscates e empregos mal pagos. Uma portuguesada cheia de filhos, netos e enteados que somavam tanta gente que em algum momento era preciso botar a mão na testa e parar de contar. A lista de convidados chegou a quinhentos. Um disparate, segundo Estela. Perguntou a Tavinho se podiam cortar o primo de Itu. Guiomar disse que de jeito nenhum. Andava de mau humor por aqueles dias, não só porque antevia a perda de seus dois homens, mas porque precisava perder dez quilos e se pôr bonita para o ritual que anunciaria a perda de seus dois homens. Não podia ver, cheirar ou ouvir falar de sopa de repolho, por isso fechava os olhos e tentava não respirar diante do prato todas as noites no jantar. Guiomar também se indignou com a recusa de Estela em encomendar os salgadinhos a cento que sua amiga de infância fazia para as festas do Méier. Não havia bodas que se comemorassem sem aquelas bolinhas de queijo, Guiomar ressaltou, mas dessa vez Estela quis dizer não, e disse. Ela e a mãe já tinham contratado um cozinheiro francês chamado Jean Jean, famoso nas festas da zona sul por suas *petites boules du fromage.*

Numa noite de janeiro, Estela e Ana estavam sentadas na mesa de jantar, olhando para os nomes da lista em busca da magia que os faria encolher. Precisavam cortar os convidados pela metade. Joaquim reparou nos malabarismos e perdeu a paciência.

— Às favas com esta lista, que venha Ipanema inteira, e o pessoal do Clube Bragança e os primos de Pilares.

Choveu no dia do casamento. Um toró com raios próximos e trovões de estremecer paredes. Quando a chuva começou Estela esperava dentro do Aero Willys em frente à igreja para entrar com vinte minutos de atraso. A chuva piorou e o atraso deixou de ser planejado, não sairia do carro para um casamento que não fosse perfeito. Foi convencida por uma das madrinhas, ninguém aguentava mais esperar dentro da igreja, era muita flor e nenhuma janela aberta, o lugar parecia um caixão. Estela abriu a porta e molhou a ponta do scarpin numa poça d'água. Dois guarda-chuvas se abriram, mas não conseguiram manter seca toda a cauda do vestido.

— Casamento com chuva traz sorte — alguém disse.

Estela sorriu e deu o braço para o pai, que olhava a filha deslumbrado, pensando: *Fui eu que fiz.*

O casamento de Estela e Tavinho começou sem ninguém perceber e terminou mais rápido do que devia. Restaram apenas flashes da noite, que foram:

D. Guiomar de cara amuada porque o fecho do vestido estourou na altura dos quadris. Passou o resto da noite sentada, esperando ser contemplada pelas bandejas com *petites boules* dos garçons do chef Jean Jean.

O colunista social do *Jornal do Brasil* tomando notas num guardanapo. Era amigo de Nilson e foi apresentado aos convidados com um acréscimo sussurrado: "É bicha, mas muito boa gente".

As quarenta e quatro portuguesinhas sentadas em frente à pista de dança. Todas à espera de que alguém as chamasse para uma valsa ou as pedisse em casamento.

Os quarenta e quatro amigos do noivo em volta das portuguesinhas. Alguns chamaram as portuguesinhas para dançar, outros se casariam com algumas.

O primo de Itu, de óculos escuros apesar das luzes esparsas das onze e meia da noite. Passou a festa imóvel em uma mesa de canto e sorriu uma vez, quando Estela agradeceu pelas baixelas de prata que enviou de presente.

Joaquim dormindo sobre o prato, o rosto apoiado nas costas de uma lagosta. Tinha bebido mais naquela noite que em toda a sua vida.

D. Ana realizada, sem conseguir beber ou comer. Deu um único gole de vinho e passou a noite observando a festa da mesa principal do salão. A vida inteira de trabalho justificada em uma única noite: *Eu sempre soube que minha filha faria um bom casamento.*

Sete

Quando Estela acordou depois do choro que continha tantas coisas, encontrou a casa em silêncio. Tavinho não estava na sala, Dalvanise já tinha ido embora. Reagiu ao corpo pesado, foi ao banheiro e acendeu as luzes de camarim. Lavou e secou o rosto, olhando fixo para a frente. Estela não ia se render. Não ia dizer: "Vai, Tavinho, vai ser gauche na vida" e se tornar uma mulher desquitada. Os pelinhos do braço até levantavam quando pensava nisso. Tavinho também não queria outra vida. Mesmo porque, se ele fosse parar para pensar, o que aconteceu no colégio foi brincadeira de menino. E depois aos quinze anos foi por excesso de hormônios, normal querer experimentar. Quem é que já não fez, ele queria saber. Desde então eram só os sonhos com os nadadores, o que, tecnicamente, comprovadamente, definitivamente, não era real. Sete deles na posição de tiro, cúmplices dos toques de Tavinho em seus ombros e coxas.

Ele era Otávio Jansson, alto, forte, homem. Casado com Estela Jansson, mulher com curvas de Pão de Açúcar. Não era justo ver a mulher pintar os olhos para sujar a fronha do travesseiro. Não pensaria mais naquilo, mas talvez fosse bom conversar com alguém. Numa quarta-feira tranquila no cartório telefonou para Maria Lúcia.

— Tavinho! Que saudade, a gente mal se viu na festa de réveillon! Sim, eu tô bem, já passou.

Tavinho disse que precisava falar umas coisas.

— Vamos conversar, lógico que sim. Preciso te contar, terminei com o Walter depois da festa. Quando Walter bebe vale menos que os canos velhos que guarda atrás da porta. Mas aí ele chorou no meu colo, fez um discurso de eu-não-vivo-sem-você, disse que não ia mais acontecer, que só me bateu porque ficou com ciúmes do cara com quem eu estava dançando. Mas, porra, Tavinho, eu dancei meia música com o sujeito, não era pra ele ter feito aquilo. Mesmo porque nossa relação é de amor livre, saca? A gente se ama e entende os desejos um do outro, tem liberdade pra experimentar outras coisas. Depois fiquei sabendo que o cara era um conhecido de infância, tinha um lance antigo de briga por figurinha de bafo. Nunca se toparam, homem tem dessas coisas.

Maria Lúcia seguiu dizendo que ela e Walter tinham voltado, mas que não tinha muita certeza, talvez fosse hora de ir para Madri. Depois se calou. Do outro lado da linha Tavinho só respirava, e por alguns segundos o silêncio era o mesmo das noites em que compravam um sorvete do Morais e caminhavam até a praia. Sentavam-se na areia e terminavam de comer calados, ele raspando o fundo do copinho, ela tapando a boca com a colherzinha de madeira. Ela precisou voltar a falar. "É que talvez eu receba uma promoção aqui no jornal, então não sei se é hora de viajar." Tavinho tinha visto a reportagem que ela escreveu sobre a velhinha que morava em uma árvore?

Tavinho respondeu que sim.

— Velha, preta e pobre, nem barraco na favela podia ter. Arranjou um afilhado que pregou umas tábuas numa figueira e dormia ali, descendo pra pegar lata d'água, subindo com o peso na cabeça. Mas o Walter, olha, eu ainda não sei. Não sei se devolvo pra ele a chave do apartamento. Não sei se jogo fora os tubos, os canos e os pedaços do liquidificador que ele desmontou, nunca mais pude fazer vitamina. Que bom que você ligou, eu estava mesmo precisando falar com alguém. Mas pera aí que o editor tá me chamando. Te ligo depois, precisamos nos ver, prometo que ligo, e pra semana prometo talvez nos vejamos.

No ano de 1968 o apartamento da Aníbal de Mendonça foi tomado por dúvidas. Era Estela, era Tavinho, era Dalvanise na copa e na cozinha e um desconforto constante atravancando os cômodos.

As coreografias ajudavam. Havia o banho, o café, a despedida na porta. Tavinho ia para o cartório, para a praia, para o pôquer com os amigos. Estela ia ao salão, ao açougue e à mercearia, almoçava com as amigas, visitava a mãe. De noite os dois jantavam e viam TV, em dia de jogo Tavinho xingava o atacante, mandava entrar com tudo no gol, chamava o juiz de bicha. Desligavam a televisão por volta das nove, escovavam os dentes, trocavam de roupa. Estela vestia uma das sete camisolas de cambraia, passava hidratantes e adstringentes, espremia um cravo do nariz. Tavinho lia algum livro, Estela sempre tinha uma revista por perto.

Aos sábados recebiam os pais de Tavinho para o almoço. Estela e Guiomar se ignoravam, assistiam TV, Tavinho ia dormir. Nilson abria a geladeira para beber água no gargalo e beliscar a bunda de Dalvanise. Lamentava na sala pelo país.

— Estão prendendo estudantes. Estudantes!

De noite Estela vestia um de seus cinco baby-dolls e colocava um pinguinho de perfume atrás da orelha. Tavinho se demorava no banheiro, quando saía as luzes do quarto estavam apagadas. Faziam amor por volta das nove, às nove e quinze estavam dormindo. Era um acordo viável, que se mostrava imperfeito quando as coreografias saíam do ritmo. Nesses breves momentos a revelação de Tavinho mostrava-se irreversível, e o apartamento tornava-se inabitável. Estela pensava sem querer pensar se o marido *era*. E se horrorizava ao responder que *sim*. O que ela mais queria era que Tavinho a desejasse como fingia desejar. E que ela o desejasse como fingia desejar — mais do que trocar seus talheres de prata por outros banhados a ouro. Mais do que nunca engordar.

Tornou-se devota de Nossa Senhora da Paz. Ia à missa aos domingos, confessava-se uma vez por semana. Revelou ao padre a versão católica sobre a crise em seu casamento: "É o meu marido, que parece ser, parece estar, distante". Recebia respostas mais genéricas que previsões de horóscopo: "Casamento é difícil, tenha paciência. Reze trinta ave-marias e dez salve-rainhas".

Estela resgatou o terço de madrepérola que não usava desde os tempos de crisma e rezou mais pai-nossos do que um ano inteiro de internato. Ajoelhou-se tantas vezes e por tantos dias na frente do altar que se inteirou de todas as dores das quatro viúvas que nunca saíam da igreja. Prometeu velas, dízimos, jejuns.

Os esforços foram em vão, seus baby-dolls continuavam mal aproveitados. Tavinho permanecia econômico nos momentos em que Estela precisava de mais. Ela queria mais minutos com ele nas noites de sábado e minutos exóticos em lugares onde seria bom ter um marido criativo ao menos uma vez na vida, como o tapete do corredor, o chuveiro com água correndo, a bancada da cozinha, e por que não a estante, pensava Estela, calculando o espaço entre o galinho de Barcelos e a enciclopédia de plantas.

As orações de nada adiantaram. E, por ser profundamente católica, por acreditar que uma união feita por Cristo não deve jamais ser desfeita, Estela procurou um pai de santo.

Uma semana depois seus pés finos caminhavam descalços pelo chão de cimento frio do terreiro. Os cabelos fartos se estreitavam em um rabo de cavalo na altura da nuca, as coxas escondiam-se numa saia branca e rodada. Estava em uma casa de muro baixo na Pavuna, com portão enferrujado e mangueiras no quintal, onde atendia pai Laudelino de Oxalá. A única diferença dessa para as outras casas da área eram as gaiolas com aves amontoadas nos cantos e uma gruta fechada por uma grade, atrás da qual havia uma criatura vermelha com tridente que Estela achou conveniente ignorar.

Ia falar. *Tudo*, prometia a si na antessala de cadeiras enfileiradas ocupadas por mulheres como ela, de saias brancas, pés descalços, braços cruzados e expressões contidas. *Tudo mesmo*. Decorava frases, mudava enredos. Quando cansava de pensar no seu caso olhava disfarçadamente para as outras mulheres, tentando adivinhar na tensão de seus rostos o tamanho de seus problemas.

Foi chamada no fim da tarde. Entrou em uma sala semiescura, com tambores nos cantos, velas acesas e vasos com palmas. Um negro de cabelos grisalhos estava sentado em uma mesa no canto direito. Vestia-se de branco, usava colares de conchas, fumava um cachimbo e apertava os olhos num tique nervoso. O ar estava carregado pelo aroma de azeite de dendê e Estela sentiu-se enjoada.

Falar o quê?, ela pensou. A ideia da consulta, o motivo, tudo lhe parecia subitamente desnecessário. Quis voltar, mas seus pés recusaram. Empurrou-se para a frente e sentou no banco diante da mesa. *E se alguém escutar, as ajudantes, as outras mulheres?* Movendo os quadris deslocou-se para ficar mais perto do médium. Debruçou-se sobre a mesa, e chegou tão perto do pai de santo que seus lábios encostaram no lóbulo negro. Sentiu um calafrio e recuou aflita. Tentou novamente, calculando uma distância segura. Começou a falar, e não conseguiu mais parar.

— Que foi que eu fiz para merecer isso, que foi que ele fez, que foi que fizeram conosco? Por que tem que ser assim, por que comigo, por que com ele? Me ajude, pai Laudelino, tem remédio, retorno, solução?

As mulheres na sala de espera encostaram a porta e aumentaram a velocidade do ventilador. Pai Laudelino apertou os olhos.

— A fia tá aflit'assim desdi quando?

Estela disse que fazia alguns meses. Ele deu umas cachimbadas, pegou os búzios em um canto, chacoalhou e jogou-os na mesa. Olhou o desenho aleatório que formaram como quem lê notícia ruim.

Uma hora depois, de pé no ônibus de volta à zona sul, Estela sentia-se realizada, feliz até. Nem se importou com o cheiro de sovaco ou com tanta gente se encostando — aquilo não era higiênico. Chegou em casa e tomou um banho duplo, para se livrar do calor e do subúrbio. Às seis da tarde Tavinho abriu a porta do apartamento. Estela não esperou ele trocar de roupa. Foi seguindo o marido pela casa e contando o que tinha aprendido, até fazer o marido sério que jogara a chave na mesa se transformar num homem aliviado desabotoando a camisa.

— Inveja — disse Estela. — Pai Laudelino confirmou. Fizeram um trabalho contra o nosso casamento, coisa de quem não quer ver a gente feliz. Ah, Tavinho, eu sempre desconfiei. Nossa vida é boa demais, os outros se ressentem. Mas o importante, Tavinho, o importante, Otávio — ela repetiu, colocando as mãos nos ombros do marido —, é que tem solução.

Agora Estela fazia o trajeto até a Pavuna todas as quartas-feiras de manhã. Deixava a rua sombreada por amendoeiras, pegava um ônibus até a Central e um trem até o subúrbio. Parava em mais de dez estações, geralmente exasperada. Não deviam chamar de Rio este subúrbio infinito, tão diferente da zona sul. Percorria ruas de paralelepípedo com construções humildes, chegava à casa de muro baixo onde funcionava o terreiro, abria o portão enferrujado. Levou uma toalha bordada para a mesa das oferendas, decorou os altares com rosas brancas. Passava as terças-feiras cozinhando para os santos, milho, batata-doce, farofa, feijão-fradinho.

Carregou Tavinho para o terreiro. Ele foi a contragosto, não queria intimidade com aquele povo que se debatia. Mas o problema era dele, disse Estela, então era ele que tinha que ir. Durante a consulta Tavinho parecia ainda maior diante do pai de santo. Conversaram entre cochichos, seus corpos curvados sobre a mesa. Pai Laudelino apertava os olhos por causa do tique, Tavinho apertava os olhos para não chorar. Aprendeu que era filho de Omulu, o senhor das doenças. Ele atraía doenças, o que explicava o mal contraído no armário da festa de réveillon. Recebeu rezas, tomou banhos, vestiu-se de branco, fez nova consulta, descobriu outras coisas. Além da influência de Omulu havia um encosto. "Botarum nu fio pra trapaiá", disse pai Laudelino.

Tavinho então se apavorou. Um espírito estranho, assim grudado em seu corpo. Maldade acontecer logo com ele, que mesmo adulto continuava com medo de fantasma. Passou a dormir com a luz do corredor acesa e precisava de companhia até quando ia fazer xixi. Às vezes da sala Estela ouvia uma correria no corredor, era Tavinho que foi trocar de camisa mas não conseguia ficar sozinho no quarto, voltava assustado para junto dela.

Apesar das oferendas e banhos de pipoca, as noites de sábado permaneciam mornas, o que levou Estela a procurar um centro kardecista. Ouviu ditames, tomou passes, voltou com Tavinho. O problema era cármico, seguia o ritmo do universo, disseram os médiuns. A cartomante entrou em detalhes, o astrólogo confirmou. Segundo semestre, garantiram os dois. A cigana disse que aquilo era coisa de meses, a vidente corroborou. O tarô mostrou melhoras depois de outubro. "Então é outubro?", perguntou Estela. "Outubro", disse a mulher dos cristais. "Se o seu marido se chamasse Adílio seria em junho, mas como é Otávio sem o C só vai melhorar em outubro", confirmou a numeróloga.

No primeiro sábado de outubro Estela preparou para os sogros um almoço de hotel. À noite abriu um vinho e estreou um baby-doll. A cintura mínima aumentava o potencial das coxas, os seios pediam para sair do decote. Tavinho demorou-se no banheiro e só foi para o quarto quando as luzes já estavam apagadas. Recusou o vinho em nome da azia, amou Estela por quinze minutos.

O ano passou de ruim a insuportável. Tavinho e Estela jantavam com a emoção dos que estão na fila do banco. Dalvanise tirava e colocava os pratos na mesa sem entender. Como podiam ficar tão tristes diante de um filé mignon?

Numa terça-feira à noite Tavinho se aproximou da mulher.

— Precisamos conversar, meu amor.

Estela contraiu os ombros. Sorriu por reflexo e sentou na beirada do sofá com as mãos apoiadas nos joelhos. Tavinho foi até o bar e preparou um copo de uísque. Tomou um gole, olhou para a parede, tomou outro gole e voltou para junto de Estela.

Disse que os tempos eram outros. A sociedade estava mais livre, as pessoas estavam experimentando na Europa, nos Estados Unidos, em Ipanema, até. Fidelidade era uma armadilha da moral burguesa, entender os próprios desejos era um lance inserido no contexto.

— Para só pra pensar: monogamia é um troço careta pacas, uma armadilha da sociedade patriarcal. Foi criada pra justificar o acúmulo de bens, as heranças, esse monte de tralha que a gente junta na vida. Então — ele continuou, colocando o copo na mesa e pegando as mãos da mulher. — A gente devia tentar umas coisas. Amor livre, por exemplo.

— Amor livre?

— Amor livre. Continuamos casados, mas com liberdade pra experimentar outras coisas. Eu vou poder entender o que está acontecendo comigo e você também pode experimentar o que quiser. Fica só entre nós. Depois a gente conversa, vê o que faz.

Estela levantou-se do sofá e caminhou pela sala. Contemplou os bibelôs e os quadros, a estante, os copos de cristal, o vaso chinês, o biombo com motivos tribais. Objetos que serviam como alicerces do casamento. Andava devagar, passando os dedos pelos bens. Chegou até o aparador atrás do sofá, onde estava o aparelho de chá de prata. Três peças em estilo barroco, com alças em forma de rosa e base em alto-relevo. Prata teor 925, Sterling.

— Que delicado este jogo de chá — disse. Tocava os arabescos, atenta aos detalhes das pétalas. Levantou o rosto e olhou para Tavinho. — Eu me casei com você por causa deste açucareiro.

Pegou o motivo do casamento e jogou no marido.

No dia seguinte Dalvanise limpou o açúcar esparramado no chão. Tavinho foi trabalhar com um curativo na testa, Estela foi ao mercado e ao salão. Na volta se sentou num banco em frente à praia. Era dia de ressaca, o vento sudoeste batia forte. Não havia ninguém no mar ou na areia, a maresia estava tão densa que os poucos carros na Vieira Souto circulavam de farol aceso. Estela cruzou o cardigã sobre o peito e arqueou os ombros para a frente. Tinha o rosto molhado pela chuva e pelos respingos das ondas gigantes que batiam rente ao banco. O rosnado intenso do mar, o constante uivo do vento, o shshshsh da areia no ar, o atrito dos pingos no chão chegavam para Estela como sons de silêncio.

Os ruídos da tempestade calavam tudo que estava seco e seguro dentro dos apartamentos de Ipanema. E despertavam o que não era ouvido pelos moradores secos e seguros dos apartamentos de Ipanema. Sussurros de Johan — *As ondas daqui, querida, são feitas pra gente esquecer. Elas engolem os problemas e trazem de volta este nada tão bom.* Opiniões de Brigitta — *Mas este meu neto, que surpresa, nasceu todo cheio de cores.* Lamentos dos que sofreram por Laura — *Eu só queria um único beijo, nem que fosse soprado pela palma daquela mão.* Histórias de pescadores — *Já peguei cação de quarenta quilos naquelas pedras.* De comerciantes — *Só vendo chita de qualidade, essa aqui é melhor que seda.* De gente que viveu ali muito tempo, e há tanto tempo — *Hoje tem missa de pentecostes, Iracema, deixa eu fazer tuas tranças, João nasceu em pelica, Dadinho morreu de lombriga, cuidado que ali tem cobra.* Brigas, conciliações, choramingos, chamegos, petulâncias, elucubrações, modinhas, surpresas, desilusões, mentiras, gargalhadas, apostas, temores, desconfianças, tentações, sonhos e promessas, planos e devaneios.

Estela ouviu tudo. Encontrou sua voz no meio de todas as outras, depois de identificar nos ruídos da tempestade o que era a sua não voz. Poderia ter ouvido mais, poderia ter ficado mais tempo, mas o litro de leite comprado na mercearia precisava ir para a geladeira. Pegou as sacolas das compras, levantou-se e foi para casa.

Tomou um banho quente e jantou em silêncio. Antes de dormir disse a Tavinho:

— Vamos ver como funciona este negócio de amor livre.

Oito

Em 1968 a Passeata dos cem mil na Candelária pediu a volta da democracia, a rainha Elizabeth visitou o Brasil. Edson Luís foi o primeiro de muitos estudantes a ser morto pela polícia durante protestos contra o novo regime, Martin Luther King e Robert Kennedy foram assassinados. A Primavera de Praga tomou a Tchecoslováquia, estudantes invadiram as ruas de Paris. Tavinho passou a chegar mais tarde em casa, Estela descobriu um vazamento no banheiro.

Era uma mancha escura em forma de meia que estava no teto fazia meses, mas que Estela achou que poderia começar a pingar a qualquer minuto.

Bateu na porta da vizinha, explicou o problema no teto. D. Ivone ouviu de rosto impassível, e disse que não podia fazer nada sem o aval do marido.

— Paulo vai dar uma olhada no teto, mas ele só chega da corte depois das cinco. Paulo é muito ocupado. Procurador.

Curioso, notou Estela. Ivone citava o marido com tanto orgulho que suas bochechas pareciam inflar a cada Paulo pronunciado.

Paulo chegou, Paulo saiu e ninguém apareceu no apartamento de Estela. No dia seguinte ela bateu de novo na porta da vizinha.

— Paulo disse que não é vazamento. Que mancha no teto só é vazamento se houver indício de umidade.

Estela arranjou um pedreiro para quebrar o teto do banheiro. Encontrou um cano úmido e chamou a vizinha.

— Olha a prova do vazamento.

D. Ivone olhou para cima.

— Não estou vendo.

— Ali — disse Estela. — No cano molhado.

— Mas não tem goteira.

— Tem goteira.

— Não tem.

— Tem.

O tem-não-tem foi subindo de volume até terminar com d. Ivone inflando as bochechas para falar do marido.

— Paulo virá conferir o cano.

Paulo apareceu no fim do dia. Olhou para cima, fez uma careta para enxergar melhor, olhou Estela.

— Tem que ver se o problema está na tubulação vertical ou horizontal. Se for na tubulação vertical é responsabilidade do condomínio e não nossa.

— Mas o cano que está úmido é horizontal.

— Está úmido mas não tem goteira.

— Tem.

— Não tem.

— Tem.

— Não tem.

O tem-não-tem subiu de novo de volume e culminou com todo mundo falando junto. A senhora por favor me respeite, o senhor por favor se controle, não tem goteira, tem, não tem, tem, não tem.

Quando Estela foi registrar a briga no livro de ocorrências do edifício já encontrou o relato de d. Ivone.

— Desequilibrada é a senhora sua mãe — Estela disse para a página, com tanta raiva que quase ficou feia.

Nessa noite Tavinho chegou tarde, na manhã seguinte saiu cedo. Estela telefonou para o cartório e contou alterada os detalhes do tem-não-tem. Tavinho afastou o telefone do ouvido e disse que ia resolver. Ligou para Paulo, o procurador.

— Cara, cê viu o jogo ontem?

Conversaram sobre os gols e marcaram de se encontrar num bar de sinuca. Voltou para casa tão tarde quanto nos outros dias. Os vizinhos pagariam pela obra.

A memória que Estela e Tavinho guardavam daquelas semanas é esta: ela com a mão na cintura e pescoço para trás, olhando os pés craqueados em sandálias havaianas gastas do pedreiro nordestino que arranjaram para consertar o lavabo. O nordestino no alto da escada e com meio corpo para dentro do buraco no gesso, saindo depois com uma fina camada branca sobre a pele escura. O pedreiro nordestino de cócoras na área, comendo com a mão o arroz, feijão e farinha que trazia na marmita. Estela procurando um comprimido para enjoo na gaveta dos remédios, o estômago revirado pela imagem do montinho de comida que o homem levava à boca. O remédio dava sono, Estela dormia pelo resto da tarde.

Tavinho lembra do período assim: chegava cedo no cartório e dizia aos funcionários que tinha muito trabalho. Pedia para o escrivão auxiliar cuidar do movimento diário, trancando-se em seu escritório. Silhuetas de funcionários e clientes passavam pelo vidro fosco da porta, enquanto Tavinho apoiava os cotovelos na mesa e a testa nas mãos, olhos fixos nas imperfeições da madeira. Na hora do almoço ele saía, dizendo que não ia mais voltar. Minutos depois estaria em seu Corcel passando pelo Aterro. Estacionava na Cinelândia, Carioca ou Candelária, caminhava sem rumo. Eles estavam nas lanchonetes e portarias, nos pontos de ônibus, esquinas e largos. Homens que retornavam o olhar de Tavinho, e sabiam.

Existe também os momentos que Tavinho tentou esquecer. Como as tantas vezes que rondou o cinema São José na praça Tiradentes, com filmes para cavaleiros. Numa tarde ele entrou. A antessala era de um esplendor decadente, com um elevador de ferro trabalhado, piso de mosaico com ramos de flores e cheiro de urina pelos cantos. Uma cortina de veludo azul abria-se aos fundos para a sala de projeção. Tavinho afastou as cortinas e entrou em um salão escuro, com espectadores sentados em cadeiras de madeira rangendo descoordenadas. A projeção era de péssima qualidade, os alto-falantes chiavam. Sentou-se em uma cadeira quebrada, alternando prazer e pânico. Um homem sentou ao seu lado, Tavinho se levantou. Voltou para a antessala e subiu a escada para o segundo andar. As paredes opostas ao corrimão estavam pichadas com os nomes dos frequentadores, a frase "Tentação, sublime tentação" sobressaía em pilot vermelho. Homens cochichavam em seu ouvido, tocavam seu braço e desviavam para roçar seus corpos no dele. Senhores, estudantes, office boys, meninos imberbes, operários. Olhavam Tavinho, e sabiam.

Também tentou esquecer a noite em Vila Isabel. Era dia de jogo do Brasil, os homens estavam em volta do rádio.

— Vai, Brasil — gritou um.

— Porra! — disse outro.

— Puta que pariu — xingou o terceiro.

— Assim não dá — disse um quarto, olhando o rádio. — Assim não dá — repetiu, olhando Tavinho.

Era moreno de lábios grossos e cabelos ondulados, com um maço de cigarros em relevo no bolso da camisa apertada. As coxas se esparramavam na cadeira, a mão segurava um copo de cerveja. Pediu outra cerveja depois do jogo.

— Pra mim uma caninha — disse Tavinho ao garçom.

Jorge morava perto, nunca tinha visto Tavinho no bar.

— É que eu moro em Laranjeiras — explicou Tavinho.

Foi uma noite estranha, em que partes de seu corpo divergiram. O rosto olhava Jorge, virava nervoso para a porta, olhava Jorge e relaxava por um instante, até outra brusca virada em direção à porta. As coxas queriam e não queriam encostar no moreno, as mãos tocavam os lábios, o copo, os lábios. Deu onze horas, tomaram a saideira.

Deixaram o bar e andaram em silêncio até o carro. Tavinho abriu a porta, Jorge pressionou seu corpo contra o dele. Tavinho revidou com um soco.

— Bicha de merda! — disse, entrando no carro. Deu a partida e olhou pelo retrovisor. Jorge estava no chão, as mãos entreabertas cobrindo o rosto com sangue.

Chegou em casa e encontrou Estela no sofá de penhoar, braços e pernas cruzados, o pé dando chutes no ar.

— É a terceira e última vez, Otávio. Terceira e última.

Tavinho foi até o bar e preparou um uísque de costas para a mulher. Tomou um gole, olhou a parede, tomou outro gole. Voltou para o sofá e ficou brincando com as pedrinhas de gelo enquanto ouvia Estela falar.

Paulinho, o filho delinquente de d. Ivone e Paulo, o procurador, tinha descoberto a versatilidade dos papéis higiênicos, formando bolas molhadas que aterrissavam na varanda de Estela. Não tinha adiantado falar com a mãe, com o síndico nem pôr a mão na testa e dizer: "Era só o que me faltava". O ataque das bolinhas prevalecia.

— Você precisa interceder, Otávio.

Tavinho se recostou no sofá. O terceiro gole desceu redondo.

E não era só isso, ela continuou. Paulinho usava o hall do prédio como pista de corrida para o velocípede. Estela tinha reclamado e d. Ivone dado de ombros, afinal o filho não era aleijado, gostava de se divertir. E quando Paulinho não estava jogando bolinhas de papel higiênico na varanda deles ou depredando o hall ficava pulando sobre a cabeça de Estela.

— É cavalaria, manada, britadeira. O que eu escuto todos os dias, Otávio. To-dos-os-dias.

Tavinho disse que ia resolver. Terminou o uísque e seguiu para o quarto. Pôs o pijama e se deitou de frente para a janela. Ficou feliz por ter bebido, não demorou a dormir.

Passou o resto da semana calado. Trancou-se em sua sala no cartório, em casa só dizia que ia resolver. "Vou resolver, Estela, vou resolver." Ligava a televisão e ficava imóvel por horas, no dia do jogo não xingou ninguém. Sentia a presença de Estela nos cômodos, distraía-se com o *Jornal Nacional* e ficou um pouco feliz na noite de estrogonofe.

Ele também procurou esquecer a vez que traiu a mulher com uma ex-namorada. Precisava experimentar, saber se o problema era dele, ou talvez fosse de Estela. Vasculhou uma antiga caderneta de telefone na casa dos pais e escolheu Cristina, uma loura de cabelos ressecados e sobrancelhas finas no formato de ponteiros marcando dez e dez. Combinaram um almoço em uma das mesas dos fundos do Antonio's. Cristina conversava com o corpo inteiro, o tronco inclinado sobre o arroz com brócolis, as mãos dando voltas no ar. Falou dos primos, da mãe, das férias em Cabo Frio.

— Lembra da casa?

Tavinho disse que sim. O gramado com pés de jasmins, o muro baixo e ondulado, a piscina pequena e redonda.

— Seu pai ainda tem o barco?

— Ele vendeu — disse Cristina, inclinando a cabeça para o lado.

— Que pena — ele respondeu, também inclinando a cabeça.

Saíram dali para a garçonnière de um amigo de Tavinho. Fecharam as cortinas, ligaram o ventilador, deitaram-se na cama disposta no meio da sala. Cristina apertou os braços de Tavinho, lambeu o peito, mordeu a nuca.

— Quer saber o que eu aprendi esses anos? Vira que eu vou te mostrar, olha só o que eu tenho aqui.

Tavinho retribuiu por reflexo. O cheiro doce e exagerado do perfume em Cristina, a base do sutiã levantada e apertando metade do seio, a saia ainda posta e amassada, as calças dele na altura dos joelhos, a camisa semiaberta, os movimentos descoordenados, o desejo glutão e artificial, nada fazia sentido. A cama gemia mais do que o casal, e mesmo os rangidos pareciam mentirosos. Tavinho desejou o fim não pelo alívio do orgasmo, mas pelo alívio de acabar com o ato. O melhor momento da traição foi ter a cabeça imóvel da outra mulher sobre seu peito. Arriscou um cafuné, sentiu saudades de Estela.

No fim da tarde passou no bar para devolver ao amigo a chave da garçonnière. Andou até a praia, tirou a roupa e deu um mergulho. Mas, afinal, o que ele estava querendo, com uma mulher tão boa em casa? Mesmo quando sugeriu que experimentassem, Estela tinha dito tudo bem. É verdade que o açucareiro voou, mas ela cedeu antes mesmo de o corte na testa de Tavinho sarar. Disse que sim, toda meiga, como quem diz: "Podemos ir ao cinema ou comer pizza, pra mim tanto faz".

Era sexta-feira, pensou em antecipar a noite do baby-doll. Passou no florista e comprou rosas. Chegou em casa e gritou *Estela*, ninguém respondeu. Dalvanise não sabia aonde a patroa tinha ido, só sabia que ia voltar *logo, logo*. Deixou o buquê na mesa, abriu uma cerveja e ligou a televisão. O *Jornal Nacional* começou e terminou, a novela começou e terminou. Tavinho bocejou e pediu para Dalvanise servir o jantar, comeu sozinho e foi dormir. Estela chegou depois das onze, levantou-se antes das sete. Era sábado, dia do almoço em família. "Oi, tudo bem, meu amor, como foi sua semana, sim, cheguei tarde, estava com umas amigas." E, pelo beijo na testa, pelo rosto tão leve, pelo cantarolar e requebrados Tavinho se deu conta de que Estela tinha um amante.

Nove

Estela conheceu Beto durante a coleta de assinaturas para a convocação de uma assembleia extraordinária que definiria as regras de conduta das crianças do prédio. Já tinha esgotado as possibilidades de negociação com d. Ivone. "Paulo disse que não pode fazer nada, Paulinho é apenas uma criança feliz." Também não teve êxito nas conversas com Paulo, o procurador.

— Não existem especificações sobre uso de velocípede nas regras do condomínio, o que implica a autorização implícita e indiscriminada do mesmo.

Questionado sobre as bolinhas de papel higiênico, Paulo alegou não haver provas sobre sua origem, ao que Estela respondeu que só poderiam ter vindo do filho dele, da octogenária do quarto andar ou de Jesus Cristo nosso Senhor, os únicos que moravam acima de seu imóvel. Paulo fechou os olhos para fazer Estela sumir:

— Não há nada que eu possa fazer.

Mas eu posso fazer, ela pensou.

Procurou o síndico, um general da reserva que teve algum

poder na Revolução de 1930 e que agora se sentia subitamente rejuvenescido ao ver os colegas no poder. Pintou os cabelos de preto, e para não ficar esquisito tingiu também sobrancelhas. O general Orestes abriu a porta e Estela disfarçou o susto: eram tantas rugas e cabelos negros que um dos dois só podia ser falso. O síndico ouviu Estela e confirmou a ausência de regras sobre velocípedes, o que fez Estela colocar a mão na testa e quase chorar. Orestes sentiu a garganta apertar. Não podia ver mulher chorando que se lembrava dos sacrifícios de sua finada mãe para criar sozinha dezoito filhos. Olhou para os lados, confirmou o corredor vazio e se aproximou de Estela:

— Não sou eu que estou dizendo, não quero confusão com um procurador. Mas a senhora pode colher assinaturas para convocar uma assembleia extraordinária e rever as regras do condomínio.

No dia seguinte Estela bateu na porta de todos os apartamentos. O último ficava no térreo junto às instalações do porteiro.

— Quem é? — perguntou uma voz masculina do outro lado da porta.

— Estela, moradora aqui do prédio.

A porta não abriu. Estela bateu de novo.

— O que você quer?

— Conversar sobre um assunto do seu interesse.

A porta se abriu, um rosto de óculos remendados por esparadrapo no apoio do nariz apareceu pela brecha.

— Estou sem tempo.

— É rápido — ela disse, empurrando a porta.

Era um apartamento escuro e empoeirado. A única lâmpada pendia de um fio aparente, iluminando o pouco que havia na sala. Alguns tacos do chão estavam soltos, o telefone apoiava-se numa pilha de catálogos. Havia uma estante com livros esparsos e pratos sujos na mesa de jantar.

O vizinho apontou o sofá. Estela avaliou as manchas no estofado e decidiu ficar em pé. Depois achou que devia sentar e andou até o sofá, pensando: *Melhor ficar em pé, melhor sentar, melhor ficar em pé, melhor sentar.* Sentou-se na beira do sofá com o caderno de assinaturas no colo. Ele perguntou se queria beber alguma coisa, ela disse que aceitava um copo d'água. Foi até a cozinha, e Estela ouviu o barulho da água descendo pelo filtro. Voltou com um copo que já tinha sido de requeijão. Entregou para Estela, puxou uma cadeira da mesa e sentou com as pernas cruzadas em forma de quatro.

Estela se esforçou para não olhar para os lados. Falou de d. Ivone, de Paulo, o procurador, do filho trombadinha, de atas, prédios e hall. As frases saíam por conta própria, o que era um alívio. Ela só queria pensar no vizinho. Cabelos castanhos despenteados, barba por fazer, óculos quebrados. Calça jeans desbotada, camisa amarrotada, sandálias franciscanas. Uma cicatriz no queixo evocava distrações. Estela falou sobre a necessidade, sobre a urgência de se organizarem, porque certos indivíduos poderosos e sem escrúpulos do pré...

— Onde tem que assinar?

— Aqui — ela disse, mostrando uma linha do caderno.

Ele inclinou o corpo para a frente e pegou o caderno dos joelhos de Estela.

— Pronto — disse, levantando-se.

Estela se levantou e seguiu em direção à porta.

Na quarta-feira seguinte Tavinho telefonou do cartório para dizer que chegaria tarde. Estela bateu no apartamento do vizinho. Era uma consulta que precisava fazer, prometeu que seria breve. Beto abriu a porta e Estela sentou na beirada do sofá. Deixou o caderno sobre os joelhos e começou a torcer as mãos. "É que a vizinha, o vizinho, o filho, o número de assinaturas, o general Orestes e o barulho da grade do elevador..."

— Você quer ir ao cinema? — ele perguntou.

— Quero — ela respondeu, pousando as mãos sobre o caderno.

Encontraram-se na tarde seguinte na cinemateca do MAM. Era um dia de semana, o cinema estava vazio e não havia fila na bilheteria. Compraram ingressos e sobrou tempo para andarem pela área antes do início do filme. Percorreram o caminho de pedras portuguesas contornado por lagos que liga a cinemateca e o museu até as margens da baía de Guanabara. Veleiros moviam-se tranquilos, barcos de pesca deixavam a enseada rumo ao Pão de Açúcar. Beto caminhava com as mãos nos bolsos e ombros contraídos, Estela manteve os braços cruzados durante todo o percurso. Ele fez uma piada sem graça, Estela riu de nervoso. No caminho de volta Estela resvalou e apoiou-se em Beto. O salto de seu sapato estava preso em um dos vãos entre as pedras portuguesas.

— Não é só o saltinho que estas pedras destroem, mas essa parte de couro aqui — ela disse, levantando a perna para mostrar o estrago.

Beto tocou o calcanhar de Estela, olharam-se pelo segundo certo, e aconteceu. Apressaram o passo para pegar um táxi, não repararam no percurso, taxímetro ou motorista. Entraram correndo no apartamento de Beto, tiraram as roupas como quem se livra de angústias, trocaram beijos que se resumiram a um. Agiam como se pudessem ser interrompidos a qualquer momento por uma batida na porta, um pensamento ruim, um policial à paisana, alguma censura prévia.

Anoiteceu sem que notassem. O quarto ficou em silêncio, o alarme de uma ambulância soava distante.

— Acho que voltei aqui por causa desta cicatriz — disse Estela, a mão tocando o queixo de Beto.

— Tombo de bicicleta quando eu era menino. Desci a rampa da garagem e bati de cara na parede. Cinco pontos.

Ela permaneceu acariciando a cicatriz até Beto levantar-se de supetão, deixando sua mão no ar.

— Tá na minha hora — disse, vestindo-se de costas. Era professor particular de inglês, tinha uma aula às seis e meia.

Beto e Estela se veriam outras vezes. Que eram amantes morando no mesmo prédio, que ela era casada e ele era mais jovem, que ela se preocupava com aquilo que não tinha importância para ele e que ele só gostava daquilo que não interessava a ela, que não podiam gritar na hora do amor para não chamar a atenção do porteiro, que mais de uma vez Estela foi vista na porta do apartamento dele e teve que improvisar: "Daqui a pouco passo aqui para conversarmos sobre a ata, d. Isabel", eram detalhes irrelevantes e ignorados.

Roberto Batista tinha vinte anos, um diploma de cursinho de inglês e uma vaga ideia do que queria na vida. Pensava em trabalhar perto do mar por causa dos livros de Jorge Amado. Mas também podia ser outra coisa porque ele não sabia, não tinha certeza. Não tinha certeza mas tinha tempo, então para que escolher agora? Era um homem que se via pelos olhos da mãe, que desde cedo teve consciência de sua beleza, inteligência e sorte. Até então o mundo tinha sido acolchoado, como se a vida fosse uma extensão dos seus tempos de berço. Infância ideal, escola sem traumas, amigos perfeitos, namoros leves, invernos na serra, verões na praia.

Aos dezoito anos Beto prestou vestibular para engenharia, menos por vocação e mais porque tinha que ser. Passou na PUC, mas abandonou o curso no sexto semestre. Era número demais e sentido de menos, explicou à mãe. D. Odete tirou as mãos da cabeça para erguer os braços: "Mas, meu filho, é engenharia, é engenharia na PUC!".

Beto concordou. Era engenharia na PUC, mas ele não completaria o curso. Continuou frequentando as festinhas dos grêmios estudantis e fez do bico das aulas de inglês a principal função de seus dias. Em casa a mãe continuava de braços erguidos: "Engenharia na PUC! Engenharia na PUC!".

Como ele já sabia que era engenharia na PUC, como não pretendia prestar concurso público, "Meu filho, porque você não tenta o Banco do Brasil?", Beto saiu de casa. Precisava passar uns tempos longe dos conselhos de d. Odete. Combinou de ocupar o apartamento de um amigo em viagem pela América Latina e se mudou para o prédio da Aníbal de Mendonça.

Ter na sua cama de estrado capenga a moça bonita do segundo andar nunca esteve em seus planos. Beto não tinha planos. O mundo era grande, a praia era perto, as contas tão poucas, a vida tão boa. Acordava tarde, esticava o braço, pegava o violão. Sentia fome, botava o jeans, comprava uma média. Voltava para casa, tirava o jeans, pegava o violão. Saía para dar aula, voltava para casa, pegava o violão. Almoçava macarrão com salsicha, arroz com salsicha, pão com salsicha. Saía para outra aula, voltava para casa, de novo o violão.

Não foi difícil arranjar espaço na agenda de aulas de inglês e acordes de violão para ver Estela. Combinaram de se encontrar três vezes por semana depois do almoço, mas os encontros se estenderam por haver mais horas no dia e mais dias na semana. Tudo parecia tão natural, necessário e urgente que não era mais o violão que Beto queria dedilhar, e sim os ossinhos da coluna de Estela.

Estela também sentia a urgência de ser dedilhada. Foram os únicos meses da vida em que não se preocupou com o cardápio do jantar, o amarrotado da roupa, o horário na manicure. Passava resplandecendo pelos corredores do prédio, como se as luzes de camarim do seu banheiro a iluminassem de dentro para fora.

Entrava no apartamento térreo, fechava a porta, largava a bolsa no chão. Beto estaria na cama com a cabeça escondida atrás de um livro. Tirava as sandálias, deixava pulseira e brincos na mesinha de cabeceira. Desabotoava o vestido como se fosse o seu trabalho, deitava na cama e pousava a cabeça em Beto.

— Manhã complicada? — ele perguntava, deixando o livro de lado.

— Mais ou menos. Tavinho demorou pra sair, disse que estava doente. Ele dá um espirro e já acha que é pneumonia. Fez gargarejo, passou Vick no peito, pediu pra Dalvanise fazer suco de laranja. Foi trabalhar de gola rulê.

Falava do marido como se ele fosse um personagem de ficção. Alguém que não existia na realidade do apartamento térreo. "Hoje é dia do pôquer do Tavinho, Tavinho só dorme de meia."

Beto ouvia sem se alterar. Não esperava de Estela nada além das horas no apartamento. Faziam um amor que se bastava, era urgente e finito, iniciado e arrematado por conversas sem importância. Sempre haveria algo a dizer ou a repetir sobre o hábito do porteiro de tirar a cera do ouvido com a tampa da caneta, sobre o aluno de Beto que havia dois anos programava uma viagem a Londres para o mês seguinte. Sobre os rumos do país (*não tem jeito, só piora, estamos andando para trás*). Sobre qualquer assunto que levasse a outro e outro — Caetano, mercurocromo, a gravata que ele jamais usaria. Então um carinho, outro amor, e o comentário sobre a frente fria prevista para o fim de semana, o show da Gal ou a crônica da Clarice no *JB* que Estela tinha, mas tinha mesmo que ler.

Estela nunca cruzou as pernas em poses pensadas no pequeno apartamento de Beto. Nunca se preocupou com a poeira sobre móveis ou com a cama por fazer. Usou ali verbos inéditos. Aprendeu o significado de lambuzar, chafurdar, besuntar, ungir, desassear, refestelar-se. Não tinha urgência em se cobrir com o lençol e nunca sentiu frio. Entrava no apartamento como se tivesse deixado a armadura na porta, livre não só para voltar a se mexer como para aprender outros movimentos. Nos dias de feira passava em uma barraca de frutas e comprava tangerinas. Comiam os gomos na cama, deixavam as cascas no chão. Estela passeava os dedos perfumados nas costas e no rosto de Beto. Ou então levava flores, cortava os caules e colocava o arranjo na leiteira. "Um dia vou te trazer um vaso", ela dizia, arrumando os lírios. Ela nunca apareceu com um vaso.

As mudanças em Estela só podiam ser percebidas entre as paredes descascadas do apartamento de Beto. Ou por aqueles dotados de extrema sensibilidade. E Tavinho, quem diria, descobriu por aqueles dias que era uma alma sensível. No almoço de sábado, quando seu Nilson perguntou: "Ô Estela, cadê o molho tártaro pra comer com o camarão", e Estela gritou da cozinha: "Já tá vindo, seu Nilson", Tavinho viu a mulher despontar no corredor tão radiante que sentiu uma pontada no coração. Havia alegrias no caminhar, nenhuma relacionada a ele. Observou Estela colocar a vasilha de molho na frente do sogro e voltar à cozinha cantando lararilás. O cantarolar era feito não como paliativo às críticas da sogra e sim porque não cabia no peito. Continha pulinhos no ritmo — *lá rá ri LÁ* — que só podiam nascer de uma alma também saltitante. Estela inclusive rebolou de leve na hora de colocar o molho tártaro na mesa.

A mulher tinha um amante, e não havia nada que pudesse fazer. Era parte do acordo, Tavinho rodou o mundo sem sair do Rio, e não era certo negar a Estela algumas voltas por aí. Ele inclusive tinha extrapolado os limites do permitido, chegando em casa de madrugada, enchendo os ares do quarto com aromas de casas suspeitas, fingindo não notar os olhos molhados de Estela ao voltar do tanque dizendo que a mancha de tomate na gola da camisa dele não saía de jeito nenhum. Acordando de um sono ruim gritando "Volta, Getúlio, volta!", respondendo aos "Quem é Getúlio?" de Estela que Getúlio tinha sido presidente do Brasil, o melhor que o país já teve. Precisava agir com cautela. E flores, presentinhos e uma rotina que envolvia chegar em casa antes das seis, só sair para um mergulho na praia ou para o pôquer das quintas-feiras e nunca mais dar uma paradinha no bar antes ou depois do mergulho ou do pôquer. Estela não ligou para as mudanças no marido. Ela, que tinha implorado para a Virgem Maria e para o pai Laudelino de Oxalá, que tinha pedido nas sessões espíritas as vibrações positivas dos médiuns, que havia procurado por respostas até em borras de café, ela, que havia passado tantas noites dormindo apenas na companhia de sua camisola de cambraia, concluiu que Tavinho a seu lado ou distante não fazia a menor diferença. Olhava o marido e via apenas um corpo destinado a comer pudim e sentar em frente à TV. Era como o relógio cuco, servia apenas para ocupar espaço. O que ia fazer com um marido parecido com o trambolho da sala ela não sabia, mas tinha lhe custado tanto esforço conquistá-lo que preferia pensar nisso depois.

A grande favorecida do caso entre Estela e Beto foi Dalvanise. A empregada foi promovida de criatura incapaz a ser humano completo, ganhando o direito de tomar decisões. Antes de Beto, Estela ia à cozinha e informava: "Quero fazer almôndegas, veja se temos farinha de rosca". Depois de Beto, ia à cozinha e era informada: "Tem que comprar uns filés, vou fazer milanesa com purê".

Tinha chegado ao auge de sua carreira de doméstica, iniciada depois de enterrar o irmão junto ao túmulo dos pais e subir na boleia de um caminhão em Alagoas rumo ao Rio de Janeiro.

Dalvanise não queria mais cortar cana e se alimentar de um *tiquim* de farinha com um *poquim* de carne seca. Precisava saber se era mesmo verdade o que diziam do sul. Chegou ao Rio e se deslumbrou. A água saía da torneira a qualquer hora, e não havia ração de farinha em nenhuma das casas em que trabalhou. Retribuía a bondade dos patrões com um trabalho ininterrupto e uma existência quase transparente. Falava pouco, comia pouco e mal era vista.

Quase transparente, mas não toda. Dalvanise deixou um rastro de destruição por todas as casas onde trabalhou. Copos quebrados, toalhas manchadas, ferros que nunca mais esquentaram, roupas queimadas por ferros que esquentaram demais. Nem ela entendia como podia quebrar tanta coisa, "olha que lindo este vaso", crec, "agora deixou de ser". Mudava de casa como quem caminha sobre pedras em um rio, sem saber se um dia conseguiria alcançar a outra margem.

Chegou para a entrevista com Donistela com os olhos mais humildes de sua passiva existência. Tinha experiência, trabalhava bem e sempre podia aprender. Estela retribuiu com os modos que assimilara da madre superiora em seus anos de internato. "Você vai aprender, eu vou ensinar." Explicou como limpar os cristais da sala e engomar as camisas de algodão. E como fazer todo o resto quando não estivesse com as mãos nos cristais ou às voltas com as camisas de algodão. As perdas durante o processo foram previsíveis e inevitáveis. Os guardanapos de *quadrilé* apareceram imersos em água sanitária, voltando à superfície prontos para o lixo. Dalvanise resgatou-os no fim do dia e os usou para decorar a mesinha de seu barraco. A batedeira nunca mais se mexeu, o liquidificador ganhou um barulho tão assustador que foi doado para o porteiro.

Mesmo assim Estela insistia em formar a empregada. Sabia ensinar, falava pausado e só levantou a voz uma vez, quando Dalvanise tentou passar Bombril no aparelho de chá em prata.

— Isto não é panela! — gritou.

Dalvanise deixou cair a palha de aço e colocou o bule correndo no aparador. No começo não entendia a obsessão da patroa pelo aparelho de chá, um cacareco que vivia fosco e só servia para ela limpar. Mas, depois que passou a idolatrar Estela, olhava as peças como se fossem a maior criação já produzida por mãos humanas.

Sua vida, toda a sua vida, ela dizia às amigas do morro, ao trocador do ônibus, ao moço da farmácia, à caixa do mercado, ela devia à Donistela. Estela não a mandou embora depois das louças lascadas, dos camarões esturricados, do piso riscado. Foi Estela quem a ensinou a pôr a mesa com a devida etiqueta, a equilibrar uma bandeja e a fazer uma cama sem dobras. Estela quem acreditou que Dalvanise pudesse fazer coisas lindas, como arrumar as xícaras inglesas junto às colherzinhas que Dalvanise tinha medo de perder, entortar, quebrar, partir. Fazia tudo com capricho. Depois descansava as mãos nos quadris e admirava a composição.

Para Dalvanise ninguém tinha mais gosto e elegância que Donistela. Imitava seu jeito de andar, desfilando de uniforme pela casa. Atendia o telefone com o mesmo alô da patroa.

— Estela? — perguntavam.

— É Dalvanise — ela respondia.

Depois de Beto, Dalvanise pôde ser ainda mais parecida com Estela. Dominou os conteúdos da geladeira e do forno, coordenava os dias de lavar e passar e até mandava no patrão. "Donistela disse que o senhor não pode comer doce de leite em dia de semana, por isso cortei um papaia", ela dizia de cabeça erguida, sem olhar nos olhos de Tavinho.

A empregada sabia de Beto e protegia Estela. "Donistela foi almoçar com uma amiga, está na casa da mãe, saiu para o dentista."

Tavinho comprimia os lábios e ligava a TV.

— Quando der oito horas pode colocar o jantar na mesa, Dalvanise. Mesmo se d. Estela não tiver chegado.

O caso entre Beto e Estela ganhou novos significados em um sábado de maio. Ele estava na casa de um amigo na esperança de comporem algo para o festival da canção. Passou horas jogado em um pufe testando acordes no violão. Da rede o amigo inventava versos, variações de "João foi pro mar", "Maria ficou na praia", "O barquinho vai e vem". Beto voltou para casa depois da terceira garrafa de cerveja, com a certeza de que os versos de Chico e os arranjos de Tom combinavam melhor com seu violão.

Era mais uma noite típica em Ipanema, em que os sons de um bar se emendavam com os de outro. O mundo inteiro estava na rua, celebrando, bebendo, falando da vida, esquecendo os momentos da semana em que foram atormentados pela solidão.

Beto pensou no apartamento sujo, na geladeira vazia e na cama desfeita. A solidão de sua semana estendia-se pelo sábado. Terça-feira ia ter festa no grêmio estudantil, quem sabe não aparecia. A duas quadras de seu prédio ficava o último bar do trajeto, com janelas e portas abertas para a calçada. Estava lotado, na fila de espera os frequentadores tomavam chope garoto.

Viu Estela em uma mesa perto da porta. Entretida na conversa com uma amiga bastante parecida com ela. A mesma maquiagem, o mesmo cabelo, o mesmo estilo de vestido. Pousou o violão no chão, curioso para observar a amante descolada do apartamento térreo. Era aniversário de alguém, o garçom apareceu com um bolo e o colocou na frente de um homem louro, sentado ao lado de Estela. O grupo cantou parabéns, o homem soprou as velas. Estela sorriu para o aniversariante, cobriu as bo-

158

chechas dele com as mãos e beijou seus lábios. Fechou os olhos enquanto as testas se tocavam, disse algo em seu ouvido. O homem sorriu. Cortou o primeiro pedaço e deu para Estela. Beijaram-se mais uma vez, ela virou o rosto para continuar a conversa com a amiga, enquanto comia devagar. Dava garfadas delicadas e precisas, seu objetivo não era comer o bolo, mas mostrar ao mundo como se deve comer um bolo — aos poucos, com cuidado, devagar. As mãos pequenas, as unhas longas. A pulseirinha de ouro descendo pelo pulso, as pernas duplamente cruzadas, nos joelhos e pés, embaixo da mesa. O minivestido amarelo que ele tinha visto tantas vezes jogado no chão do seu quarto.

No dia seguinte Estela franziu o cenho ao chegar no apartamento térreo.

— Que cheiro é esse?

— Pinho Sol, disse Beto. — Dei um jeito no banheiro e na cozinha.

Estela fez beiço de surpresa. Tirou as joias e as sandálias, deitou-se na cama. Entregou-se à minuciosa inspeção do amante, que parecia descobrir naquele instante a penugem dourada em torno do umbigo e as pernas maciças. Ele pediu para ficarem deitados até o anoitecer, ela concordou. Pousou a cabeça no peito de Beto, aceitou o carinho no rosto. Beto perguntou sobre o dia, a semana, a infância de Estela. Ela respondeu com frases que não revelavam seus outros mundos. Olhou o relógio algumas vezes, vestiu-se por volta das seis.

Depois foi assim: Beto queria mais, Estela agia como libélula, encostando na beira da água, nunca chegando ao fundo. Ele insistia em toques e beijos, ela perguntava se ele daria outra aula de noite. Beto então fazia exigências no único lugar que comandava — a cama de estrado capenga, onde a mulher de pulsos seguros aguentando o peso de seu corpo lhe pertencia. Testava orifícios, gozava a segunda vez, dizia que não era suficiente, que precisava de mais, quando ela ia voltar. Estela dizia: "Talvez mais tarde, amanhã com certeza". Dava um sorriso enquanto terminava de se vestir e batia a porta do apartamento.

Numa tarde de beijos sugados e costas arranhadas no limiar das marcas Estela deixou a cama mais cedo. Ele permaneceu deitado com a cabeça apoiada no braço dobrado enquanto ela se vestia de costas. Pediu que ficasse.

— Tavinho vai chegar cedo, nem sei o que tem para o jantar.

Beto ouviu o nome do rival e sentiu raiva. Tavinho não era mais o personagem da ficção que se desenrolava fora do apartamento. Tavinho era um homem real, que fazia aniversário, tomava cerveja com amigos e dormia todas as noites com a mulher que devia ser sua. Ouviu Estela bater a porta, ficou na cama até escurecer.

No apartamento ao lado o porteiro jantava com a família. Uma voz de mulher contava as colheradas para um bebê, prometendo que se comesse tudo veria a casa desenhada no fundo do prato. Duas crianças cantavam *Unidunitê, salame minguê*. A mãe mandou se calarem para comer, elas não obedeceram. O pai ralhou e pediu que parassem, não conseguia ouvir as notícias. O bebê começou a chorar. "Não, não, não, cadê a chupeta, cadê a chupeta do Nando?" Cadeiras arrastando-se no chão, "Uni-du-ni-tê, sa-la-me min-guê, o sor-ve-te co-lo-rê, o es-co-lhi-do foi vo-cê". "Calem a boca, está na hora do jornal." "Mas-como-eu--sou-tei-mo-so-vou-es-co-lher-vo-cê."

Beto achou graça na confusão, pensou novamente em Estela. O único movimento no quarto escuro era de um mosquito zunindo próximo de seu ouvido e que se afastava quando tentava contê-lo com a mão.

Pedir para ficarem juntos parecia impossível, ridículo até. Mas não se viam todos os dias, não precisavam tanto um do outro? E se fosse a única forma, se todo o resto estivesse errado?

Ele podia voltar a estudar. Formar-se em engenharia ou passar em um desses concursos públicos que a mãe tanto queria. Ganhar dinheiro, comprar carro, casa, ter dois ou três filhos. Três, que nada, dois, um casal. Talvez não fosse absurdo, era óbvio e muito simples. Só precisava convencer Estela, só precisava dizer: "Vem cá, me dá sua mão, preciso te dizer umas coisas".

— Vem cá, me dá sua mão, preciso te dizer umas coisas.

Era uma tarde nublada. Estela chegara da rua com um saco de tangerinas, havia cascas no chão. As flores trazidas para a leiteira continuavam sobre a mesa, enroladas em jornal. Beto tinha as costas nuas apoiadas na cabeceira da cama e a mão direita de Estela entre as suas. Ela estava deitada com as pernas para cima, os pés com unhas vermelhas tocando as venezianas fechadas, o braço estendido com a mão entre as mãos de Beto. Os cabelos soltos cobriam o travesseiro, a correntinha de ouro sumia por trás do pescoço.

Ele falou de planos e mudança de vida, mencionou *casamento* de olhos baixos. Encarou Estela.

— Você sai de casa, a gente procura outro bairro. Eu volto pra faculdade e me formo em engenharia, consigo um trabalho fixo. O primeiro ano vai ser apertado, depois vai melhorar.

Estela não disse nada. Procurou pelo colar de ouro no pescoço, puxou para frente o pendente perdido na nuca.

Beto continuou. Já tinha se formado e conseguido um bom emprego. "Os milicos estão investindo num monte de obra pelo Brasil, trabalho não vai faltar." Depois foi promovido e comprou um apartamento. "Um três quartos no Cosme Velho ou Laranjeiras, vista verde." Fechou os olhos e garantiu: "Você vai ver, Estela, eu posso fazer dinheiro, posso fazer muito dinheiro". Voltou a olhar para a amante e, quanto mais olhava, mais achava que podia ser engenheiro, chefe de engenheiro, diretor de engenheiro, vice-presidente de engenheiro, presidente de uma empresa com muitos engenheiros. Só precisava de Estela para saber que podia tudo. "Vem comigo, deixa essa vida. Se eu tiver você todos os dias posso chegar aonde quiser."

Estela não respondeu. Geralmente Beto achincalhava a classe média, os hábitos burgueses e consumistas. "Não vou me render ao sistema", ele disse um dia, quando ela perguntou por que ele só tinha um jeans. Passeou os dedos pelos lábios finos do amante, pela bochecha lisa e nariz arrebitado. Parou ao chegar ao queixo.

— Você sabe, naquele dia eu voltei aqui por causa desta cicatriz.

Olhou Beto com carinho, seus olhos se transformaram em um espelho.

E Beto viu que não tinha nada. Viu que uma mulher como ela só frequentaria o apartamento térreo em uma fantasia. Entendeu que não era Tavinho, mas ele e a Estela daquele apartamento, os personagens de ficção. Era aquele o mundo inverossímil que não fazia sentido lá fora. Fora do apartamento ela era Estela Jansson, a mulher casada do segundo andar. Muito bem casada, de acordo com os sorrisos da noite no bar e os almoços regulares de família. Baixou os olhos, não quis ver mais.

Se continuasse olhando, se reparasse as nuances da íris de Estela, deixaria de se ver para voltar a ver Estela através de um único ponto brilhante. Era o reflexo do aparelho de chá em prata que a moça sempre levava nos olhos.

Dez

Algumas semanas depois, quando Tavinho pediu para Estela passar a salada no jantar, ela perguntou "Passar o quê?", e ele disse: "A salada, Estela", Tavinho entendeu que o caso da mulher tinha terminado. Foi a mais triste passada de salada que presenciou. Estela pegou a salada tão sem querer, com pulsos tão frágeis, que ele achou que tudo ia cair, mas seria a mulher a quebrar. Sentiu pena dos gestos desolados e quis abraçar a mulher. Mas havia tanto entre os dois — arroz, feijão, a salada da tristeza — e tantas coisas também depois — a sobremesa, o *Jornal Nacional*, o jogo do Campeonato Nacional, que Tavinho achou melhor não se mexer.

Os vestidos de Estela ficaram largos. O cabelo apareceu despenteado e os olhos perderam o reforço da sombra e do rímel. As coxas finas pareciam emprestadas, as maçãs do rosto se esvaziaram. Sabia que a mulher só deixava o quarto na hora do jantar. "Ah, você chegou? Acabei de me deitar", ela mentia. Queria saber mais, mas não conseguia extrair nada de Dalvanise.

— Alô, Estela?

— Não, é a Dalvanise.

— Oi, Dalvanise, Estela está por aí?

— Está simsinhor.

— Posso falar com ela?

— Donistela não pode atender. Disse que está ocupada.

— Ela está bem?

— Esta ótema. Ó-te-ma — respondia Dalvanise, com um ó-te-ma que perdia os acentos de Estela para se tornar um ó-te-ma de Dalvanise.

Estela chegou a cancelar o almoço no sábado seguinte ao da triste passada de salada.

— Diga para os seus pais virem só na semana que vem, Tavinho. Hoje estou com enxaqueca.

— É grave? — perguntou Nilson, quando o filho desmarcou o almoço.

Tavinho disse que não, almoçariam juntos na outra semana. No sábado seguinte Estela apareceu só na hora em que os pratos já estavam na mesa e não entrou nem uma vez na cozinha. Dalvanise montou a lasanha, fez a sobremesa, peneirou o suco, botou a mesa.

— Uma delícia, Dalvanise — disse Nilson no segundo prato.

Dalvanise olhou Nilson pelo canto do olho, calada e segura, como se não pudesse fazer uma lasanha que não fosse deliciosa.

Estela brincou com os pedaços de massa no prato. D. Guiomar raspou as casquinhas de queijo no pirex. O pudim chegou, o pudim sumiu. Tavinho foi para o quarto, enquanto Nilson dobrava e desdobrava o guardanapo bordado.

— Não dá mais pra saber o que acontece pelos jornais, tá tudo censurado. Agora eu só me informo em mesa de bar.

Foi até a cozinha, abriu a geladeira, bebeu água direto do gargalo. Voltou à sala e desabou no sofá. Estela ligou a televisão e sentou-se ao lado de Guiomar. No fim da tarde Nilson acordou, se espreguiçou e parou diante da TV.

— Aquele ator no canto é bicha. Esse aí também é bicha. Aquele músico ali, bicha. Violino é coisa de bicha. Ninguém respondeu. D. Guiomar tentava adivinhar as notas que os calouros receberiam, Estela tentava entender por que Beto tinha feito aquilo.

E foi isto o que Beto fez: num dia amava Estela, no outro não amava mais. *Mas como assim, Beto?* Não sei, não quero, acabou. *Mas o que aconteceu?* Não aconteceu nada. Quero viajar por uns tempos, fazer outras coisas. *Viajar pra onde?* Porto Seguro, Ilhéus, sei lá. *Você e essa mania de Jorge Amado.* Não é mania. Tô a fim de mudar de ares, só isso. *É porque eu disse que não podia mais te ver todos os dias?* Lógico que não. Você tem lá as suas coisas, marido, casa, eu sei como é. *Foi alguma coisa que eu fiz?* Você não fez nada, desencana. *Então por quê?* Porque sim, porra.

Pediu que Estela devolvesse a chave reserva do apartamento enquanto vestia a calça jeans. Ela pegou a chave na bolsa, os olhos represando as lágrimas. Tocou o braço de Beto, que se afastou como quem leva um choque. Estela se vestiu, deixou a chave em cima da mesa e colou o ouvido na porta. O hall parecia vazio, Estela saiu do apartamento.

Depois disso Beto desapareceu. Da vida de Estela, do prédio, do bairro. Nos primeiros dias ela só saía da cama para tentar esbarrar com ele. Passava pela portaria e pelo porteiro grudado no radinho. Dava uma volta no quarteirão, chegava outra vez à portaria. Viu d. Ivone com Paulo, o procurador, Paulo trombadinha pedalando o velocípede. Viu d. Margarida com seu cachorro pequinês, viu o síndico general de cabelos negros. Estofador, carteiro, empregada, eletricista, bombeiro, babá, briga de casal, briga de vizinho, discussão política, convite para quermesse, gente com compras, visita, padre, estrangeiro, milico, enfermeira. Numa tarde, quando passava pela portaria com as compras de mercado, Estela ouviu ruídos por trás da porta do apartamento térreo. Largou as compras no chão, penteou os cabelos com os dedos, tocou a campainha. Ouviu passos e o mesmo barulho da maçaneta que precedia suas tardes com Beto. A porta se abriu e apareceu uma senhora de camisola e bobes.

— Foi engano — disse Estela, como se tivesse discado para o número errado. Pegou as sacolas e foi para casa.

Os últimos meses do ano foram perversos. Os minutos tinham mais segundos, as horas, mais minutos. As madrugadas se estendiam com Estela de olhos abertos: *Foi alguma coisa que eu fiz, só pode ter sido algo que eu fiz.*

Na última noite do ano Tavinho e Estela receberam os pais para jantar. Guiomar reclamou que a carne de porco estava seca, Ana disse que não era possível, ela mesma tinha temperado o lombo com uma garrafa de vinho branco. Guiomar baixou o rosto e comprimiu os lábios contrariada, enquanto ajeitava o besouro de ouro na lapela. Nilson sumiu metade da noite, estava na praia fazendo oferendas para Yemanjá. Saiu do apartamento com flores de palma e metade das rosas do arranjo da mesa de centro: "Tô levando um reforço pra agradar a santa, ver se o ano que vem melhora". Joaquim fez palavras cruzadas durante parte da noite. Tavinho tentou abraçar a mulher algumas vezes, ela se desvencilhava para arrumar a mesa, fritar rabanadas, servir lentilha. À meia-noite uma taça de champanhe apareceu nas mãos de Estela. Fingiu que bebia, abraçou pai, mãe, sogra, sogro, beijou o marido e foi dormir.

O ano de 1970 parecia melhor que o anterior, pelo menos fora do apartamento. O Brasil ganhou a Copa, o governo anunciou um milagre na economia. Havia emprego, dinheiro, obras, crescimento. Também teve repressão e luta armada. Os jovens subversivos sequestraram o cônsul do Japão, o governo prometeu sumir com quem tinha sumido com o cônsul. Sequestraram depois o embaixador alemão, e de novo o governo quis sumir com eles. De sumiço em sumiço era como se cônsul e sequestradores jamais tivessem existido. Oficialmente só haveria o crescimento econômico e o título de tricampeão da Copa. Todos os sábados Nilson comentava as notícias da semana no almoço da família. Tavinho escutava calado, Guiomar assentia com a cabeça, Estela se levantava para ir tirar os rissoles do forno, deixando Nilson no meio de uma história triste sobre a amiga do filho de um conhecido que saiu de casa pela manhã e nunca mais voltou. D. Guiomar ouvia os passos de Estela voltando com a bandeja e sentava na beira do sofá de guardanapo na mão.

O almoço, a sobremesa, o cafezinho. Tavinho sumindo no quarto, Nilson dormindo na sala. Estela e Guiomar sentadas diante da TV, uma ao lado da outra. Nilson acordava em algum momento, se espreguiçava e limpava o fio de baba no canto da boca. Passava em frente à tela rumo à cozinha, apontava um ator: "Colete é roupa de bicha".

Depois de horas assistindo ao programa de auditório Estela sentia o corpo e a mente anestesiados. Era uma sensação que aprendeu a definir como boa, principalmente quando se dava conta de que outro dia tinha terminado. O cuco da sala batia seis horas, Nilson dizia que era hora de ir, Guiomar e Estela se levantavam. A vida sexual de Tavinho e Estela estaria marcada para dali a três horas.

Naquela noite Estela aguardou Tavinho com um baby-doll não tão novo. Tavinho saiu do banheiro vestindo a calça listrada do pijama, nada em cima, nada por dentro. Sentou-se na beira da cama e pôs a mão no joelho de Estela. Havia uma intimidade no toque estranha à mulher, e levemente desconfortável.

Ele permaneceu com a mão quente e segura no joelho roliço, enquanto dizia que havia se cansado de buscas. Que não sabia para onde tinha ido a sua Estela, mas estava disposto a procurar naquela cama, naquele quarto, naquela vida. Talvez tenha sido a janela aberta, a lua iluminando o teto, ou quem sabe o silêncio inesperado do vizinho, que sempre tossia catarro. Talvez tenha sido porque Estela precisasse de algum consolo depois do ano de luto por Beto, ou porque se convencera de que não poderia ter outra vida. Naquela noite Estela engravidou.

Depois disso foi tudo muito rápido. Pedro nasceu a fórceps, Estela chorou por três dias. Priscila foi de cesárea, Estela chorou mais três dias. O apartamento da Aníbal de Mendonça perdeu o charme dos primeiros tempos em nome de uma decoração mutante, com tapete de brinquedos, mamadeiras pela mesa e carrinhos na sala e no corredor. Tavinho quis se vestir como pai e começou a usar camisas quadriculadas. A cintura de Estela engrossou, mas não muito. Dalvanise passou a trabalhar mais e a dividir o espaço primeiro com Nazaré, a enfermeira sisuda, depois com Estefânia, a babá que não sabia parar de falar. Estefânia perguntava e Estefânia respondia desde a hora de acordar até a hora de dormir. "É pra escaldar esses bico de mamadeira? Deve ser, deixa eu fazer. Vixe, a água tá fria, vai demorar, pelo menos a panela é pequena, vou lá pegar. Ué, mas onde será que tá a panela? Dalvanise, tu sabe onde tá a panela de escaldar os bico? Deixa estar, Dalvanise, já encontrei. Tu bota tudo no fundo do armário, parece que esconde as coisa. Vou escaldar os bico e depois botar Pedrinho pra dormir, ontem não dormiu sesta e Pedro chora de noite quando não dorme de tarde. Cadê Pedrinho? Deve estar vendo TV, deixa eu ir lá ver. Ô meu principim, tá na hora de…"

Estela nem se lembrava mais da última vez que tinha sido tão feliz. Ou talvez se lembrasse, mas melhor não. A preparação de dois enxovais, a descoberta da senhora no Rio Comprido que fazia as mantas mais lindas para os berços mais caros, a bordadeira do Grajaú, que entregou duas dúzias de camisinhas de pagão com laranjas, maçãs e patinhos bordados nas golas. O mosquiteiro de filó, o cesto de vime decorado com fitas de cetim amarelo contendo álcool, algodão, Higiapele, Hipoglós, água oxigenada, água boricada, cotonetes, talco e colônia Pompom. Paninhos bordados e estampados, de flanela e algodão, crochê e tricô. Casaquinhos de lã azul e rosa, amarela e verde. Lençóis estampados, travesseiros que pareciam feitos para o descanso de mãos. Alfinetes com motivos de nuvens. Os sapatinhos, impossível falar dos sapatinhos sem suspirar. E quando surgiram os pés que seriam cobertos pelos sapatinhos Estela entendeu: *É este pezinho que me faz viver.*

Nazaré, a enfermeira que acompanhou os primeiros meses de vida de Pedro e depois de Priscila, era uma baiana certa de possuir o conhecimento universal sobre bebês. Os que passavam por suas mãos seriam os mais asseados, os mais bem dormidos e alimentados. Tornava-se soberana nos lugares onde trabalhava. Seus últimos servos tinham sido dois banqueiros, três juízes, um diplomata e um dono de supermercado. Nazaré entrava na casa e começava a mandar: "O senhor por favor fale baixo, a senhora lave as mãos, não é assim que se pega neném". Definia as horas da amamentação, dos sonos e das vigílias, de passeios sob o sol e sob a sombra.

De vez em quando deixava algum pai pegar a criança, se fosse humilde ou parecesse simpático. Tavinho não teve sorte. Desde o primeiro dia Nazaré o tratou como um vírus gigante da gripe. Via o filho de relance, quando brincava embaixo do móbile do berço ou passeava na sala recostado no ombro de Nazaré. D. Ana brigou com a enfermeira por causa do tamanho do algodão molhado para curar o soluço de Pedro — muito grande para ela, minúsculo para Nazaré. Depois disso ficou três semanas sem visitar a filha. D. Guiomar insistiu em se pôr disponível e conseguiu colocar Pedrinho para arrotar.

Bater nas costas do neto foi a única conquista de Guiomar em seus primeiros meses como avó. Estela não quis saber de seus conselhos para fazer recém-nascido dormir, da dieta contra cólicas ou da massagem para um leite farto. O nascimento do filho mexeu com seus hormônios, brios e barreiras. Ela agora agia como queria e mostrava uma cara feia à sogra, como se dissesse: *O filho é meu, o peito com leite é meu e a minha coxinha de galinha nunca foi massuda.* Guiomar, que desde os quarenta anos ansiava ser avó, respondia com sorrisos. Nunca mais reclamou do molho rosé ou olhou para o tapete na hora de cumprimentar Estela.

Foi preciso nascer Priscila para Pedrinho conhecer outros colos que não o da mãe, da enfermeira e da babá. Tavinho pôde enfim desfilar com o filho pelo calçadão, empurrando o carrinho como se fosse o Opala do ano. Chocava-se com a indiferença no mundo, quando ninguém por quem passava queria saber o que levava por baixo de tantos panos. Ana e Joaquim iam com ele para a pracinha, Guiomar cantou-lhe as cantigas italianas que aprendera com a avó. Nilson levou-o para conhecer o amigo da feira que vendia os melhores abacaxis do Rio. E depois para o Bar Jangadeiros, onde batizou os lábios do neto com uma cerveja amarga e fria.

Uma vida anterior, era isso o que o passado se tornou. Uma existência desconectada do presente, de liberdade abundante e carente de sentido. Os tempos de amor livre se tornaram estrangeiros, e até mesmo a menção a Maria Lúcia já podia ser feita sem danos.

Tavinho contou que havia se encontrado com ela por acaso na Lagoa. Ele quis saber sobre Walter. "Que Walter?", perguntou Maria Lúcia. "O artista plástico", disse Tavinho. "Ah, o cara dos tubos. Porra, como isso é antigo." Citou um juiz e um cientista, contou que havia se casado com o maestro da sinfônica.

— Da Orquestra Sinfônica Brasileira! — Tavinho disse para Estela, com admiração.

Nunca pensou que Maria Lúcia fosse sossegar. Parecia feliz, morava em um dos prédios baixinhos no alto da Fonte da Saudade. Achou sensato omitir os minutos que os dois passaram sentados em silêncio em frente à Lagoa, até serem abordados por um mendigo pedindo um trocado.

Estela tirou Priscila do peito e a colocou no ombro para arrotar. Pensou ligeiramente nos prédios baixos, no maestro dedilhando o piano de cauda e em Maria Lúcia de quimono, tomando vinho no divã da sala. Pedro choramingou no quarto, ela deixou Priscila no berço para atender o filho. Só voltou a se lembrar da cena três dias depois, para imaginar os verdes e os azuis do estampado do quimono e os instrumentos sobre o tapete persa.

Todas as noites, depois de pôr as crianças para dormir, Estela retornava à sala. Tavinho estaria na frente da TV, assistindo ao *Jornal Nacional*. Às vezes observava Tavinho atento a Cid Moreira: *Vai ver que a vida é assim*. Não era o casamento com que tinha sonhado, mas era enfim um casamento estável. Sentava-se ao lado do marido para juntos prestarem atenção ao noticiário.

Onze

Beto, meu filho. Ainda dá tempo. As inscrições pro concurso do Banco do Brasil vão até semana que vem. Não precisa ter diploma, isso eu já descobri. Salário de três mil para técnico de contabilidade. Iracema disse que o filho vai fazer, eu pago a sua inscrição. Nunca mais você vai precisar procurar emprego, é trabalho estável pro resto da vida. Tem plano de carreira, plano de saúde e até clube pros funcionários. Iracema disse que o de Itaipava tem piscina e quadra de tênis.

Sentada no último banco do ônibus 121, segurando no colo um bolo ainda morno, d. Odete murmurava o que diria ao filho quando chegasse ao novo apartamento dele na Glória. Fazia uma semana que ele não ligava, mas Beto era assim, *pensa que nasceu de chocadeira.*

Desceu na rua do Catete, dobrou na Santo Amaro e entrou em um prédio à direita. *Um dia você ainda vai esquecer meu nome, Beto.* Pegou o elevador para o quarto andar e caminhou até o fim do corredor. Tocou a campainha do apartamento e ninguém atendeu. Estranhou a fechadura um pouco solta, abriu a porta e conteve um grito. As estantes estavam vazias e as gavetas abertas. Havia mais papéis no chão que o monte de cartas do *Programa Silvio Santos*. O couro do sofá estava rasgado a facadas, com pedaços de espuma saindo como tripas. Odete botou a mão no peito. Quem fez aquilo no sofá poderia fazer o mesmo com seu filho.

Odete ligou para todos os hospitais e cadeias do Rio de Janeiro. Vomitou antes e depois de procurar por Beto no IML. Falou com os amigos dele, mas ninguém sabia, ninguém tinha visto, ninguém podia falar. Encontrou o nome Roberto Batista registrado entre os presos do DOI-Codi.

— Seu filho é terrorista — disse o policial antes de ser atacado por uma bolsa vermelha.

— Ele sempre foi um bom menino, exijo respeito — ela disse.

O policial deu a Odete o máximo de respeito possível à ocasião, que consistia em não fazer nada além de se esquivar da bolsa. As outras demandas — "Quero ver o meu filho, exijo que o libertem ou seja visto pelo nosso advogado" — foram escorraçadas do DOI-Codi junto com Odete.

A partir desse dia ela saía de casa todas as manhãs carregando uma sacola de roupas limpas, um bolo embalado em papel-alumínio e uma garrafa térmica com café. Pegava o ônibus Lagoa-Tijuca e aproveitava o trânsito lento para contar a história de Beto para o passageiro ao lado. O filho era muito bom menino, nunca deu trabalho e foi sempre de estudar. E agora isso de ser preso. Não era possível, mas não era possível mesmo, que fizessem algo assim. Era muito bom menino, nunca deu trabalho, sempre foi de estudar. E agora isso de ser preso.

Alguns passageiros pediam licença e desciam no ponto adiante. Outros escutavam por interesse ou compaixão. Havia os que contavam histórias semelhantes. O outro também era muito bom menino, sempre gostou de estudar. E agora isso, de ser preso.

Odete descia na rua Barão de Mesquita e passava a manhã na porta do quartel pedindo para entrar. Os guardas diziam não, ela insistia, os guardas não respondiam. Atacou com a bolsa um comandante que saía para o almoço e ignorou suas perguntas. Voltava para casa ao entardecer, depois de jogar o bolo e o café no lixo em frente ao quartel. Abria o papel-alumínio e se demorava nos pedaços rumo ao cesto. Depois vinha o ritual do café. Despejava o líquido devagar, olhos retos no guarda do portão, como se dissesse: "Veja só que desperdício vocês estão causando na minha cozinha, na minha família, no meu país".

Chegava em casa e abria o caderninho de telefones. Precisava ligar para os jornais, para o advogado, para o cardeal arcebispo do Rio de Janeiro, para a vizinha amante de um coronel, para o primo capitão do Exército, para o médico que conhecia o bairro inteiro, e para a irmã em Teresópolis.

O advogado se declarou tolhido. "O sr. Roberto Batista foi atingido de forma irrevogável pelas arbitrariedades que o AI-5 impingiu à nossa Constituição." Os jornalistas disseram que iriam apurar o caso, mas nada saiu publicado. O cardeal arcebispo prometeu ajudar, rezando pela alma de Beto. A vizinha assegurou que falaria com o coronel, mas já tinha pedido o mesmo para uma parente, e as coisas não estavam boas. Agripino andava distante, tinha voltado às boas com a mulher ou encontrado outra, o que ela esperava que não, porque sem ele por perto quem iria pagar as contas? O primo capitão disse que não podia ajudar. O Brasil estava em uma fase ótima, quem sabe não foram os amigos terroristas que sumiram com Beto, os comunistas eram capazes de tudo. O médico falou com outros jornalistas e com alguns militares, e talvez por ter insistido demais passou a receber telefonemas anônimos dizendo ser do interesse dele — e de sua mulher Domitila e de seus filhos André e Tati, de oito e seis anos, moradores da avenida Epitácio Pessoa, 2600 — parar já com aquelas perguntas. D. Odete contava tudo para a sua irmã em Teresópolis e respirava um pouco melhor. Desligava o telefone e passava a mão no peito, tentando dissolver a dor. Sentia o carinho do marido nas costas: "A canja vai esfriar, meu amor". Dava algumas colheradas e ia para a cozinha assar o bolo para a sacola do dia seguinte. Seu Odair tirava os pratos da mesa e lavava a louça. Colocava o feijão de molho, pendurava as roupas no varal, dobrava as toalhas. A divisão de tarefas consolidada em trinta anos de casamento estava agora invertida, com Odete saindo pelas manhãs sem fazer a cama e Odair ficando em casa. Varria o chão, aprendia a fazer picadinho e esperava o telefone tocar.

A chegada de Beto ao DOI-Codi foi festejada com cerveja. Um dos policiais quebrou a garrafa vazia na parede, se aproximou de Beto e brincou de fazer tatuagens. "Vai ou não vai falar?", perguntou pela segunda vez. Na primeira vez a pergunta foi acompanhada de chutes. Beto trincou os dentes por causa da dor, e porque não tinha a intenção de falar. Não que soubesse muito. Havia saído de Ipanema a convite de um amigo na clandestinidade, membro de uma organização de esquerda. Precisavam que alguém alugasse um apartamento na Glória para servir de fachada enquanto o quarto dos fundos seria ocupado por guerrilheiros procurados.

Beto era simpatizante da causa e aceitou a proposta devido a uma combinação de ingenuidade, decepção, heroísmo, entusiasmo, senso de justiça, patriotismo, empatia, revolta e estupidez. Seu trabalho era cumprimentar os vizinhos, tocar violão e dar aulas de inglês. A única diferença da antiga rotina para a nova era a saudade de Estela e o consumo dobrado de latas de salsicha. Agora cozinhava para Abílio, que no ano anterior havia participado do sequestro do embaixador americano.

No dia em que invadiram o apartamento Abílio estava em Petrópolis visitando a mãe pela última vez. Ela tinha câncer, mas era ele quem morreria primeiro. Os policiais encontraram cópias do jornal *Luta Operária* na sala e gibis do *Fantasma* no banheiro — ler quadrinhos foi o único hábito burguês que Abílio não conseguiu superar nas sessões de autocrítica. No quarto de empregada acharam Beto dedilhando o violão.

— Vai ou não vai falar? — eles perguntavam todos os dias.

— Porra nenhuma — Beto dizia, como se fosse um guerrilheiro experiente.

Se os torturadores conseguissem extrair de Beto tudo o que ele sabia, descobririam que:

1. O codinome de seu companheiro de apartamento era Abílio,
2. Beto distribuiu exemplares do jornal *Luta Operária* nas portas das fábricas da Baixada Fluminense. Fez isso junto com um companheiro que dizia se chamar João. Esse João ele já tinha visto algumas vezes de mãos dadas com a namorada, na fila para tomar um sorvete do Bob's.
3. Beto pixou alguns muros com uma companheira de codinome Lúcia, que ele tinha quase certeza que se chamava Bianca. "Tira a mão do bolo, Bianca" — ele ouviu um adulto dizer na festa de nove anos do primo. "Mas os quadradinhos de chiclete são meus", Bianca disse, sem sair da frente da mesa. Era um bolo coberto por glacê e decorado por doces, havia barras de chocolate, caminhos de confete e contornos de jujuba, embora o maior prêmio fosse os quadrados de

chiclete em volta da vela. Bianca implorou ao primo, que se sentiu importante ao conceder os chicletes. Só podia ser ela. Tinha as mesmas bochechas fartas e jeito obstinado de quem ficaria com os quadradinhos de chiclete, ou faria a revolução. Sabia também que Flavinho, Eliseu e Armando, Catarina, Ana Júlia e Renato, que ele conhecia da praia, dos blocos de Carnaval e das salas de aula, estavam presos, mortos ou desaparecidos.

Era tudo o que o preso número 142, da terceira cela à direita, teria a dizer.

Se Beto fosse o terrorista temido que a polícia imaginava, saberia muito mais. Teria jogado futebol com Carlos Lamarca em um terreno baldio em Honório Gurgel. Assaltaria um banco e atiraria no guarda, para depois dizer assustado ao corpo no chão: "Desculpe, não era para ser assim". A corrida até o fusca, o grito para o motorista tocar. Percorreria as ruas da cidade achando que o resto do mundo andava em câmera lenta, passaria uma noite acordado, pensando no guarda que matou. *Desculpe, não era para ser assim, não era para ser assim.* Outro assalto e mais sangue, o coração mais rápido que o carro, uma noite de sono sem remorsos. Teria morrido depois de reagir a uma investida policial dentro de um cinema, com cinco tiros no peito.

Ou então teria seguido com os companheiros para o Araguaia, comido carne de macaco e reclamado dos bichos-de-pé. A água insalubre, a pele tornando-se couro, os calafrios da malária, as casas de chão de terra e quase nada de brasileiros. "Então é por isso que estamos lutando", ele teria entendido. Por fim seria morto com um tiro na nuca pelas tropas do major Curió, esfomeado, trajando farrapos e sem metade dos dentes.

Ou então teria se escondido em São Paulo, Curitiba e Bahia. Cabelos pintados, óculos de grau, uma batina. Passaria um mês em Resende esperando documentos falsos e instruções do comando. Seria ali, em um sobrado de janelas azuis e chão de madeira, que olharia a moça arrumar antúrios em um vaso de cristal e lembraria de algo distante e sem importância: *Esqueci Estela.* Só então e no meio do caos sentiria alívio. Partiria em seguida para Caruaru, onde numa sexta-feira de junho um cano de revólver lhe pressionaria as costas. "Teje preso", diria a voz. Beto sumiria em um sítio no interior do Ceará usado para eliminar lentamente os presos, e que, de acordo com os militares, nunca existiu.

Morto. Morto. Morto. Era também morto que gostaria de estar agora, durante a sessão de tortura. A cada chute recebido Beto cuspia sangue dizendo que não ia falar, a cada choque curvava o corpo dizendo que não ia entregar. Era só questão de ajustar chutes e choques, pensou o torturador. Mas não conseguia acertar na dose, Beto não abria a boca, e ele foi perdendo a paciência. Já ia dar cinco horas, ele tinha prometido levar a filha para andar nos cavalinhos da praça Xavier de Brito.

Caprichou nos chutes e aumentou os choques, mas em vez do idealismo Beto perdeu a razão. Cantou o Hino à Bandeira e perguntou ao torturador o que vinha depois de "céu de puríssimo azul". O homem respondeu baixando o corpo do pau de arara para pular nas costelas de Beto. Foi contido pelos colegas.

— Pera aí, não é assim, lembra o que diz a cartilha. Deixa ele comigo, vai tomar um café.

O torturador assentiu. Cada um que aparecia, pensou. Deixou a sala com um fio de suor na testa e foi ligar para sua mulher.

Beto foi levado em coma para o Hospital do Exército. Passou nove meses imóvel, num quarto sem grades nem segurança. Ninguém achou que ele fosse acordar.

Mas então chegou novembro e o dia de novembro em que Beto abriu os olhos. O médico do Exército escreveu em seu relatório que o preso desfrutava de pleno gozo de suas faculdades mentais, por ser capaz de responder a perguntas simples. Descobriu em seguida que não estava tão lúcido, porque, depois de dizer "Eu me chamo Roberto Batista, tenho vinte e dois anos e moro no Rio de Janeiro", gritou: "Abaixo a ditadura!". Voltou para a cela do DOI-Codi.

28 de janeiro, 1973
Querido Tavinho,
Os selos não mentem, eu estou em Madri. Aluguei um estúdio no Bairro das Letras, a uma quadra de onde viveu Cervantes. Você sabe como foi a vida do Cervantes? Ele feriu um nobre em um duelo e fugiu da Espanha. Trabalhou como assistente de um cardeal na Itália, lutou contra hereges na África, foi baleado nas costas e perdeu o movimento da mão esquerda. Depois ele e o irmão foram capturados por uns turcos piratas. A família juntou dinheiro por anos para pagar o resgate, mas só conseguiu o suficiente para libertar um filho. Cervantes mandou o irmão e tentou fugir quatro vezes em ações rocambolescas. Uns religiosos pagaram o resgate e ele voltou para a Espanha. Fez vários bicos e trabalhou como coletor de impostos. Depois ele ainda foi preso por dívidas e na cadeia escreveu Dom Quixote. Olha os versos que estão no último livro dele, feitos quando o cara já estava quase morrendo de diabetes.

O tempo é curto,
As ansiedades crescem,
As esperanças encolhem,
E ainda assim meu desejo de viver me mantém vivo.

Tem noites em que eu acendo um cigarro na varanda, olho

a casa do Cervantes e penso no que ele escreveu. Hoje também pensei em você. Fiquei com vontade de ver o mar tomando sorvete, e se a gente estivesse na praia dessa vez eu não ficaria tão quieta, dessa vez eu falaria. Diria o que Cervantes disse. Porra, Tavinho, a vida é curta.

Eu e Prometeu nos separamos. Descobri que ele tinha um caso com a violinista. Achei um lance tão vulgar que revidei no mesmo tom. Fui até um dos ensaios e mandei ele enfiar a batuta no cu. Em casa joguei as roupas dele pela janela, sempre quis fazer isso. Deu merda também no jornal, meu chefe botou a mão onde não devia, pensei no dia em que meu padrasto fez o mesmo, só que dessa vez eu não tinha nove anos e soube me defender. Dei um grito, reclamei com o editor-chefe e o pessoal do RH. Adiantou alguma coisa? Porra nenhuma. O cara está lá batucando a máquina e ganhando o salário de chefão, eu fui demitida por instabilidade emocional.

Aí decidi dar um tempo e vim pra Madri. Tô escrevendo uns artigos pra umas revistas, dá pra levar. Quase sempre. Têm noites em que eu deito encolhida e peço pra vida passar rápido. No dia seguinte acordo com as crianças da vizinha batendo o portão de casa rumo à escola. Faço um café, acendo um cigarro, vou pra janela ver os turistas e quando me dou conta já esqueci. Já reparou que não tem gente mais alto-astral que turista? Estão sempre felizes, cafonas e fora do lugar. Só de olhar um grupo descendo a rua já me sinto melhor.

Pablo não gostava de turista. Achava que só serviam pra juntar mais gente entre ele e os quadros do Prado. Eu lembrei que eram os turistas que pagavam o salário dele. Pablo é músico de flamenco, toca numa destas tascas que fazem paella com mais corante amarelo que açafrão. A gente ficou junto por uns tempos quando eu cheguei. De dia ele dormia e eu escrevia; de noite eu dormia e ele ia se apresentar nas tascas. Não tinha como dar errado, só que deu.

Eu sinto saudades, Tavinho. De todas as vezes que a gente não precisou transar. Dos ensaios na quadra da Portela, você dançando como as passistas até de manhã. Às vezes tenho vontade de escrever sobre a gente — você como homem frágil e monumental, eu como a mulher misteriosa que entrava de repente na sua vida, e sabia. Mas fazer literatura é difícil pacas, tentei algumas vezes e desisti na segunda página. Alguém já disse, e acho que foi a Clarice Lispector (quando eu não tenho certeza sempre digo que foi a Clarice), que literatura não é desabafo.

Então decidi te escrever. Fazer das minhas cartas um diário-livro de memórias-tentativa de literatura-desabafo (que não é literatura, ou talvez precise ser apenas por resistência, nestes tempos em que tudo anda tão proibido). Partes de mim que chegarão para você em papel ofício, faça com eles o que achar melhor.

Serão o oposto dos tempos em que ficávamos em silêncio. Se você for pensar, os silêncios falam, e era isto o que os nossos diziam: a vida é boa, o tempo é breve e um grito é sempre bem-vindo.

Saravá, Cervantes. Saravá, Tavinho.

Beijo da Malu

Doze

IPANEMA, 1975

— Você pode por favor vestir uma camisa para almoçar, Otávio?

Era o dia mais quente do verão de 1975. No domingo seguinte as manchetes de jornal falariam de recordes de temperatura registrados pelo Instituto Nacional de Meteorologia. A vestimenta correta dispensaria camisas, mas Estela não admitia um peito nu em frente ao seu cozido.

Tavinho foi para o quarto e escolheu uma camisa pensando na mulher. Tinha um rombo na altura do ombro, iniciado por uma traça e expandido pelo dedo de Pedrinho, que quando estava no colo do pai usava as listras da camisa como estrada para carros de corrida. O furo era o túnel, a manga o fim do túnel.

Voltou para a sala e Estela ignorou não só a escolha, como os cadernos do jornal que ele deixou bagunçados sobre a mesa. Não queria outra briga. Tavinho também conseguiu não implicar com a mulher no fim de semana.

Estavam casados havia oito anos, e já aceitavam o que antes parecia insuportável. Estela se acostumou com o tempo excessivo do marido no banheiro e o ritual de submergir-se em perfume Rastro. Tavinho saía e empesteava a casa, até o vizinho sabia a hora do banho pelo aroma de eucalipto que se desprendia do apartamento dos Jansson. Acostumou-se também com a paixão dele por futebol — "Cara, cê viu o jogo ontem?, Cara, cê viu o jogo ontem?", era como Tavinho dizia bom-dia aos amigos. Tavinho se acostumou com os olhos de lança de Estela toda vez que um cotovelo pousava no tampo da mesa de jantar. Com a misteriosa atração da mulher por sombra laranja nos olhos, *Quem foi que disse que isso é bonito, pombas?* Com as tantas manias de Estela, que começaram como detalhes graciosos e se transformaram em exigências medonhas. O cuidado com as almofadas brancas, a adoração pelo aparelho de chá em prata, as implicâncias com o cuco que pertencera a seu avô.

Pedro tinha quatro anos. Desenhava paisagens com cinco sóis e sabia contar até dez.

— Sem usar os dedos, papai.

Priscila tinha três anos e sabia, principalmente, imitar o irmão.

— Dezeum, dezedois, dezecinco.

— Você não sabe contar — dizia Pedro.

— Eu sabo — respondia Priscila.

— Lógico que sabe — dizia Tavinho.

— Lógico que sabe — dizia Estela.

Nas manhãs de domingo passeavam no Jardim Botânico. Caminhavam até o parquinho onde havia o maior escorrega do mundo, segundo Priscila. Pedro ganhava impulso no balanço e subia tão alto que sentia medo, mas não contava a ninguém. Tavinho e Estela ficavam por ali, às vezes de mãos dadas. A briga do fim de semana ainda não teria começado ou já havia termi-

183

nado. O cheiro de perfume Rastro se dissipara e não havia mesas por perto para se reclamar de cotovelos. Em momentos assim, com os filhos correndo e um lago de vitórias-régias adiante, eles achavam que eram felizes.

Mas sem se renderem completamente um ao outro. Quando Estela sumia no corredor Tavinho colocava os pés em cima da mesa de centro com o suporte de almofadas brancas. Se calhasse de jantar sozinho espalhava os cotovelos na mesa com tanto gosto que lamentava ter apenas dois. Gostava de andar meio nu pela casa, exibindo as mímicas de orangotango, ou de usar roupas tão velhas que já tinham perdido a cor.

Estela também tinha vinganças, e estava prestes a desferir uma depois do fim de semana sem brigas. A camisa furada, nem o porteiro se vestia assim. Na segunda de manhã ela ignorou as lufadas de perfume Rastro que empesteavam a casa, preparou os filhos para a escola, beijou o marido após o café, deu as ordens diárias a Dalvanise.

Quando o apartamento ficou em silêncio ela seguiu para o quarto. Abriu as gavetas do armário de Tavinho e foi enchendo sem pena um saco de lixo. Se ele achava que a alternativa para mamilos nus eram camisas arrombadas, estava muito enganado. Estela se livraria de camisetas furadas, bermudas cerzidas e blusas manchadas de gordura. Das sungas com Lycra gasta e das cuecas de elástico frouxo. Peças que não tinha coragem de dar nem para a empregada.

As revistas estavam na última gaveta, escondidas sob os suéteres. A primeira capa estampava um homem nu da cintura para cima. Gotinhas de água salpicavam o peito liso, o braço musculoso vazava na foto, a mão descia para tocar o jeans entreaberto. Eram edições americanas. *A Guide to Gay San Francisco*, *A Truck Driver Lets It All Hang Out*, diziam as manchetes.

Fechou a gaveta, sentou-se na cama e começou a espirrar.

Três, quatro, oito, dezenas de espirros. Os olhos ficaram vermelhos, o nariz começou a pingar. Recorreu à caixa de lenços, depois apelou para o rolo de papel higiênico.

— Tá tudo bem, Donistela? — perguntou Dalvanise do outro lado da porta.

— Por que não estaria, Dalvanise? Por quê?

O armário, aquela situação era insustentável. Pegou o telefone na mesinha de cabeceira.

— Tavinho, sou eu. O quê? Não pode falar agora? Manda servirem um cafezinho pro cliente, é importante. Olha, você tem que dar um jeito no seu armário. Pensei que podia arrumar, mas tinha tanta coisa velha, tanto pó, mofo e ácaro que mal comecei. Fiquei só na primeira gaveta, e olha só meu estado — ela disse, espirrando alto, tossindo às vezes, fungando a cada respiro.

— Quero o armário limpo pra Dalvanise passar terebintina nas gavetas.

A descoberta das revistas convenceu Estela da urgência de uma mudança. Era o que ela disse a Tavinho em uma conversa definitiva.

— Não dá mais, Tavinho. Precisamos nos mudar para um lugar maior.

Tavinho balançou a cabeça de um lado para o outro, como que chacoalhando o que havia dentro para a ideia entrar melhor. Aquele era um bom apartamento. Copa, cozinha, quarto de empregada. Vista para a praia com o pescoço virado de lado.

— Tem que ser um quatro quartos, talvez uma cobertura — continuou Estela. O cartório ia bem, tinham economias. Ela vinha conversando com o pessoal da Julio Bogoricin e já havia visitado uns apartamentos. Vinte e três, transformados em quatro no relato a Tavinho e resumidos a um que deviam considerar.

Era uma cobertura de trezentos metros quadrados na rua Nascimento Silva, que pertencia a um casal de franceses empenhado em reproduzir em Ipanema os ares de Paris. A começar pela ideia de que nenhuma instalação hidráulica ou elétrica precisaria ser trocada, jamais. As portas dos armários estavam empenadas. As torneiras chiavam, os espelhos se oxidaram. As grades da varanda estavam corroídas pela maresia, o papel de parede descolava-se nos cantos.

— É perfeito — Estela disse para Tavinho do outro lado da enorme sala vazia. Ouviam de longe Priscila e Pedro brincando de fazer as torneiras do banheiro chiar.

— Não sei, Estela...

— É perfeito — ela repetiu. — Pedro, Priscila, fechem já essa torneira! Tem vista, espaço, o prédio é bom. A gente vai ter que reformar os banheiros e a cozinha, mas imagine o quanto vai valorizar. Pedro, Priscila, já disse para parar!

— Vai ser uma aporrinhação...

— Imagine, Otávio, você nem precisa participar. Deixa que eu cuido de tudo. Pedro, Priscila, vou ter que contar um dois três? Se eu for aí vai ser pra botar os dois de castigo!

Tavinho olhou a mulher. Havia em seus olhos uma certeza que transcendia a grandeza do apartamento. Baixou os olhos.

— Se é o que você quer, meu amor.

Era o que Estela queria. Trezentos metros quadrados que precisavam de reformas, ajustes e decorações. O maior projeto de sua vida.

Mudaram-se no mês seguinte. Os móveis diminuíram na imensidão da sala, Dalvanise parecia distante por causa da nova copa. Priscila circulava de bicicleta na varanda, Pedrinho corria e se cansava no corredor. Tavinho arrumou a escova de dentes no banheiro, Estela começou a arrumar o resto, mas parou para folhear revistas de decoração, delegando caixas e armários à empregada. Precisava quebrar paredes, trocar canos e decorar ambientes. Havia mais dúvidas que ideias, era o que dizia às amigas. Sugeriram que trabalhasse com um profissional.

* * *

Carlos Buclê era um arquiteto muito bem falado entre as bocas que importavam — aquelas que apreciavam os pastéis do restaurante Alvaro's, no Leblon. Era um homem de feições e maneiras delicadas, determinado a não deixar dúvidas sobre sua pessoa. Sentava-se cruzando as pernas nos joelhos e calcanhar, mantinha as munhecas molengas e tomava cafezinho com o dedo mindinho em alerta. Carlos já tinha entrado em mais casas da zona sul do que um pesquisador do Censo. Seus serviços de arquiteto estendiam-se a outras áreas, tão necessitadas de préstimos quanto a troca de canos. A cada nova obra tornava-se o melhor amigo da proprietária. Alternavam cochichos e gargalhadas, trocavam olhares cúmplices e sem se darem conta a cliente imitava os trejeitos de Carlos, e Carlos os da cliente.

Carlos sabia tudo sobre azulejos, rejuntes e mármores. Também sabia tudo sobre traições, abortos e doenças venéreas. Sua memória era um Rolodex da alta sociedade, com detalhes tão secretos que ele não dividia sequer com o namorado, Moacir Donato. Moacir era um mulato atarracado de olhos claros. Morava com a mãe no Grajaú, trabalhava como policial militar e tinha como hobby a astronomia, praticada todos os fins de semana. Que o telescópio ficava na varanda de Carlos, só era usado na iminência de vizinhos nus e as únicas estrelas vistas por Moacir estavam nos lençóis da cama eram detalhes que considerava irrelevantes e dignos de serem poupados à mãe.

O casal estava junto havia dez anos, numa relação estável apenas no acúmulo de tempo. Apreciavam brigas definitivas e amores que perdoavam. Eram duas almas trágicas, capazes de encontrar na rotina enfadonha a grandeza de suas misérias.

— Você usou de novo a minha escova de dentes, Carlos — diria Moacir, com a escova molhada na mão.

Era o começo de outro bate-boca, que levaria o casal pelos erros da juventude, memórias da infância e inseguranças do presente.

— Você não entende, eu tinha que dividir a escova de dentes com meu irmão. Nunca pude ter uma escova só minha, Carlos!

Haveria batida de porta, ameaças de separação, um pulso retido à força. E depois declarações apaixonadas, "Meu xuxu, gúti gúti, vem aqui", roupas no chão e a empregada aumentando o volume do radinho.

Carlos chegou para o primeiro encontro com Estela cinco minutos antes do combinado, com um álbum de fotografias debaixo do braço. Sentaram-se no sofá para juntos folhearem as páginas. Apontava imagens como se mostrasse filhos. "Neste projeto colocamos um nicho, neste outro usamos ladrilhos. Este banheiro foi feito em madeira, a cliente queria uma decoração de chalé suíço, sabe? Por isso as cortinas quadriculadas." Havia salas com arabescos, papéis de parede dourados, corredores de espelhos, halls com colunas gregas.

Estela olhava as fotos com avidez. *Quero o lustre de pingentes e o teto em matelassê, o tapete de pele de zebra e as almofadas em tule.* Não poderia mais viver sem um jardim interno com palmeiras fênix, torneiras douradas e rodapés de mármore rosa. Sem coisas que ela nem sabia que existiam e que agora a mantinham acordada de madrugada, pensando: "porcelanato, porcelanato". Mudaria tudo, informaria o marido aos poucos. Todo mundo tem direito a um segredo, aquele seria o dela.

Os primeiros seis meses do cronograma da reforma se prolongaram por um ano. A família se acostumou com a fina camada de pó nas roupas, com o pano úmido bloqueando o vão sob a porta dos quartos, com jantares na copa de canos aparente. "Está quase terminando", disse Estela no décimo mês. Toda vez que precisava anunciar um adendo, beijava Tavinho: "É que tinha que trocar o cano e aproveitei para refazer o forro".

O dia a dia da obra ignorava os princípios da lei da ação e reação, seguindo a dinâmica ação, problema, reação, problema. Estela escolheu azulejos, mas estava em falta no mercado. Quando os azulejos chegaram o pedreiro ficou doente. Quando o pedreiro ficou bom mandaram o rejunte errado. Era para ser branco-escuro e não cinza-claro. Estela mandou devolver, não faria as necessidades de frente para um equívoco. Pediram o rejunte certo, mas não havia no estoque. Quando o rejunte chegou faltaram três azulejos para terminar o piso, e a entrega só seria possível em duas semanas. Isso no tempo estabelecido pelos fornecedores, mais abstrato que o dos arquitetos.

Carlos e Estela controlavam decepções com rostos educados. Dalvanise trazia um cafezinho, os dois tomavam no sofá coberto por um lençol, entre comentários indignados sobre o intricado das obras. Eram vítimas do acaso e visionários do belo, que se revelaria quando tudo terminasse.

Às vezes nos silêncios depois de um gole de café, Estela pensava em falar de si. Abria a boca, mas era incapaz de emendar: "Sabe, Carlos, tem noites em que meu marido dorme e eu nem pisco, porque acho que ele...". Permanecia assim alguns segundos, até a boca se fechar com um "Pois é, Carlos, o nosso banheiro precisa mesmo é de um espelho bisotado".

Carlos ouvia atento como um estudante. Tomava notas, ria quando Estela ria, ficava sério quando ela ficava. Agradecia o café, olhava o relógio e se despedia. Tinha que ver esta outra cliente que decidiu colocar a sala no lugar dos quartos e os quartos no lugar da sala.

— Você não imagina o hor-ror que é essa obra — ele dizia virando os olhos.

Estela virava os olhos e repetia: "*Hor-ror!*". Despedia-se, fechava a porta, lamentava a sala em escombros: "Vai ficar perfeita depois da obra", assegurava. Caminhava até a janela para olhar

Ipanema e o Leblon até o morro Dois Irmãos. Gostava de ver o entardecer da janela, com as luzes dos outros apartamentos se acendendo de tempos em tempos. Às vezes pensava que a sua cobertura seria uma das mais bonitas do bairro depois da reforma. Às vezes pensava em Beto.

Treze

A sintonia entre Estela e Carlos chegou ao fim depois do primeiro ano de obra. Estela mal se lembrava das revistas do marido no armário, e não precisava mais de distrações. Queria mudar a mobília, trocar o estofado, tirar dos cômodos o cheiro de tinta e cimento. Pressionou o arquiteto sobre prazos, mas Carlos disse que estava doente e não tinha condições. "Não tenho condições", ele repetia sozinho em seu quarto, com a cabeça entre dois travesseiros. Tinha ignorado o alarme das oito às dez da manhã, para depois acordar como quem reencarna, sem saber quem era ou onde estava. Culpa da dose extra de Valium que agora tomava por causa de atritos com o namorado.

Moacir tornara-se irascível, em parte porque não dormia havia meses. Abria os olhos à uma da manhã e fechava com força: "Não, de novo não!". Quando dormia no Grajaú ouvia os roncos da mãe; quando estava no Leblon era o ressono de Carlos. "Eu preciso, eu preciso dormir." Não dormia e acompanhava o dia clarear, levantava-se exausto.

Carlos sugeriu que tomasse tranquilizantes.

— Isso é coisa de bicha.

A falta de sono atingiu todos os setores da vida de Moacir. A começar por Carlos, que, se não era um setor, era uma bonequinha de luxo ou um saco de pancadas, de acordo com a ocasião. Carlos tornou-se saco de pancadas em todas as ocasiões, com exceção da meia hora das noites de sexta e sábado, quando o casal usava o telescópio, e da meia hora que sucedia o uso do telescópio. Depois Moacir voltava a ser um arame farpado. Batia na mesa se o bife chegava frio, berrava quando via o tampo da privada abaixado. Incomodava-se com a luz atravessando a persiana, ameaçava o padeiro por causa de um pão dormido. Gritava muito com Carlos. "Porra, Carlos, o lençol tá engruvinhado. Porra, Carlos, tu é mermo bichinha pra usar hidratante. Porra, Carlos, tu sabe que eu gosto da meia enroladinha feito bola, porra, Carlos."

Carlos aguentava os gritos por lealdade, até não poder mais. Começou a tapar os ouvidos e a chorar pelos cantos, aumentou a dose de Valium. Não sabia o que fazer com o monstro deitado em sua cama, que por tanto tempo pensou ser um Apolo. E o que seria Moacir, um monstro ou um Apolo? Estava confuso. Tão confuso que passou a embaralhar os detalhes das obras. Mandou caixas de azulejos para apartamentos errados, mandou quebrar paredes que deveriam ser mantidas de pé. A cliente ligava no fim do dia para reclamar e Carlos não ouvia. Estava na cama depois de tomar um Valium, com o ar-condicionado no máximo, um edredom cobrindo-lhe até a cabeça.

Estela notou as mudanças no arquiteto e na obra. Reclamou quando a bancada do lavabo chegou do fornecedor com a metade do tamanho. Botou a mão na cintura para perguntar se por acaso ele pensava ser aquela uma casa de anões, quando viu o arquiteto secar uma lágrima. Teve pena, ofereceu-lhe o guardanapo de linho da bandeja de prata. Carlos levantou o rosto, tentando conter o choro:

— São terríveis, os homens.

Estela colocou a mão no ombro de Carlos.

— Terríveis.

Dias depois uma barata apareceu na cozinha de Carlos, que gritou enquanto Moacir se pôs a postos. Dessa vez ele não usou o chinelo. Pegou o bicho pelas asas, com cuidado para não machucar.

— Vamos ver quem manda aqui — disse, satisfeito.

Carlos viu da porta Moacir colocar a barata dentro de um saco plástico e fechar com um nó apertado. O inseto tentava em vão escalar o plástico, enquanto Moacir chacoalhava e ria. Nessa noite Carlos tomou dois Valiuns para dormir. Moacir ficou na copa de frente para a barata. "Precisando de um arzinho?", ele perguntava, soprando a parte externa do saco.

No dia seguinte Carlos trocou a fechadura de casa.

A metodologia de trabalho de Carlos Buclê baseava-se no disse me disse. Ele dizia ao mestre de obras o que fazer, o mestre de obras dizia aos pedreiros, os pedreiros diziam ao ajudante, o ajudante coçava a cabeça. Depois que Carlos se separou de Moacir o método deixou de funcionar. O arquiteto passava dias sem pôr os pés no apartamento da Nascimento Silva. Não atendia o telefone nem aparecia no escritório. Caminhava pela praia do Leblon e sentava-se em um banco do calçadão, os olhos desolados no mar. Ou então ficava no quarto, com as cortinas fechadas e o telefone fora do gancho, esperando o Valium fazer efeito.

O mestre de obras, os pedreiros e o ajudante não sabiam o que fazer. Optaram por não fazer nada e por fingir que faziam quando Estela aparecia. Preparavam o cimento, preparavam a argamassa, transferiam uma pilha de azulejos da esquerda para a direita.

Foi mais ou menos nessa época que Tavinho deu um ultimato à mulher. Não queria mais viver entre escombros, não queria mais banhos no chuveiro da empregada. Ele era um trabalhador, colocava dinheiro em casa, tinha o direito de usar um boxe onde coubesse seu corpo inteiro. O banheiro de empregada até para as crianças era desumano. O chuveiro ficava em cima do vaso sanitário, a pia parecia de boneca e a cortina de plástico com fios de cabelo grudados na barra lhe dava engulhos. Estela beijou sua bochecha:

— Faltam só mais três azulejos para revestir o nosso banheiro e o boxe Blindex deve chegar semana que vem.

Tentou repassar o ultimato de Tavinho a Carlos, mas ninguém atendeu no escritório do arquiteto. Demitiu Carlos Buclê e terminou a obra sozinha.

Os quatro meses seguintes foram parecidos com o primeiro ano, mas agora era Estela quem comandava. Dava ordens ao mestre de obras, que dava ordens aos pedreiros, que davam ordens ao ajudante, que coçava a cabeça. Falhas de comunicação e interrupções eram comuns, como nas tardes de sexta-feira, quando o mestre de obras tomava uma caninha, um pedreiro tomava uma caninha, o outro pedreiro deixava de fazer rejunte para ir ler um salmo e dizer que caninha era coisa do demo. O ajudante sentia tonteiras por não ter dinheiro para as marmitas do fim do mês, o pedreiro dividia o almoço com o ajudante, o ajudante recebia o salário e pagava ao pedreiro uma caninha de gratidão. Estela saía para o mercado, salão ou butique, os pedreiros relaxavam os ombros e sentiam-se bem, relaxavam o corpo inteiro e sentiam-se melhor ainda. Dalvanise aparecia na obra com garrafa de água e copos plásticos, o mestre de obras conversava com Dalvanise e os dois sorriam igual, com saudades do Cariri.

Dalvanise gostava de casa limpa. Nos primeiros tempos do antigo apartamento, quando Estela contratou um pedreiro para embutir as luzes de camarim no espelho do banheiro, ela varreu o chão como se os azulejos produzissem sujeiras. Seu empenho foi recompensado com a aquisição de um marido, três filhos e uma casa de alvenaria.

Agora já não tinha tantas ambições, mas aproveitava a poeira infinita das obras para utilizar sua vassoura constantemente e para mexer os quadris que ajudavam a movimentar a vassoura.

O mestre de obras, que em serviços passados também tinha sido recompensado com mulher, quatro filhos e uma sogra a contragosto, pensou que não seria ruim ganhar algo mais. Sumia com Dalvanise no quartinho de empregada, deixando ao léu pedreiros, ajudante, argamassa e rejunte.

Piorou quando outros profissionais entraram no apartamento: o pintor, o eletricista, o rapaz do gesso, o marmoreiro. Faziam trabalhos que pareciam não se conciliar. As paredes foram pintadas antes da troca da fiação elétrica, a bancada foi instalada sem o buraco para as torneiras. Alguém fez alguma coisa com algum cano em algum lugar, dando origem a um vazamento que parecia se esconder dos pedreiros. Percorria a casa, aparecia em tetos distantes, tiveram que abrir buracos compridos em forma de trilhas. O rapaz do gesso passou duas semanas olhando os quadris de Dalvanise e discutindo futebol. Chovia, o ar estava úmido, melhor esperar secar. Secou, mas ia chover de novo, melhor esperar chover. O mestre de obras notou os sorrisos do rapaz do gesso para Dalvanise e esteve prestes a transformar em arma a faca de pão. Foi a empregada quem interferiu, dizendo: "Não se apoquente". Ela nunca olharia "praquele cabra". Deve ter fechado os olhos quando o rapaz do gesso foi conhecer o quartinho perto do tanque.

A bancada da cozinha ficou torta. "Mas não muito", disse o mestre de obras. Era questão de enviesar o rosto para olhar. O ralo do banheiro ficou ligeiramente obstruído pelo revestimento.

"Mas ainda tem espaço para escorrer água", assegurou. Já o ralo da copa, esse não tinha solução. Ficaria seco até a próxima obra por causa do caimento errado. Os baldes de água que Dalvanise jogava formavam um lago na cozinha, bastante apreciado por Pedrinho e Priscila. Pulavam na poça, molhavam-se todos e não entendiam por que mamãe chorava se agora eles tinham piscina.

Depois de um ano, quatro meses e dois dias, em 18 de outubro de 1976, Dalvanise passou um pano úmido no hall de entrada, fazendo desaparecer a última pegada do último pedreiro a deixar o local. O apartamento estava magnífico, com luzes embutidas, torneiras de aço inoxidável em bancadas de mármore travertino, tacos Versailles e tapetes orientais sob sofás de couro.

As mudanças eram evidentes, no apartamento e em Estela. Estava mais sábia e amarga. Olhou tanto o teto ao dizer "Era só o que me faltava" que tropeçou duas vezes em sacos de cimento. Brigou com mestre de obras, fornecedor, marmoreiro, eletricista e gesseiro. Seu peito ardia nas discussões, a testa ganhou vincos permanentes. A tênue vontade que ainda restava para os minutos de sábado na penumbra do quarto se dissipou. "Hoje não, Tavinho, talvez para a semana." Sua vida, ela entendeu, era como uma obra. Uma sucessão de problemas que precisavam ser resolvidos por ela, e só por ela.

No dia em que Dalvanise sumiu com a última poeira, Estela andou sem destino pela casa. Sentou no sofá e folheou o jornal sem ler; levantou e foi até a janela. O sol estava se pondo, algumas nuvens cobriam o morro Dois Irmãos no final do Leblon. Podia ouvir o ruído dos ônibus que atravancavam a Visconde de Pirajá àquela hora. As buzinas distantes, os alarmes das garagens próximas. Olhou para o morro do Cantagalo na outra extremidade e reparou pela primeira vez nas casinhas humildes e desordenadas subindo a encosta. Uma, duas, três, muitas. Um monte de gente pobre e amontoada tão perto da cobertura. Mas como era possível, onde ela estava que não tinha visto aquilo acontecer? Onde estavam as autoridades para acabar com aquela bagunça? O Rio era uma cidade inviável, sem governo, sem ordem nem solução. Fechou as cortinas, foi até a cozinha ver se Dalvanise tinha adiantado o jantar.

A insônia de Moacir, responsável pelo fracasso de Carlos e pelo estresse de Estela, não causou danos apenas na zona sul. Atingiu também a vida de Beto, do outro lado do túnel. Antes de perder o sono Moacir era um policial exemplar, conhecido no quartel como Pastor-Alemão. O chefe falava e ele fazia, sem perguntar como ou dizer *Veja bem*. Seus méritos o levaram a ser promovido: recebeu treinamento especial para atuar nos interrogatórios do DOI-Codi. Era um trabalho simples, disse o supervisor. Só precisava ler a cartilha e seguir as instruções. Recebeu um horário e um grupo de presos. Atuava com a mesma precisão com que seu salário de funcionário público entrava na conta bancária todos os meses. A insônia veio em seguida.

— Tu vai morrer de porrada. De porrada e com este nabo enfiado no cu — gritou Moacir uma noite quando ainda estava com Carlos. Carlos gritou, Moacir acordou e gritou, Moacir gritou para Carlos parar de gritar, Carlos gritou que não conseguia parar de gritar.

Dias depois Carlos chorou no cafezinho com Estela, dizendo que os homens eram terríveis. Não estendeu a conversa, relembrando o pesadelo do namorado e falando de itens estranhos em traseiros alheios. Um traseiro que por sinal Estela conhecia muito bem, por se tratar do traseiro de Beto. E que, até as investidas de Moacir, só tinha sido explorado por ela, em uma tarde distante.

Depois de alguns meses de insônia e expediente no DOI-Codi, Moacir começou a se sentir diferente. Tornou-se mais confiante e viril, destemido e audacioso. Era uma sensação inédita — até então havia se acostumado a viver como uma sombra. Não era bonito, não era inteligente, não era branco. Não tinha um emprego invejado, um passado brilhante ou um futuro promissor.

Tu é feio à beça, ele pensava ao abrir a boca diante do espelho para esticar a bochecha e fazer a barba. Na imagem refletida estava o dente lascado, as unhas encardidas e o braço peludo até as costas das mãos.

Em tempos anteriores Moacir teria feito um muxoxo diante do espelho, para em seguida se consolar: "Não sou nenhum Alain Delon, mas Carlos Buclê dorme comigo, e amanhã é sexta-feira". Mas agora até gostava de não ser um Alain Delon. Melhor do que ter cara de bicha era ter sempre razão.

Moacir passou a ter toda a razão do mundo. Era o resto que estava errado — Carlos, o guarda de trânsito, a chuva que caía na hora de sair de casa e até mesmo a cartilha dos interrogatórios, com instruções enfadonhas. Precisava de melhorias, e Moacir começou a cantar para os presos.

— Põe aqui o seu pezinho bem juntinho com o meu, e depois não vá dizer que você se arrependeu.

O preso colocava o pé, Moacir inventava uma nova função para o alicate.

Depois cantava de novo.

— Põe aqui o seu pezinho bem juntinho com o meu, e depois não vá dizer que você se arrependeu.

E de novo.

A essa altura não era só Moacir que tinha mudado, mas também o grupo de presos que ele interrogava. Alguns para caixões, outros para o fundo da baía de Guanabara. Havia também os que não sofreram mudanças aparentes. Modificavam-se aos poucos e por dentro, a cada encontro com Moacir.

Beto estava entre eles. Já tinha perdido o brio e dito o que era verdade, o que era mentira, o que talvez fosse verdade ou quem sabe fosse mentira. "Sim, o nome dela era Bianca, os pais moravam em frente à praça Serzedelo Correia. Não, esse Abílio não me dizia onde eram os pontos. Já disse, minha função era servir de fachada. Pera aí, talvez eu saiba, não faz assim, não vai ali. É isso mesmo, sou comunista, terrorista, subversivo, lacerdista, janguista. Che Guevara era um assassino, viva a revolução de 64. O senhor prefere mijar aqui em cima ou aqui do lado? Quer que eu vire pra ficar melhor? É verdade, na PUC só tinha comunista, tudo guerrilheiro sanguinário. Não me lembro, já faz tempo. Naquele inverno nós fomos pra Miguel Pereira, teve festa junina, eu ajudei na barraca da pescaria. Tava até pensando em ficar por lá. Devia ter dito isso pro meu tio, devia ter dito: 'Tio Anacleto, tô pensando em passar uns tempos com o senhor pra aprender a mexer na terra'. Mas o melhor teria sido trabalhar perto da praia", ele dizia para Moacir, para o escuro da cela e as paredes da solitária. Tinha se tornado um fiapo humano de inconvenientes sinais vitais, existentes apenas para indicar que sentia frio, sede, fome, dor e degredo.

Numa tarde em que Beto voltou para a sala de interrogatório havia uma presa algemada em uma cadeira no canto com o corpo curvado para a frente.

— Sua amiga veio te visitar — disse Moacir, levantando o rosto dela pelos cabelos.

Bianca. Não tinha mais o ar decidido de quem aos nove anos reivindicava os chicletes do bolo. Mas talvez tivesse o mesmo peso. As bochechas estavam encovadas, os joelhos, ossudos. O sangue pisado na cabeça marcava o arranjo dos cabelos, diferentes tons de equimoses manchavam o corpo frágil.

— Vai lá cumprimentar seu amigo, Bianca.

Ela não se mexeu. Permaneceu olhando para a frente, através de Beto.

— Levanta.

Nada aconteceu. Moacir chegou perto do ouvido dela.

— Levanta.

Bianca fez um movimento para a frente e caiu no chão. Moacir cutucou as costas com o peito do pé:

— Levanta.

Ela fechou os olhos.

— Levanta, levanta, levanta! — Gritou Moacir. Bianca permaneceu imóvel no chão, encolhida em posição fetal.

O ódio em Moacir transbordou do peito e subiu pela garganta, tão grande que se ele fosse capaz de enfiar a mão na goela poderia sentir a textura e a queimação. Procurou a arma no bolso, mas encontrou apenas uma caneta Bic. Segurou-a com tanta força que as unhas machucaram a palma da mão.

Quantas camadas, quantas regiões macias, quantas partes vulneráveis tem o corpo, pensava Moacir anestesiado, enquanto atravessava as têmporas, os seios, a jugular de Bianca. *Os tímpanos, as bochechas, a nuca. Entre as pernas, agora as omoplatas, depois os olhos. Claro, os olhos são o melhor.*

Beto assistiu a tudo algemado no canto da sala. Foi libertado semanas depois, saindo da prisão direto para sua cama de solteiro na casa dos pais. Por muitos dias Odete fez para o filho um bolo fresco, mesmo sabendo que ele não ia comer.

Acordar devagar de manhã com os barulhos da casa. Alguém varrendo a sala, o liquidificador fazendo a vitamina de banana. A porta batendo, d. Odete voltando da rua com o saco de pão. O cheiro de café entrando no quarto, o corpo acariciado pela brisa do ventilador. Piso limpo, cama limpa. Travesseiro. Beto abria os olhos, mas não saía da cama. Permanecia imóvel, sentindo o corpo ser curado pelos pequenos milagres do cotidiano.

Levantava-se quase uma hora depois, tomava um banho quente, comprazia-se com o contato da toalha na pele. Na sala o piso de tacos claros estaria iluminado pelo sol, haveria poeirinhas no ar. E não seriam as poeirinhas uma forma de poesia? Pensou em perguntar ao pai lendo jornal no sofá e riu da própria ingenuidade, ele não saberia responder. Sentia-se grato pelo mundano. Pela mãe tricotando no sofá sapatilhas de lã que ele usaria a contragosto: "Já está esfriando, meu filho, não quero que você ande em casa descalço". Pela faxineira cantando os hinos da igreja ao varrer o chão, pelo pai saindo de casa para jogar xadrez na praça, e pelas únicas palavras que disse desde que ele voltou:

— Que bom que você está aqui. Se sair leve a chave, quando voltar tranque a porta.

Demorou um mês para Beto sair de casa. Em uma manhã de abril ele cruzou o portão do prédio e contraiu os olhos por causa do sol. Era dia de feira na rua, duas fileiras de barracas cobriam a calçada e sumiam depois da curva. Beto andou a ermo entre feirantes, assimilando a liberdade. "Tô vendo pela sua cara que hoje o senhor quer gastar dinheiro", disse um deles, mostrando as frutas. Beto riu e aceitou um pedaço de melão. Seguiu em frente, distraindo-se com as pirâmides de vegetais e os preços nas tabuletas. Sentiu o cheiro forte de peixe e o cheiro doce das flores. Deteve-se na barraca de quinquilharias, como era bom olhar tudo aquilo. Clipes de unha, pentes, escovas, toucas, bobes, bolsinhas para moeda, espelhos, talcos, panos de prato pintados à mão.

Donas de casa com bobes nos cabelos, meninos do morro carregando sacolas por alguns trocados, babás com carrinhos de neném, porteiros na frente dos prédios entretidos com o movimento. O vendedor de pastel e caldo de cana, o amolador de facas, o rapaz com tabuleiro de cocada. Um senhor disse bom-dia, a senhora deu um sorriso, a menina de quatro anos quis conversar: "Meu nome é Tereza, qual é o seu nome?".

Tanta coisa boa no mundo. Deixou a feira, subiu o Corte do Cantagalo, chegou à Lagoa e andou pela margem. Alguns barcos à vela aproveitavam a manhã de vento, dois homens tentavam pescar os poucos caranguejos que ainda viviam no mangue. Em Ipanema ele seguiu por uma das transversais cobertas pela copa das amendoeiras até a praia. Tirou os sapatos e a camisa, foi até a beira do mar. A água estava gelada, ninguém se atrevia a entrar. Beto correu e furou uma onda, voltou para a beira e se deitou. Sentiu a audição alterada pelo frio do corpo e o calor do sol. Lá longe um vendedor de mate gritava: "É gelaaaaaaado". Cochilou ao som dos chamados do vendedor e do rumor das ondas do mar.

Beto admirava detalhes como quem chega de um país distante. O tempo na cadeia parecia medido por décadas, precisava reaprender a viver como antes. Barulho de chuva no quarto = bom. Begônias crescendo na varanda = bom. Beijo da mãe com cheiro de talco Gessy = bom. *É bom*, ele dizia a si mesmo. *Pode acreditar. É bom.*

Mas às vezes não conseguia acreditar. Olhava as agulhas de tricô e pensava: *Pode não ser bom*. Ouvia o chiado da água fervendo na chaleira: *Não sei se é bom*. Desconfiava de tesouras, facas, cachecóis e copos de vidro, pensava que não era bom. Não era bom principalmente quando fechava os olhos, e o mundo de agora se confundia com o da prisão. Via Moacir de rosto embaçado e sorriso nítido, gritava, suava e implorava.

— Já passou, meu filho.

Beto abria os olhos. Estava em casa, estava em seu quarto de adolescente. Estava numa cama com lençóis e num mundo bom. Mas os olhos doídos da mãe não pertenciam àquele mundo, e sim a uma cela do DOI-Codi.

Depois do quarto episódio envolvendo gritos de outros tempos, Beto vendeu o violão, encheu a mochila com roupas, escova e pasta de dentes, avaliou os pertences do quarto e concluiu que não precisava de nada. Escreveu um bilhete aos pais, dizendo que precisava sumir por uns tempos. Levantou-se às cinco da manhã para poupar despedidas, mas não adiantou. D. Odete pressentiu a fuga e postou-se junto à porta, de pés descalços, camisola de flores, os cabelos com raiz branca precisando de uma escova. Beto abraçou a mãe e sentiu um cheiro bom de sono. Por um segundo pensou em ficar, mas não podia.

— Só não se meta de novo com esses amigos.

— Esses amigos não existem mais — ele respondeu, com o rosto afundado no pescoço de Odete.

Bateu a porta e chamou o elevador. O barulho do atrito das correntes parecia mais alto àquela hora, o prédio inteiro dormia. No saguão o porteiro cochilava debruçado na mesa, indiferente à música sertaneja no rádio. Pegou na esquina um ônibus até a rodoviária. Pela janela o dia clareava, o azul-anil indo embora, o branco das nuvens tomando o céu. Escolheu no guichê de passagens uma cidade porque o ônibus sairia em uma hora, tomou café em uma das lanchonetes da área de embarque.

Catorze

Éramos uma geração solidária. Hoje somos uma geração
solitária.

Carlos Leonam

Beto viajou pelo Brasil de maio de 1976 a janeiro de 1980. Trabalhou em uma farmácia no Sul, tentando se curar com cada aspirina vendida. Lavou pratos em um restaurante no Mato Grosso, feliz com a função em que não precisava pensar. Entendeu que liberdade era flanar por uma cidade feita de nada para o resto do mundo, quando apagava as luzes do restaurante, fechava a porta e caminhava no escuro até a pensão.

Às vezes a liberdade sumia. Ele ouvia uma risada, um latido ou o vento nas folhas e precisava correr dos interrogatórios intermeados por choques, socos e afogamentos, o que ele nunca fazia muito bem, pois no auge da angústia o ar lhe faltava, ele quase morria, e só não morria porque o terror desistia de seus meios para manter seus tormentos adiante.

Ensinou português a uma espanhola dançarina de zarzuelas decidida a deixar os palcos e se tornar enfermeira. Aprendeu sobre todas as guerras do Sul, reais e inventadas, das quais participaram os pais, avós e bisavós, amigos e primos do gaúcho que lhe deu carona até a Amazônia. Chegou a Manaus de cabelos longos e foi confundido com um messias. Ninguém aparecia que não fosse em busca de ouro ou minério, madeira ou pássaro raro. Beto não tinha ambições e levantou suspeitas. Alguns pediram conselhos, outros milagres, mas Beto disse que não acreditava mais nem em arco-íris. O mundo estava uma porcaria, talvez entre os índios fosse melhor. Disseram para ir a Santarém e ele foi, em dois dias de viagem de navio subindo o rio Amazonas, comendo pirão com peixe e aprendendo a dormir em rede. A vegetação constante das margens era marcada por barcos de pesca e de transporte atrelados a mastros e raras casas de madeira equilibrando-se em palafitas, de onde saíam mulheres com lenços na cabeça e crianças seminuas.

Em Santarém hospedou-se em uma pousada e sondou o dono sobre os índios dali. O dono perguntou por que ele queria saber, Beto disse que só queria saber por saber. O dono assentiu. Já tinha visto de tudo — guerrilheiro e militar, botânico e químico, traficante e contrabandista, agente da CIA, gringo empresário e um espião russo (que ninguém sabia se era mesmo russo, mas mandava a recepcionista ligar para um número complicado, e falava durante horas numa língua com derrapagens). Disse para Beto procurar os mundurucus, índios considerados selvagens, mas que ele sabia não serem. Viviam perto, a duas horas de viagem.

Beto alugou uma Brasília turquesa e percorreu a rodovia Santarém-Cuiabá aos gritos de "Vamo lá, Brasília, você pode, vamo lá". O caminho não parecia estrada, mas devaneio: floresta de um lado, floresta do outro, buraco no meio e o nada na frente. Chegou no quilômetro indicado e estacionou a Brasília numa vila deserta, criada no ciclo da borracha e abandonada quando o ciclo acabou, recriada no ciclo da juta e abandonada quando o ciclo acabou, rerrecriada no ciclo da madeira rosa e abandonada já se sabe como, rerrerrecriada no ciclo da pimenta e abandonada da mesma forma.

Entrou em uma das casas de madeira podre como se entrasse no sonho dos outros — com certo receio e arrependimento. Achou mágico ver móveis carcomidos e as costas de um sofá desbotado. O chão de taboas rangeu quando passou, ele ouviu um rugido no sofá. Deu um pulo enquanto dois braços apareciam por cima do estofado: "Como eu tenho saudades de um sofá".

Beto conteve o pânico e andou até a frente do móvel. Um velho imenso com short, colar de sementes e rosto pintado espreguiçava-se sorrindo. Tinha cabelos claros na altura dos ombros, olhos azuis e tantas sardas pelo corpo que em algumas partes era quase moreno.

— Vigo Jansson Ipapec — ele disse, estendendo a mão.

— Roberto Batista.

Vigo perguntou o que ele fazia ali, e Beto disse que buscava os mundurucus.

— Está falando com um.

— Não pode ser.

— Por que não? — perguntou Vigo. Nascera longe da tribo, mas tornou-se um deles ao abandonar Ipanema e sumir na Amazônia, o que aconteceu... Olhou para cima, coçou o queixo, tentou se entender com os números: — Em que ano nós estamos?

— Mil novecentos e setenta e oito. Agosto de 1978.

— Tanto assim? Os anos dos brancos passam mais rápido que os dos índios.

Vigo disse estar na aldeia há mais de meio século. Decidiu ficar depois de conhecer Catira, mulher cujo único defeito era ser filha do cacique. Mas naqueles tempos Vigo era jovem e tinha disposição. Podia encarar tudo, até mesmo carranca de pai (carranca de cacique é das piores que há, vêm carregada de tinta vermelha e contornada por cocar de penas). Convenceu o índio a ceder-lhe a filha, casou-se e estabeleceu-se como curandeiro branco. Desenvolveu um remédio para a tosse e outro para curar as metástases dos índios mais velhos.

No fim da longa conversa na casa abandonada Vigo levou Beto por uma trilha até a aldeia, onde jantaram capivara e passaram a noite em volta de uma fogueira. As chamas modificavam o velho imenso, com escuros e claros que faziam seu rosto se parecer o de um menino. Nessa noite Vigo olhou o fogo e viu Ipanema.

— Eu ainda me lembro da areia da praia. De como era branca, a areia.

Beto olhou o fogo e viu outra Ipanema.

— Para mim ela sempre foi bege — disse, ao que Vigo reagiu com olhos incrédulos.

Nas semanas seguintes Vigo contou para Beto sobre a infância em um castelo, sobre os bailes e piqueniques. Sobre uma cozinheira que havia inventado o vatapá de arenque, um homem que só cabia em duas redes costuradas e peixes maiores que barcos dormitando sob pedras. Beto ouviu com fascínio, até a conversa chegar em uma mulher guiada por vozes que falava com o mar. Achou aquilo um pouco demais, e mal prestou atenção no resto da história, envolvendo uma jovem envolta num xale vermelho, representando em um palco contornado por filó.

Beto ficou na tribo até desprender-se das segundas-feiras, quatro da tarde ou 5 de março. Até acompanhar o propósito de um escaravelho que veio de longe, passou por baixo da rede e seguiu adiante, até observar a fila das formigas tanajuras entre um e outro cochilo, até deixar de pensar ao contemplar uma nuvem de mutucas ou o balanço daquela árvore em um certo momento do dia. Mas mesmo se esquecendo do tempo o tempo não se esqueceu dele, *existe um passado*, o tempo dizia, *olhe aqui neste pesadelo*.

Em meados de 1979 Beto pegou carona com um caminhoneiro de Santarém até São Luiz. Pela boleia a paisagem se modificava. A vegetação imponente da floresta, com copas de árvores tão densas que formavam um céu à parte, deu lugar a um descampado com galhos secos e terra craqueada, arbustos mortos e cactos solitários. Casas de madeira foram substituídas por outras de pau a pique, pastos e plantações esparsas deram lugar ao ermo dos campos. A eterna lama causada pelas chuvas na Amazônia desapareceu. O que havia era uma poeira amarela e insistente que cobria até o céu da boca.

Estavam no sertão do Cariri, lugar que ele só conhecia pelas reportagens de famílias esquálidas enfrentando a seca. Pararam para almoçar em uma tripa de casas na beira da estrada que se dizia cidade. O caminhão estacionado foi o acontecimento do mês, com gente saindo das casas para ver a novidade e mostrar a Beto de que é feito o Brasil. Velhos desdentados, mulheres encovadas, crianças nuas, homens disponíveis. Rostos macerados, olhos saltados, barrigas de lombriga, peles curtidas, rugas de fome.

Almoçaram o único prato do único restaurante: carne de bode com arroz gosmento, acompanhado de coca-cola quente e bala Juquinha derretida, a massa branca saindo pelo papel amarelo desbotado. Pagaram a conta e voltaram para o caminhão com Beto dizendo não. Não queria outra coca-cola, um chaveirinho, uma rapadura, um pano de prato ou aquela menina de doze anos trazida pela avó, "a carne é nova, seu moço", dizia a velha com unhas fundas no braço fino. Beto subiu na boleia e sentiu alívio com a partida do motor. Pela janela contemplou uma última vez a pequena multidão de flagelados. "Então é por isso que estávamos lutando", entendeu. Concluiu que a única forma de acabar com a miséria do país era deixar de vê-la. Pegou um ônibus para a Bahia, onde foi ser hippie na comunidade de Arembepe. Um lugar de praia, coco, peixe, chuva, vida, e uma mulher de longos cabelos prateados balançando-se na rede, os pés descalços em uma ponta, os cabelos tocando o chão na outra. Uma noite e para esta mulher Beto contou tudo. Descreveu os ventos do Sul, o mar de gado no Pantanal, o céu de árvores na Amazônia, a aridez do Nordeste, o rumor das metrópoles. "Está tudo conectado, você não acha?", perguntou à mulher. E mesmo o que parecia sem conexão se ligava de alguma forma, ele podia sentir. A mãe em constante movimento no apartamento, Estela com rosto de alívio ao fechar a porta do apartamento térreo. O aposentado das aulas de inglês que não aprendia o verbo *to be*, os meses cheirando a naftalina em que havia estudado para a Eucaristia. A primeira vez que fez a barba, beijou na boca, nadou sozinho, tomou um porre. Os olhos quase infantis dos companheiros de esquerda, a essa altura todos fechados.

Moacir.

As horas, os dias e as noites, os gritos, as fezes e o sangue, os fios e as risadas, o ânus e as risadas. As risadas. Beto estancou sem poder mais falar, aquilo não devia, não podia estar conectado. O pânico voltou intacto no rosto latejante, no coração disparado, no peito apertado, na visão escurecida, na certeza de que restava apenas um segundo para o fim de tudo, até sentir seu braço contornado por calor, um hálito bom e uma voz sem pressa dizer: "Está tudo bem".

Abriu os olhos. A mulher de cabelos prateados estava na sua frente. Era um rosto sem maquiagem e com pequenas rugas em volta dos olhos, sincero como o que dizia. "Está tudo bem", repetiu.

A voz da mulher tornou o tempo reversível. O último segundo antes de Beto sufocar se transformou em centenas de outros, cada vez mais distantes do fim. O coração se acalmou, o peito se expandiu. As lembranças apagadas pelo pânico voltaram aos poucos, e Beto retomou o discurso sobre a conexão de todas as coisas.

— Tudo, absolutamente tudo está conectado, no mundo distante e nesta casa simples. Eu, você, as duas crianças dormindo no quarto ao lado. Tudo conectado. Eu consigo inclusive ouvir o ritmo constante da sintonia, você não? Não está ouvindo o ritmo mágico da sintonia?

— É o barulho da geladeira — ela respondeu, pegando o baseado das mãos de Beto. Tragou, soltou a fumaça e voltou para a rede. — Mas está tudo conectado, sim — disse, colocando as mãos na nuca para levantar os cabelos, cruzando as pernas na outra ponta da rede. Balançando sem pressa e ao som das marolas do mar.

A ideia era passar algumas semanas em Arembepe, mas os meses se infiltraram nas contas, e o primeiro ano se foi. Numa tarde em que fazia chinelos com borracha de pneu para vender aos turistas Beto levantou o rosto surpreso: "Anteontem foi Natal", disse. Baixou o rosto, afastou os cabelos dos olhos, continuou o trabalho.

Poderia viver assim até a pele em torno de seus olhos ficar flácida e fina, até uma barriga indesejável acrescentar-se a seu corpo, até ser avisado da existência da morte pelas dores de estômago. Mas um dia, depois de voltar da praça, Beto olhou a mulher de cabelos prateados arrumando antúrios em um vaso de vidro e descobriu que tinha esquecido Estela.

"Esqueci Estela", sussurrou sem emoção mas com alívio, o que não tinha acontecido quando dividiu a cama com as mulheres que inventavam espirros para serem atendidas pelo carioca da farmácia, com as freguesas em busca da melhor pizza do

Mato Grosso e com a mulher de um sertanejo muito saudosa de certas coisas. Junto com Estela ele esquecia a certeza de que seria para sempre um menino, vista nos olhos da amante na última tarde que passaram juntos. Sentiu um desejo iminente de voltar ao Rio. De retomar seu caminho exatamente do ponto onde tinha se desviado. Chegou em uma manhã ordinária de maio, com sol a pino, gente na rua, alguém buzinando, ônibus engatando a primeira e freando, bancas expondo jornais. Inflação, mulher baleada, negociações com o FMI, faltou água, faltou luz, a avenida Brasil inundou. A feira na rua de casa com as mesmas barracas, os mesmos feirantes anunciando melões mais doces que mel, as mesmas donas de casa e aposentados circulando com seus carrinhos. O abraço nos pais um pouco mais fracos, e Beto se sentiu esquisito. A vida de antes talvez não estivesse ali.

Beto voltou ao curso de engenharia. Incomodou-se em ter colegas mais novos e se tornou o esquisito da turma para os alunos mais novos. Ficou noites sem dormir por causa das provas de cálculo, recusou convites feitos por educação para as festas nos grêmios estudantis. Formou-se de beca e cabelo curto, prestou concurso e entrou no Banco do Brasil. D. Odete precisou de uma semana para dar a notícia à irmã (três telefonemas sobre o mesmo tema), ao médico da família, aos passageiros dos ônibus, ao padre, ao farmacêutico e às caixas da padaria e do mercado, ao primo capitão do Exército. "Meu filho nunca foi terrorista!", ela gritou no bocal do telefone. O primo ouviu calado. Os militares estavam em baixa, o último general presidente apoiava a abertura política e disse que ia prender e arrebentar quem fosse contra.

A década parecia gentil. A Lei da Anistia trouxe de volta os presos políticos, em breve haveria eleições diretas para governador — e talvez até para presidente, diziam alguns. O otimismo se restringia ao político. Na economia o país seguia emperrado com inflação, recessão, desemprego e dívida externa.

Beto deu entrada em um apartamento em Vila Isabel — "Viva com Luxo e Tranquilidade", dizia o panfleto de lançamento do prédio, distribuído por meninas de minissaia em sinais de trânsito do Rio. Excelente localização, dependências completas, piscina, salão de festas, elevadores, vaga coberta. Era um imóvel de dois quartos projetados no espaço de um, com varanda de frente para a massa de concreto da zona norte.

Enquanto Beto era absorvido pela rotina fios brancos apareceram em suas têmporas. As sandálias franciscanas deram lugar a sapatos fechados, a calça jeans foi substituída por um terno. As viagens de ônibus foram trocadas por percursos feitos em um Fiat 147 bege, com rádio e bancos escuros de vinil.

Depois de mais um dia de trabalho no banco, Beto deixava o frio hall do prédio do Banco do Brasil para sentir no rosto o bafo do entardecer. Caminhava até seu carro estacionado na calçada. "Ô meu rei, vai na paz", o flanelinha dizia. O Fiat entrava no engarrafamento das seis da tarde. Em algum momento do percurso o céu escurecia, os olhos faziam esforço e Beto acendia os faróis. A voz de Elis no rádio era interrompida pela *Hora do Brasil*, a fila de carros movia-se lentamente, como se não fosse chegar a lugar nenhum. Quando Beto se esquecia de desligar o rádio ficava nervoso, pensava que era por causa do trânsito na praça da Bandeira. Mas não, era culpa da voz sem emoção dos repórteres da "porra da *Hora do Brasil*". O alarme da garagem avisava a entrada, as pessoas contornavam seu carro enquanto o portão se abria. Manobrava muitas vezes para ajustar-se na vaga minúscula, quando tinha paciência passava na portaria para pegar a correspondência. O elevador sempre demorava, Beto entrava e dizia boa-noite sem olhar os vizinhos. Chegava em casa e jogava pasta e chaves na mesa. A cama estaria feita e o chão limpo, se fosse dia da faxineira. Trocava de roupa, ia para a cozinha, abria uma cerveja e pegava um croquete no pirex em cima do fogão. Até a varanda eram cinco passos, Beto abria a porta de vidro e contemplava milhares de apartamentos como o dele. *Faltam dois dias pro fim de semana, preciso trocar o óleo do carro. Em abril vence o IPVA, vou ver se pago em parcelas. Tem que tirar dinheiro pra caixinha de Natal dos porteiros. Vou pedir pra Domingas botar menos sal na comida, este croquete quase não dá pra comer. Tô precisando ir ao médico, senti uns troços no peito. Amanhã vou levar os engradados de cerveja no mercado.*

Roberto Batista, músico bissexto e professor de inglês esporádico, ex-estudante da PUC, preso político e andarilho sem rumo, idealista e representante da geração que mudaria o país, tinha se tornado um homem respeitável, com conta em banco, emprego público e apartamento financiado pela Caixa Econômica Federal. Plano de carreira, blazer das Casas Tavares e sapatos das Lojas Polar. Frequentador das liquidações do Shopping Rio Sul, leitor da revista *Veja* e telespectador do *Jornal Nacional*. Contribuinte, atormentado pela azia e crítico contumaz das músicas tocadas na rádio.

— Este rock dos novos meninos, essa música é uma merda.

Quinze

5 DE AGOSTO, 1980

Querido Clodovil,
Tenho vinte e quatro anos, sou solteira e trabalho numa agên-
cia de publicidade. Preciso andar muito bem-vestida mas não pos-
so gastar muito. Tenho muitas saias e vestidos de comprimento
próximo à canela. Devo subir a bainha e reaproveitá-los? Qual o
comprimento ideal de saia para este ano? Também não posso usar
salto muito alto devido ao cansaço. Qual o salto mais elegante e
confortável?

(Clodovil deixa a carta na mesa. Ajeita os óculos no rosto,
pega um envelope e lê a parte da frente)

Esta carta é da Roseli dos Santos, que mora aqui pertinho,
em Ribeirão Preto.

(Ajeita-se na cadeira e olha para a câmera)

Bom, Roseli, você é uma pessoa privilegiada, porque você tem
roupa. Muita gente quer roupa e não pode comprar, e o figuri-

nista se preocupa também com os pobres, com quem não tem o que vestir. Agora, Roseli, pra você é fácil. Você só tem que subir a bainha e pode usar um sapato de salto baixo no escritório e um de salto alto na hora de ir para lugares mais elegantes, e naturalmente este outro sapato, o de salto alto, você chega com ele. Você pode ter várias bolsas, Roseli. Você pode ir ao cabeleireiro, usar maquiagem e, principalmente, você pode co-mer.

(Clodovil baixa o rosto e lê a carta seguinte)

Querido Clodovil,

Saio de manhã para trabalhar com frio, morro de calor na hora do almoço e de tarde esfria de novo. Como devo me vestir para estar elegantezinha o dia todo? Blazer é melhor que cardigã?

(Clodovil dobra a carta e pega o envelope)

Quem quer saber é a Ivone Assunção, daqui mesmo da capital.

(Deixa o envelope na mesa e encara a câmera)

Olha, Ivone, esta é uma pergunta que só pode ser solucionada com uma resposta: neoclássico. Agora, o seu problema maior, meu bem, não é moda. É São Paulo. São Paulo é uma cidade que tem todos os climas no mesmo dia. Todo mundo aqui tinha que sair de casa com o guarda-roupa pendurado nas costas. De manhã faz frio, de tarde calor e com raríssimas exceções nós temos estes dias de verão tão intenso que parece Rio de Janeiro. De qualquer forma o cardigã de meia-estação, se ele for de linha ou chenile, você pode vestir ou levar no braço. Mas a melhor solução, ainda dentro do espírito neoclássico, é o blazer. O blazer foi lançado primeiro para os homens, mas vem sendo usado pelas mulheres desde 1920. Antigamente era uma peça utilizada só nos barcos e em ocasiões muito sofisticadas, dentro de um espírito marinho, digamos. Hoje em dia é usado em qualquer lugar e ocasião. São de vários tipos e tecidos, e vão bem com roupas esporte ou vestidos de baile.

Estela olha atenta a televisão. Está de maiô verde e meia-calça roxa, rabo de cavalo e uma faixa em torno da testa. Intercala polichinelos com exercícios para os braços. Pausa para limpar o suor do rosto com uma toalha.

(Clodovil lê outra carta)

Tenho onze anos, 1,46 de altura, 70 de busto, 78 de quadril e 67 de cintura. Sou morena de cabelo e olhos castanhos.
(Clodovil olha a câmera)
Gente. É uma menina.
(Volta a olhar a carta)
O nome dela é Wilza. E aí eu tô vendo aqui pela carta que a Wilza quer um traje social para um casamento.
(Olha para a câmera muito sério)
Ô Wilza, faz o seguinte: pega o seu caderninho e vai estudar. Estuda bastante, que com onze anos você não tem que fazer traje social. Com onze anos a gente não pede traje. Pede boneca, sapato de pulseirinha, meinha, vestidinho de algodão.

Estela faz mais trinta polichinelos e se alonga durante o quadro seguinte do *TV Mulher*. Era um bom programa e a prova de que o país se modernizava. Nos anos 1970 seria impensável ver um estilista homossexual com participação fixa em um programa na maior rede de televisão do país. Ou a advogada do quadro seguinte, discutindo os direitos da mulher.

A *gente cresceu ouvindo que dinheiro não era importante, importante era dignidade. Acontece, minhas amigas, que dinheiro É dignidade. Um dia o casamento acaba, porque tudo pode acabar, e a mulher não tem um tostão. Não tem dinheiro pra pagar um advogado, para ter o próprio teto. Ela apanha do marido e*

216

*não pode ir embora. É por isso que você tem que ganhar seu di-
nheirinho.*

Mais surpreendente era o quadro da sexóloga que falava
para as donas de casa brasileiras sobre as cartas que recebia de
outras donas de casa brasileiras. *Essa senhora de Recife não sabe
se deve aceitar a oferta do marido. Ele disse que compraria uma
geladeira nova se ela fizesse umas coisas diferentes na cama.*
Estela às vezes parava o alongamento e arregalava os olhos.
Ali na sua sala, e na sala de milhões de famílias brasileiras, estava
uma sexóloga falando de coisas que ela nem tinha coragem de
repetir, como quando ela descreveu algumas posições feitas de
um jeito que talvez melhorassem a situação da outra mulher.

Era gratificante ter acesso a tantas informações. Só de ouvir
a música de abertura do *TV Mulher* Estela já se sentia emancipa-
da. Estava inclusive adotando feminismos em casa, como pedir
para Tavinho ajudar com a louça nas folgas de Dalvanise. Ele
ajudou uma vez.

Estela ouvia as amigas dizerem que as mulheres tinham que
ser muito mais do que esposa e mãe. Leu um livrinho chamado
Mulher: objeto de cama e mesa que a deixou impressionada por
muitos dias.

"Enquanto o menino é solto a menina é presa/ O homem
envelhece com dignidade e a mulher com terror/ Mulher feia é
como sucata, não tem lugar no mercado."

Eu sei, é isso, eu conheço, pensava Estela enquanto lia. Comprou um exemplar para a mãe e outro para a sogra, entregando
o pacote como quem deposita a verdade. Ana folheou o livro e
achou graça — sua vida tinha sido tão dura quanto a do marido,
direitos e deveres sempre foram iguais, essa Heloneida Studart
queria inventar o que já existia. Guiomar folheou o livro e o deixou de lado — aquilo eram modismos de gente jovem; para que
mudar se até então tinha vivido tão bem. Estela manteve seu

exemplar na cabeceira. Releu e sublinhou tantos trechos que depois de alguns meses só as imagens permaneceram intocadas. Voltou a insistir com Tavinho sobre a louça no fim de semana. Ele ajudou outra vez. Comprou um carrinho de controle remoto para Priscila, saiu de casa só de rosto lavado para reivindicar a igualdade entre os sexos. Decidiu se fazer interessante, matriculando-se num curso de francês e noutro de ikebana. Pediu que Tavinho ajudasse pela terceira vez com a louça, mas então ele se recusou. "O Náutico Capibaribe vai jogar contra o América", explicou, com os cotovelos sobre os joelhos já na frente da televisão. *Isso não vai ficar assim*, pensou Estela.

Ficou assim até as sete da noite, quando Tavinho transformou a cozinha em um caos para fazer um sanduíche de queijo. O saco de pão foi largado aberto, a mozarela ficou esculpida em forma de escada. A faca estava jogada na bancada com um naco de manteiga na ponta virada para baixo. Havia tanto farelo de pão que não seria difícil imaginar alguém esfarelando uma fatia só para espalhar as sobras na mesa, no chão e principalmente nos vãos do piso.

Estela foi até a sala e se postou entre Tavinho e a TV. Ignorou o "Sai da frente, o Capibaribe tá quase fazendo gol", disse que não era escrava. Nem ela nem Dalvanise limpariam a lambança.

Tavinho perdeu o gol e a paciência. Evocou seus direitos de provedor e recebeu como resposta dois lençóis de solteiro, com vagas instruções de como fazer a cama no escritório. Ele nunca tinha feito uma, mas não estava em condições de pedir ajuda. Estendeu os lençóis no sofá sem muita convicção, formando murundus nas extremidades. "Tá bom assim", disse com raiva antes de se deitar. *Está mais do que bom*, pensou Estela na cama, os braços e as pernas abertos como as pontas de uma estrela.

No dia seguinte Tavinho foi trabalhar. Estela preparou os filhos e levou os dois até o ponto do ônibus escolar. Voltou para casa, colocou a roupa de ginástica, ligou a TV e ouviu a música de abertura do *TV Mulher* com um sorriso de canto de boca. Era cúmplice das companheiras na tela e das mulheres de outras salas pelo Brasil. O mundo estava mudando, elas estavam mudando. Imagine se teria tido coragem de mandar o marido para o sofá no começo do casamento. Naquela época Tavinho circulava pela casa como um déspota medieval. Ela também não era mais a jovem boazinha que só dizia sim. Se tivesse que brigar por seus direitos ela brigaria, ah, se brigaria. Viu Clodovil desenhar um longo de crepe, viu Marília Gabriela entrevistar Maria Bethânia. Viu Marta Suplicy falar de mulher que queria ter orgasmo e de mulher que não queria mais ter orgasmo, viu a advogada Zulaiê Cobra explicar o cálculo da pensão alimentícia. Terminou seu alongamento, desligou a TV, foi ver se Dalvanise já tinha adiantado o almoço.

Essa foi a rotina das manhãs de Estela nos anos de 1980 e 1981. E também dos meses de janeiro, fevereiro e março de 1982. Seguiu a mesma por mais alguns dias, até 18 de abril de 1982.

Domingo, 18 de abril de 1982. Dia de céu claro e ar carregado de umidade, com cigarras anunciando em trinados o calor que progredia em minutos. Estela e Tavinho caminhavam com os filhos por uma das trilhas de cascalhos do Jardim Botânico. Levariam as crianças até o parque com escorrega e balanço, depois para o lago com vitórias-régias. Como em todos os domingos, Tavinho apontaria para as imensas plantas circulares no meio do lago: "Pedro, Priscila, sabia que essas plantas são tão fortes que podem aguentar vocês?". As crianças correriam até a beira para ver girinos, e como em todos os domingos Estela gritaria: "Priscila, não senta de perna aberta pra não entrar areia na calcinha!".

Beto apareceu depois da curva. De jeans escuro, camisa polo e top-sider. Reconheceram-se no mesmo instante, ele pensou nos cabelos longos, ela na cicatriz do queixo. "Não dá pra ver a cicatriz", angustiou-se Estela. O rosto de Beto estava coberto por uma barba espessa. Ele também não viu os cabelos longos. Estela agora usava um corte chanel, mais apropriado à idade. À medida que se aproximavam Estela reparou nas tantas outras coisas que não podia ver do Beto que conheceu. Não encontrou os óculos remendados com esparadrapo, as sandálias franciscanas e os cabelos mal cortados. Não encontrou os ares de jovem arrogante e o sorriso que viu tantas vezes no apartamento térreo. Mas não foram as roupas novas ou os cabelos grisalhos que assombraram Estela. Foi a mão esquerda de Beto, com aliança de ouro e dedos entrelaçados a outra mão, ligada a um braço moreno que terminava em ombros nus, continuando num vestido tomara que caia para baixo e pescoço com colar de miçangas para cima, terminando num rosto de olhos riscados, óculos de grau e cabelos castanhos presos num rabo de cavalo.

Maria Lúcia.

Estela tentou pegar a bifurcação da direita, mas Tavinho, que se calava quando ela mais precisava (discussões com o vizinho e jantares à luz de velas), decidiu perpetuar seus defeitos, tornando-se prolixo.

— Aquele ali não é o nosso vizinho da Aníbal? — perguntou e, antes que Estela pudesse dizer "Não sei", ou "Vamos até a gruta", Tavinho acenou. — Tudo bem? — ele disse, dobrando o sorriso ao reconhecer ao lado de Beto a amiga e ex-namorada.

Malu e Tavinho contiveram o abraço que dariam se tivessem vinte anos.

— Esse é o Beto — disse Malu.

— Eu sei, ele morava no nosso antigo prédio. Que coincidência, não é, Estela?

Estela disse "pois é".

Beto permaneceu em silêncio. Por um centésimo de segundo entendeu o que poderia ter sido. O apartamento bagunçado por brinquedos, Estela tirando as lagartas da samambaia. A pilha de contas na mesinha de cabeceira, brigas por dinheiro e sexo como alento. Picanhas e linguiças grelhadas na pequena churrasqueira carcomida pela ferrugem, a vitrola tocando um LP arranhado do Gil. Batizados, primeiras comunhões, festas juninas, aniversários. Mas se tornou impossível conciliar esta vida com a imagem da mulher à sua frente. A amante que tinha adorado por anos parecia-lhe agora uma madame cafona, com mais dourados do que o necessário para uma manhã de domingo no parque.

O centésimo de segundo também passou por Estela, com a visão de um apartamento ordinário na zona norte, trinta alunos do curso primário chamando-a de professora. Enrolar brigadeiros e receber convidados que mal cabiam na sala, o mesmo amor pelos filhos tão diferentes. Samambaia, chinelo de dedo, gato sem raça, nenhuma dúvida.

Tavinho apontou as crianças na beira do lago, Malu disse que o menino era a cara do pai. "E a menina tem os olhos redondos da mãe." Estela tirou as mãos dos cotovelos para conferir a hora no relógio de pulso, Beto concentrou-se na raiz de uma palmeira imperial, olhando-a como se fosse Estela.

Ela jamais saberia. Sobre o corpo coberto por baratas no dia mais quente que passou na solitária, as cem vezes que morreu em cada espasmo de eletrochoque. O alicate descolando unhas, os órgãos funcionando no limiar da falência. Ou mesmo o pôr do sol nos Pampas, Mato Grosso, rio Negro, Sergipe. Os meses em que viveu só tendo no bolso para a refeição seguinte, o dia a dia asséptico no banco, as promoções e a sala exclusiva com seu nome na porta. Estela jamais saberia do que era feita a essência das rugas dele. O que será que Estela realmente sabia?

— Já reabriram o orquidário? — perguntou Beto.

— Não sei — respondeu Estela, protegida por óculos escuros. A única coisa que ela queria saber naquele momento era se a alça do seu sutiã estava aparecendo.

Despediram-se na primeira oportunidade.

— Como a Maria Lúcia está envelhecida — comentou Estela a caminho do estacionamento. — Ela tem quantos anos mesmo?

— Não sei — disse Tavinho. — Uns trinta e oito?

— Em cada perna — disse Estela. — Em cada perna.

O sol das onze estava quente, Estela chegou ao carro suada. Abriu a porta e sentiu o calor represado no rosto. Sentou com a camiseta colada ao corpo e os cabelos molhados de suor na nuca. Levantou o rosto, abanou o pescoço, tentou fazer um rabo de cavalo, mas os fios estavam curtos. Um dia insuportável de verão no começo de outono. E ainda tinha que terminar de fazer o almoço, era domingo de Páscoa, receberiam os pais para uma bacalhoada.

Chegaram em casa e os sogros já estavam na sala.

— Cadê meu homenzinho? — perguntou Nilson.

— Cadê meu ovo? — perguntou Pedrinho.

— Cadê meu ovo? — repetiu Priscila.

Nilson tirou dois ovos de chocolate de dentro de um saco plástico da Sendas e levantou os braços:

— Não tem ovo se eu não ganhar beijo.

Priscila e Pedrinho beijaram o avô, ganharam os ovos, sumiram da sala.

Joaquim e Ana chegaram, a família se reuniu em torno de uma mesa com empadinhas. Estela disse que precisava ajudar Dalvanise e desapareceu pelo corredor. Na cozinha queimou o arroz, quebrou um copo, perdeu o ponto da calda do pudim. Botou a culpa na empregada. Voltou para a sala, brigou com Tavinho por causa dos chinelos jogados no chão. Voltou para a cozinha, botou mais culpa na empregada.

Não falou durante o almoço. Escutou Nilson dizer que talvez o Brasil tivesse solução. "Fundaram esse novo partido, o PT. Tem tudo pra dar certo." Tavinho escutou calado, d. Guiomar balançou a cabeça. Joaquim pensou em dizer que o país precisava era da ordem militar, mas se conteve. Ana notou a irritação de Estela e tentou ajudar na cozinha.

— Não precisa, não precisa! — disse Estela, mais alto do que devia.

Ana voltou para a sala e serviu-se de refresco. Não era a primeira vez que notava a filha perturbada, mas sua sensibilidade para os incômodos de Estela era proporcional à recusa da moça em se aproximar. E elas tinham sido tão próximas! Para onde tinha ido aquela menina que não saía do seu lado nos tempos da pensão? Que queria aprender a fazer a cama, cortar batata, lavar roupa, limpar o chão? Tinha ido para o internato, Ana se respondia. E nunca mais voltou.

Tentou se distrair conversando com d. Guiomar sobre a novela. Falava sobre a surpresa de ver o mocinho envolvido no contrabando de joias, enquanto pensava que os duros dias na pensão foram os melhores que teve.

Ninguém quis ficar muito tempo. As reclamações de Estela recomeçavam na sala, por causa das manchas de azeite na toalha de linho, se estendiam pelo corredor, onde encontrou mais sapatos sem dono, e terminavam na área de serviço, com as camisas que não deviam estar de molho daquele jeito, naquele dia. Tavinho aproveitou um momento de distração e fugiu para o quarto. Nilson não quis repetir o pudim nem dormir no sofá, foi embora com Guiomar depois do café. Joaquim e Ana também se foram.

Estela não viu os pais saírem. Estava ocupada catando os grãos de arroz embaixo da mesa que Dalvanise não tinha varrido por ser uma incompetente. Levou o lixo para a cozinha, voltou para a sala e olhou para o jornal bagunçado como se fosse a primeira vez. Marchou até o quarto.

— Otávio, você é um imprestável, um preguiçoso, um incapaz! Não sabe nem fechar um jornal.

Tavinho deu um pulo na cama, não esperava um ataque no meio de um sonho bom.

— Eu não aguento mais ter que fazer tudo sozinha! — continuou Estela, num tom que pareciam gritos.

Voltou para a sala e, quando encontrou manchas de chocolate em forma de dedinhos no saiote do sofá entendeu que não tinha gritado com Tavinho. Gritos era o que dava agora.

— Pedro! Priscila! Os dois aqui, agora!

As crianças chegaram de cara suja e anestesiadas. Tinham passado horas comendo ovos de chocolate em frente a um programa de calouros. Sentiam-se enjoadas, o que piorou com as chineladas da mãe. Priscila vomitou no tapete.

— O tapete *kilim*! — desesperou-se Estela.

Foram catapultados ao banheiro e lavados entre berros. Tavinho não saiu do quarto o resto do dia. Estela ajudou os filhos a colocar o pijama, as unhas compridas machucando os bracinhos macios.

— Engole esse choro — disse Estela.

Priscila soluçou inteira.

— En-go-le.

Priscila engoliu. Doeu muito.

— Você também, Pedro. Engole. Agora.

Dormiram com o travesseiro molhado pelos cabelos e pelas lágrimas.

Na manhã seguinte os travesseiros estavam secos. Pedrinho e Priscila se levantaram, escovaram os dentes e vestiram seus uniformes. Tavinho se trancou no banheiro e saiu depois de alguns minutos junto com lufadas de perfume Rastro. Dalvanise chegou da rua com o pão e fez o café. Estela se despediu de Tavinho e levou as crianças até o ponto do ônibus escolar.

Voltou para a casa, sentou no sofá e agradeceu o silêncio. Não sabia por que a vida tinha que ser tão difícil. Por que tudo tinha que ser tão difícil. Estela vinha sofrendo dos nervos. Agora tinha sido outra briga com outra vizinha. A mulher ligava a TV como se a sua sala fosse um cinema, a rua inteira ouvia a novela. Em cena de bate-boca era um horror, uma vez deu até polícia. Bateram na casa da vizinha, perguntaram se ela conhecia seus direitos em caso de violência domiciliar. A mulher era surda e não entendeu, o volume permaneceu alto. Estela não podia chamar a polícia de novo, já conheciam a sua voz. E as veias que apareceram em sua coxa direita, *Varizes, eu?* Estela perguntou, para responder *De jeito nenhum*. Agora tomava injeções nas veias das pernas toda semana. Tavinho chegava em casa e ela nem aparecia na sala, estava na cama com as pernas apoiadas em uma muralha de travesseiros. "Não posso me mexer, Tavinho, hoje você janta sozinho." E sabe o que ele, Tavinho, fazia? Perguntava se tinha sobrado bobó de camarão. Isso sem falar nas excruciantes semanas em que a orientadora do Vigilantes do Peso tentava convencê-la de que é possível passar uma tarde alimentando-se com meia maçã.

...

Será que Beto me achou gorda? De forma alguma, mesmo porque Maria Lúcia está como se fosse parir gêmeos. Ela sempre teve um corpo esquisito, e só piorou com a idade. Usar vestido curto com quase quarenta anos, tem gente que não tem noção. Mas não vinha ao caso. Não era para ela pensar nisso, nas vezes em que viu da janela do quarto de solteira Maria Lúcia se divertindo no bar. No dia em que Maria Lúcia estava de mãos dadas com Tavinho, um tão cúmplice do outro. E por que ela pensaria nisso? *Tudo aconteceu há tanto tempo. Quem gosta de passado é vestido amassado.* Não quis pensar nas tantas vezes em que imaginou a vida emocionante da rival. Nos cenários e nas situações que construiu com as migalhas de informação de Tavinho. "Aquele cronista do *Correio da Manhã* escreveu uma coluna inteira só sobre os joelhos de Maria Lúcia." "Tá vendo essa mulher do lado direito da foto, segurando o cartaz contra a ditadura? Maria Lúcia na passeata dos cem mil."

Também não queria pensar que Beto não era mais o jovem desleixado do apartamento térreo. Beto era um engenheiro formado com cargo de gerência no Banco do Brasil, como ele contou para Tavinho. *Maria Lúcia teve o melhor de Tavinho e agora tem o melhor de Beto.* Estela precisava esquecer. Esquecer o pedido de Beto para ficarem juntos, que na época lhe pareceu tão simples quanto ingênuo, e agora parecia só simples. *Então por que não, é melhor não pensar, mas por que não?* Esquecer que podia ser ela a estar de mãos dadas com o homem de barba cheia *e bem, bom, bem, bom de cama.* Que Priscila e Pedro poderiam se chamar Alice e Daniel, que ontem no Jardim Botânico ela podia ter virado o rosto para ver Beto uma última vez, mas ela não virou, ela não viu, e a vida, como aquele instante, não tinha volta.

Deu dez horas, o cuco piou. Estela só não jogou alguma coisa no bicho porque a mesinha de apoio estava vazia. Dalvanise percebeu o ânimo da patroa e sumiu com os jornais bagunçados antes de ouvir outro grito.

Mas a vida é isso, pensou Estela sentada no sofá, braços e pernas cruzados. *Uma sucessão de problemas, um atrás do outro.* Como naquela vez em que Dalvanise pegou sarna e ficou uma semana em casa para não contaminar o cachorro Hulk. Mandou uma comadre trabalhar no seu lugar, uma que queimou a saia de Estela e manchou a camisa de Tavinho. Estela nem deixou a mulher passar da área. Foi dali para o elevador de serviço e depois para a rua. Ou mesmo o cachorro Hulk, que Tavinho insistiu em comprar. Estela disse que não queria cachorro: "A gente já tem os porquinhos-da-índia, os periquitos e a tartaruga".

Tavinho disse que seria bom para as crianças. "E o cocô? Quem vai limpar o cocô na folga da Dalvanise?" Tavinho garantiu que limparia. No primeiro domingo com Hulk em casa os cocôs se acumularam na área de serviço. "Não vai limpar?", perguntou Estela. "Tô esperando juntar mais para limpar tudo de uma vez." De noite, quando já não havia mais nem um pedaço de piso limpo na área, Tavinho pegou a pá de lixo. Vomitou o queijo quente do lanche em cima do primeiro cocô e Estela teve que limpar o vômito e as cagadas. "Não quero este cachorro aqui, não quero cachorro aqui", ela disse ajoelhada diante de mais um monte de merda. Mas então Pedrinho e Priscila choraram tanto que não teve jeito. Estela aceitou o filhote, que com o tempo se transformou numa criatura descomunal. Não era um cachorro, mas a versão paleolítica de um cachorro.

Teve a vez que deu tanta formiga em casa que seu Nilson fez piada: "Isto aqui tá parecendo o cenário de um romance latino-americano". Estela não riu. Continuou comendo em silêncio e esmagando com o polegar as formigas enfileiradas rumo à travessa de arroz. Tentou vinagre, bicarbonato de sódio e Baygon, mas tudo o que conseguiu foi matar os porquinhos-da-índia. "Eles não deviam ter se enfiado no armário", tentou explicar aos filhos, que não ouviram de tanto choro. O jeito foi chamar a Insetizan, que não exterminou as formigas mas intoxicou os periquitos. Mais explicações abafadas por choros. A tartaruga morreu dias depois, talvez por causa do ácido bórico, espalhado por Estela pelas quinas da casa. Encontraram o bicho morto atrás do sofá, depois de Tavinho reclamar que não gostava quando Estela limpava camarão à noite e ela perguntou: "Que camarão?".

Quando por fim as formigas sumiram, Tavinho começou a tossir como nunca. "Vou morrer", ele dizia. "Morrer de quê?", respondia Estela. "Tosse não mata." Tavinho fazia barulhos mais altos para convencer a mulher. Sentava-se no sofá com um lenço nas mãos e Hulk aos pés, tossindo e sofrendo. Tentaram Vick Vaporub, chá de eucalipto, xarope disso e daquilo, mas nada. Tavinho tossia e chorava, enquanto Hulk gania e lambia os joelhos do dono.

Quem resolveu a situação foi outra comadre de Dalvanise, rezadeira. Uma que aprendeu a rezar com a mãe, que tinha nascido índia e foi pega na mata com boca de cachorro. Dalvanise contou a história e Estela botou a mão no coração ao pensar na indiazinha indefesa, nos gritos jogados no mato, na canela fina destroçada pelos dentes de um weimaraner. Depois tirou a mão do peito e disse: "Traz logo essa mulher, Dalvanise, que se Tavinho não morrer de tosse vai morrer de angústia".

A rezadeira apareceu no fim da semana. Usava um vestido largo e lenço no cabelo, tinha as pernas arqueadas e andava como um pêndulo. Sentou no sofá ao lado de Tavinho, ouviu atenta lamentos e tosses.

— O senhor tem fé na reza? Tem fé que essa reza vai ajudar? — perguntou.

Tavinho balançou a cabeça com fervor, fechou os olhos e ouviu uma prece serena. A rezadeira foi embora, Tavinho parou de tossir.

Estela encontrou indícios de milagre no evento. Antes da reza nem os antibióticos receitados pelo dr. Zuzarte conseguiram conter a tosse. Pensou que as tais orações poderiam ser úteis em outras áreas da sua vida. O casamento permanecia estável, mas Tavinho continuava tão distante quanto navios no horizonte. Ela nem se lembrava da última vez que estava acordada quando ele abriu a porta do banheiro em uma noite de sábado. *Ora, Estela, não minta.* Ela nem se lembrava da última vez que não fingiu que dormia.

Na manhã seguinte ela deixou a zona sul para enfrentar o engarrafamento da avenida Brasil e chegar ao conjunto habitacional na Baixada Fluminense onde a rezadeira morava. Eram prédios desbotados, dispostos em paralelo como peças de dominó. Estacionou numa rua esburacada, passou pela portaria sem porteiro e subiu pelo único elevador. Procurou pelo número do apartamento no corredor escuro e longo, bateu na porta.

A senhora morava em uma quitinete com paredes cor-de-rosa, imagem de Jesus Cristo, flores de plástico num vaso de vidro e pouco mais. Poderia ser descrito como um lugar simples, singelo, humilde, tranquilo, despojado e limpo, mas todos os adjetivos decorados por Estela em doze anos de aulas de português escorregavam de seus pensamentos em nome de apenas um. Era um lugar verdadeiro. Estela falou por meia hora.

— A senhora tem fé na reza? Tem fé que seu marido pode mudar? — perguntou a rezadeira.

Estela juntou as mãos, fechou os olhos e disse... Ela disse que não sabia. Mas que queria muito que ele mudasse.

Depois da reza Estela agradeceu. Seu rosto carregava uma dor profunda, jamais vista por Tavinho, pelos filhos ou mesmo por ela em algum dos oito espelhos da cobertura reformada. Saiu da quitinete, pegou o elevador, bateu a porta do prédio. Não prestou atenção nos moradores que olhavam a mulher diferente entrar no Alfa Romeo espetacular, o primeiro a passar pela área. Pegou a avenida Brasil e o elevado de volta à zona sul. Não reparou no cenário magnífico da Lagoa que se abre depois do túnel, ignorou os vendedores de biscoitos Globo nos sinais. Chegou ao seu prédio, estacionou o carro. Pegou o elevador, entrou em casa e pediu para Dalvanise colocar o almoço na mesa.

Era a vida que tinha escolhido, pensava Estela no sofá, na manhã seguinte ao encontro no Jardim Botânico. E se não quisesse ela poderia se separar, o divórcio estava se tornando algo muito natural. *Se fosse o caso eu já tinha feito, lógico que já tinha feito.*

...

Mas Pedrinho ainda não começou o ginasial.
Priscila nem perdeu todos os dentes.
É muito cedo, meus filhos ainda precisam de mim.
É muito tarde, Tavinho e eu já vivemos tanto.

Na segunda-feira, 19 de abril de 1982, um dia após o encontro no Jardim Botânico, Estela acordou, preparou os filhos e levou os dois até o ponto do ônibus escolar. Voltou para casa e sentou-se no sofá de pernas cruzadas e cenho franzido, olhos fechados e dedos na testa, tentando conter aporrinhações. Ficou assim por quase uma hora, alheia à Dalvanise indo e vindo no corredor com o aspirador de pó. Depois foi até o quarto, colocou a roupa de ginástica, voltou para a sala e ligou a TV. Fez polichinelos enquanto ouvia Clodovil dizer que o vestido da madrinha seria em gorgorão verde-esmeralda. *Não me comprem verde-bandeira, essa cor só combina com mastro.* Alongou-se ouvindo a advogada explicar que mesmo sem marcas a mulher podia dar queixa de violência. *O importante é registrar a ocorrência, deixar o homem intimidado, mostrar que você mudou e não vai aceitar abusos.* Terminou o alongamento, desligou a TV e foi ver se Dalvanise já tinha adiantado o almoço.

Dezesseis

Aquela população que parecia argamassa da eternidade e que
hoje dorme profundamente
Pedro Nava, *Baú de ossos*

BOTAFOGO, 1984

Não seria difícil prever a morte de Nilson por um ataque do coração. Teve gente que achou que veio tarde, tantos anos de fritura e birita, era para ele ter ido antes. Também não seria difícil imaginar que teve flertes, um homem casado havia mais de quarenta anos, ninguém consegue ser fiel todo esse tempo. Mas ninguém esperava que o ataque do coração fosse acontecer durante o ato sexual, numa suíte do motel Challom.

D. Guiomar foi chamada para reconhecer o corpo nu atravessado na cama.

— Ele foi assaltado, assaltado! Obrigaram meu marido a entrar no hotel e levaram tudo o que tinha.

Trocaram de funerária três vezes, nenhuma tinha um caixão em que o defunto coubesse. Arranjaram um quase do tamanho, só foi preciso dobrar um pouco os joelhos. Também houve problemas na hora de preparar o cadáver. A parada cardíaca deixou o defunto roxo, mas o fígado pifou junto com o coração, o que fez o corpo ficar amarelo. A mistura de cores deixou Nilson cinza, e quando o maquiador acertou no pancake, dando ao defunto ares de gueixa, ele começou a ficar verde, ao que o maquiador reagiu com mais pancake.

Era o enterro de um mulato sueco. Um homem marrom de cabelos claros e terno apertado — Nilson foi enterrado com o paletó de casimira que tinha usado uma única vez na vida, para ver o filho se casar. As dezenas de amigos que vieram para o velório, e que se tornaram centenas no enterro do dia seguinte, chegavam perto do caixão e afastavam o rosto. E isso porque mal podiam ver o corpo; Guiomar mandou botar o dobro de flores em volta do defunto para esconder o que fosse possível.

O enterro de Nilson Jansson parou Botafogo. A fila tripla de carros atravancou a rua General Polidoro, tinha gente buzinando desde a Fonte da Saudade. Também atrapalhou outros enterros do dia, quem ia ver seus mortos se perdia na multidão. A lanchonete do cemitério São João Batista parecia botequim. Homens pelas mesas e no balcão, falando alto, às vezes rindo, pedindo mais um. Os amigos de Nilson tomaram o primeiro chope em homenagem ao defunto, o segundo porque estava quente, o terceiro para esquecerem a imagem do mulato sueco, o quarto por medo de serem os próximos.

Estavam inconformados. Nilson parecia tão bem, dizia que não ia morrer sem votar para presidente de novo. Filiou-se ao PT, participou do comício da Candelária por eleições diretas. A ditadura enfim se enfraquecia, era real a possibilidade de eleições diretas.

Pediram o quinto chope. Alguém levantou o copo em homenagem ao último nobre de Ipanema, o homem que havia morado no castelo em frente à praia.

— Que castelo?

— O castelo da Vieira Souto, esquina com a Joaquim Nabuco.

— Ali nunca houve um castelo — disse um homem no canto.

— Lógico que houve.

— Não era castelo. Era um bar chamado Castelo.

— Não era um castelo nem um bar. Era um trecho da praia com esse nome.

— Isso foi depois do bar. Antes era um castelo.

— De jeito nenhum, ali sempre foi um bar — disse outro homem, girando o indicador em círculos na têmpora, comprovando não só a ficção do castelo, como a demência daquele que o evocou.

No meio do velório apareceu uma figura pequena e esguia. Uma senhora de ombros estreitos, pés de criança, vestido negro e xale vermelho desbotado. Laura Alvim pensou que não seria reconhecida, mas foi impossível passar despercebida pelos amigos de Nilson. Parecia imensa diante dos admiradores, mas estava ainda menor que nos tempos de juventude. Só se alimentava uma vez por dia, por não ter fome nem geladeira. A fortuna da família se esvaiu ao longo dos anos, restando a Laura apenas o casarão de Ipanema, do qual não saía e onde não deixava ninguém entrar — principalmente os homens de terno que tentavam convencê-la a vender o imóvel. Prometiam apartamentos e milhões de cruzeiros, ela dizia não, prometiam mais apartamentos e milhões.

No começo do assédio Laura fechava a porta com raiva, xingando a insistência dos senhores enxeridos. Depois concluiu que a insistência lhe convinha — podia ser mais divertido que recitar

Shakespeare para as paredes. Um corretor bateu na porta e ela interpretou o papel de viúva de um médico alemão, tratando o homem com tanta arrogância que o pessoal da imobiliária cogitou origens nazistas. Para outro jurou ser uma freira sensitiva, prometendo castigos divinos em caso de nova tentativa. Também fazia o papel de não existir. A campainha tocava incessantemente e quando deixou de funcionar batiam na porta até machucarem os ossinhos da mão. Laura estaria estudando uma cena, decorando uma fala, retocando a pinta.

No enterro de Nils a pinta do queixo estava borrada e seus olhos apresentavam um exagero de lápis negro. Laura tinha problemas em se maquiar no banheiro escuro de azulejos lascados, por não ter pago a conta da Light. Os amigos de Nilson não notaram excessos de maquiagem, mas de atitude. Abriram espaço na capela do velório para Laura seguir até o caixão. Ela jogou as pontas do xale desbotado sobre os ombros, levantou o queixo e caminhou até Nils. Baixou o rosto em reverência, levantou o rosto assustada. Seria melhor ter ficado em casa, para não estragar a lembrança do menino de olhos tristes para quem ela fora Medeia.

Depois de alguns minutos de silêncio — em respeito à inabalável exuberância de Laura e à morte inglória de Nils —, os presentes se distraíram em conversas sobre o morto. Alguém tinha sonhado que ele era enterrado na areia por sereias louras. "Joga no bicho que vai dar avestruz", aconselhou um. Outro recomendou jogar no caranguejo, mas foi informado que nunca houve caranguejo no jogo do bicho. "Lógico que tem", insistiu o homem, "É claro que não tem", responderam, e enquanto ficavam no tem-não-tem sobre a fauna do jogo Laura foi embora sem ser notada, como aconteceu aos primeiros anos de Ipanema.

Os amigos de Nilson voltaram à lanchonete do cemitério para o sexto chope. Sentiam-se nostálgicos. Estava tudo tão diferente, em Ipanema, no Rio, no Brasil. Os muitos prédios, as tantas favelas, a violência. O calor que só aumentava, engarrafamentos e praia lotada. Estas novas gerações nunca saberão como antes era bom. Os jovens de hoje só querem saber de trabalho e TV. Alguém disse que a culpa era do golpe. Outro que a culpa era da Rede Globo. Concordaram. A culpa é sempre da Globo.

Depois do enterro Tavinho e Estela deixaram d. Guiomar em casa e voltaram para o apartamento. Estela foi para o sofá ler as notícias, Tavinho andou de um lado para outro no quarto. Voltou para a sala, sentou-se na mesa em frente a Estela, tirou o jornal de suas mãos. Olhou nos olhos dela e abaixou o rosto. Olhou novamente Estela:

— Sou gay e meu amante morreu de aids no mês passado.

Estela tentou dizer alguma coisa, mas não conseguiu. Recostou-se no sofá com a boca entreaberta, surpresa, chocada, resignada. Ela sabia, ela sempre soube, mas não precisava confirmar dessa forma, com o marido dizendo a verdade na sua cara. Por anos esse tinha sido seu maior medo. Desesperava-se só de pensar no desespero que sentiria. A vergonha, a humilhação, sua vida destruída. O divórcio anunciado a amigos e familiares, e o pior ainda por vir. A notícia da separação não seria suficiente, exigiriam motivos, e como ela ia viver quando descobrissem as fraquezas do marido? Mas agora, no exato instante em que acontecia, no ponto mais baixo de sua vida, o que antes lhe causava pânico parecia irrelevante.

O que importava era que seu companheiro de vinte e cinco anos morreria em breve.

Cobriu o rosto de Tavinho com as mãos e tentou erguê-lo com delicadeza. Ele resistiu, ela insistiu. Tavinho cedeu, mas manteve os olhos baixos e os lábios comprimidos.

— Você precisa fazer um teste, talvez dê negativo. E se der positivo vamos tratar, encontrar os melhores médicos, descobrir o que há de novo. Porque pode ter cura, não?

Não era um assunto que Estela acompanhava, só conhecia de ouvir falar e pelas reportagens horríveis na TV. Mas já deviam ter encontrado uma solução, com certeza tinham inventado algum remédio nos Estados Unidos, Estela pensou enquanto imaginava a mudança para o exterior, tratamentos, enfermeiras, internações. Abraçou Tavinho enquanto a garganta apertava, o peito aquecia, e entendeu que o que sentia não era choque ou desgosto, raiva ou aversão, e sim a mais pura forma de amor.

Durou três anos. Apesar dos lençóis encharcados de suor, do cheiro de diarreia no banheiro, das pneumonias e da tuberculose final, aqueles foram de certa forma os melhores anos do casamento.

Tavinho usava roupas que pareciam emprestadas, as calças muito largas como se não houvesse pernas por dentro. Quando saía para um exame o cinto precisava ser fechado no último buraco, a língua de couro balançando, a marca nos outros buracos como prova de tempos melhores. Tempos em que Dalvanise não deixava seu Tavim comer pudim durante a semana e por isso ele tinha que ir escondido à cozinha depois do *Globo Repórter*. Procurava o Tupperware com o doce camuflado na gaveta dos vegetais, comia rápido e de pé, atento a qualquer barulho.

O pijama disfarçava o corpo abatido, mas não escondia as manchas nos braços e o rosto encovado. D. Guiomar olhava o filho sem entender, Pedro e Priscila olhavam o pai sem querer entender. Dalvanise olhava seu Tavim e tapava os lábios, tentando conter com a mão na boca o choro nos olhos.

Do seu lugar na cama Tavinho gostava de observar Estela. O jeito como ela esticava o pescoço na frente do espelho para tentar sumir com a flacidez, a forma de checar as raízes do cabelo para saber se já era hora de pintar. O corpo encurvado colocando a calça legging, a escolha das blusas que disfarçariam os pneus na cintura. Gostava de acariciar os braços dela e dizer:

— Tão macia... a sua pele está cada dia mais macia.

Naqueles anos o tempo se fez generoso. Estela e Tavinho descobriram-se donos de vastas horas pelas manhãs, usadas tão somente para lembrar. Entre o café e o almoço, enquanto os filhos ainda estavam na faculdade, Estela sentava-se na ponta da cama e acariciava os cabelos ralos do marido. Construíram um passado ameno, com festas de família, crianças correndo pela casa e momentos hilários da grande obra na cobertura. Não falaram da televisão ligada mais tempo do que deveria. Dos sumiços de Tavinho e dos choros de Estela, dos sumiços de Estela e do não choro de Tavinho. Das tantas vezes em que quase aconteceu, em que Tavinho quase disse, e foram dormir pensando se ele usaria a mala no fundo do armário.

Era um passado com falhas conscientes de memória, mas autêntico nas pequenas conquistas. Foi o melhor que se permitiram, e apesar das mentiras e das aparências, dos silêncios e das distâncias, algo restou das milhares de noites em que dormiram juntos. Algo que era bom e real. Estela e Tavinho podiam sentir, quando pressionavam a mão um do outro.

Não era o mesmo quando ele estava sozinho. Quando vomitava antes de conseguir pegar o balde, quando não podia mais andar até o banheiro e evitava os espelhos da casa. Por que ele não tinha se dito a verdade, por que não tentou durante o colégio, na faculdade, depois daquele réveillon? Por que acreditou que seus breves namoros mudariam instintos e que tudo se resolveria depois que se casasse? Devia ter feito diferente, mas não pôde. E por quê?, se perguntava no limiar do pânico. O acúmulo de erros, a passagem do tempo, Tavinho quase não conseguia suportar. Permanecia na cama enquanto era comido por dentro, a boca entreaberta, nenhuma palavra saindo.

Para Guiomar o filho morreu de tuberculose — "Tavinho sempre foi tão forte, como pôde morrer assim?". Para Ana e Joaquim o genro morreu de tuberculose — "Meus pêsames, d. Guiomar. É difícil perder um filho, ainda mais para uma doença que parecia não ser mais fatal". Para os moradores do prédio Tavinho morreu de aids. Num dia em que Estela pegou o elevador com Tavinho na cadeira de rodas, depois de voltarem da segunda internação hospitalar, o síndico perguntou por que ele estava tão magro. Estela respondeu que ele estava anêmico, Tavinho respondeu que tinha aids. O síndico prendeu a respiração até descer no seu andar. No dia seguinte convocou uma reunião extraordinária de condomínio para propor a proibição do uso do elevador social por pessoas portadoras de doenças infecciosas. Tavinho e Estela foram os primeiros a chegar ao encontro, para Estela reorganizar as cadeiras de plástico num círculo em torno do marido. A proposta não foi aceita pelos condôminos.

Para Priscila e Pedro o pai morreu de aids, e sua doença definiu seus futuros. Priscila trancou o curso de direito e prestou vestibular para medicina. Pedro não engravidou a vizinha do primeiro andar, ávida para sair da casa dos pais e subir de vida — quem sabe para a cobertura dos Jansson. Mas o menino só transava de camisinha, e mesmo nas horas urgentes, quando os corpos dos dois se roçavam entre o rodo e a vassoura atrás da porta do banheiro de empregada, ele sempre arranjava um jeito de botar a mão no bolso e abrir com os dentes o pacotinho quadrado.

O enterro de Tavinho não reuniu tanta gente no cemitério São João Batista. Não houve complicações no trânsito ou excessos na lanchonete junto às capelas. O que teve foi um bufê farto, com sanduíches diversos, sucos e refrigerante. Estela não ia passar vergonha, no enterro do sogro a única água de cortesia era a da pia do banheiro. Decidiu inovar nos ingredientes, escolhendo queijo brie para os canapés. Poucos cariocas conheciam a iguaria, mas um enterro durante o verão não era momento para descobertas. O cheiro e a textura do queijo evocaram substâncias decompostas, e os convidados associaram a iguaria ao morto. Montinhos cobertos por guardanapos foram abandonados nos cantos da capela, enquanto sanduíches de mortadela sumiam das bandejas.

Tavinho foi enterrado com a camisa do Botafogo. O amplo espaço entre as bordas do caixão e o corpo foi preenchido com rosas vermelhas, a flor preferida do marido, como Estela descobriu nas conversas de fim de vida.

Depois do enterro Estela deixou d. Guiomar em casa e voltou para o apartamento da Nascimento Silva. Jantou em silêncio com os filhos, não quis assistir ao *Jornal Nacional*. Preparou-se para dormir diante do espelho iluminado do banheiro. Escovou os dentes, tirou a maquiagem, passou creme em torno dos olhos e baixou o rosto numa careta, enquanto se esforçava para tirar do dedo inchado a aliança de casamento.

Foi no ano seguinte. Numa terça-feira de manhã d. Guiomar tomava café quando a jarra de inox balançou fazendo um barulho estridente e um pequeno objeto cilíndrico caiu junto à xícara. Guiomar deixou o pão com manteiga no prato para colocar os óculos e levantar a peça rente aos olhos. Achou parecida com um dedal, embora mais estreita e sem espaço para enfiar o dedo. *Mas, então, para que servia?*, se perguntou. "Não, não é possível, não pode ser", disse, largando a bala no chão. Ligou para Estela, que chegou cinco minutos depois e puxou a sogra para baixo da mesa enquanto dizia: "Não fique nervosa, não fique nervosa, não fique nervosa".

Na semana seguinte o apartamento de Nils e Guiomar foi posto à venda. Não conseguiram um bom preço, a sala ficava de frente para o morro do Cantagalo, que àquela altura tinha se tornado uma massa de casebres sobrepostos. "Outro dia mesmo a gente olhava e não tinha nenhum", disse Guiomar, como quem acaba de descobrir a passagem do tempo. Estela concordou. Outro dia mesmo o morro era verde, e mesmo da sua cobertura era possível ver as casas miseráveis, embora distantes. Não havia perigo, apenas o eventual som de tiros, que Estela se esforçava para pensar que era outra coisa — fogos de artifício, a televisão do vizinho, um cano de descarga. Quando acontecia durante o dia os estampidos confundiam-se com os ruídos do bairro, mas em noites críticas desfaziam dúvidas. O jeito era dormir com o ar-condicionado ligado.

Na mesma semana deu início a uma obra em casa para receber Guiomar. A sogra estava tão velhinha que não podia mais tomar banho num boxe sem corrimão, e já que Estela mudaria uma coisa aqui por que não mudar outra ali? Trocou a bancada na suíte do quarto de hóspedes, pintou paredes e instalou um armário embutido para Guiomar guardar seus pertences e lembranças — o vestido que usava quando Nils a beijou pela primeira vez, um porta-joias contendo o besouro de ouro com olhos de rubi, seis livros de receitas, álbuns com fotos de Tavinho criança andando em um pônei em Lambari, Tavinho adolescente mostrando os músculos na praia, Nilson fantasiado de baiana, odalisca, múmia, faraó, Guiomar apresentando uma salada de batatas decorada com fatias de pimentão. Havia fotos de pessoas que ela não sabia mais quem eram. "Será Chiquinha ou Naná?", ela tentava descobrir estudando a imagem. "Não tem nome atrás, eu devia ter posto nome atrás."

Estela passava pelo quarto e acalmava a sogra contrariada. O médico recomendou caminhadas, poderiam ir juntas à praia. Andavam em passos lentos até o calçadão, Estela ajudava Guiomar a sentar no banco em frente à casa de Laura Alvim. Era a única construção do início de Ipanema que ainda permanecia em pé.

— O mar está tão bonito, não quer se virar para ver? — sugeria Estela.

Guiomar agradecia, mas dizia que não. Permanecia calada de frente para os prédios da Vieira Souto, refazendo na memória a Ipanema de sua infância. Trocava o edifício branco pelo palacete onde havia morado, o marrom pelo castelinho de Nils, o de vidro fumê pelo casarão do ministro.

Numa tarde ela quebrou o silêncio:

— É como se a minha vida fosse uma história em duas partes, uma completamente diferente da outra.

Estela sorriu.

— A minha também, d. Guiomar. A minha também.

Enquanto isso, noutro canto da cidade, Odete escondia a aliança entre as coxas para evitar o ataque dos trombadinhas que faziam a limpa nos passageiros do ônibus 121. Carlos bebericava uma caipirinha na praia da Barra, acompanhado pelo marido de muitos anos. Dalvanise pedia para a comadre rezadeira abençoar seu filho malandro, queria que tomasse jeito na vida e fizesse o concurso da PM. Ana tirava folhas mortas dos vasos de gerânios, Joaquim comprava uma revista *Coquetel* na banca de jornal, Brigitta passava como uma brisa pelo rosto dos crédulos. E Moacir, aposentado compulsório da PM, rondava o Leblon depois de tomar uma vitamina de morango na loja de sucos embaixo do antigo prédio de Carlos. Saía da zona norte todos os dias com o mesmo destino, na esperança de cruzar com a única pessoa que tinha amado. Faltava alguma coisa em sua vida, que ele procurava em caminhadas cruzando bairros, em travestis com batom de maçã verde, em novelas que terminavam para outras começarem, em todos os rostos que via aos domingos no Aterro do Flamengo, na voz trêmula da mãe. Ele não sabia o que era, e não sabia que não adiantava procurar.

Foi mais ou menos nessa época que Estela se tornou inquieta. Fez uma excursão para Gramado e lá descobriu que precisava de outra para Porto de Galinhas, onde se deu conta de que precisava de uma excursão para Nova York, descobrindo lá que não faltavam mais excursões, e sim uma viagem por conta própria a Paris.

Aos cinquenta anos de idade Estela sentiu as reviravoltas de estômago que lhe foram privadas na adolescência, ao embarcar sozinha pela primeira vez em um avião. Orgulhou-se de sua estada em Paris por saber dar voltas perfeitas em uma echarpe e poder pedir uma omelete sem a ajuda de um dicionário.

Com cinquenta e dois anos, tomando chá na cafeteria do Centro Cultural Banco do Brasil, ela condenou e orgulhou-se do sorriso que retornou ao homem de nariz saliente chamado Ivanor. No quarto de Ivanor, Estela descobriu coisas que nem sabia que ainda precisava. Gemeu, gritou e gozou. Sentiu saudades de Beto. Depois olhou para o nariz de Ivanor e se esqueceu de Beto.

Foi aquele nariz, a casa despojada onde o namorado vivia (quando Ivanor se separou livrou-se de todos os supérfluos — a mulher e a coleção de corujas da mulher), as trinta e três brigas definitivas com Priscila, a corrosiva solidão que sentiu nos anos em que Pedrinho sumiu de mochila pelo mundo e a filha saiu de casa para morar com o namorado, a excruciante semana de intervalo entre a descoberta de um caroço no seio, a biópsia e o diagnóstico de que era benigno, o fim das conversas com Guiomar, que já não reconhecia Estela e passava os dias recortando bonequinhas de papel, e principalmente a imagem do corpo do pai caído na área de serviço, as têmporas geladas da mãe no caixão, as cores difusas de Nilson no velório e o cheiro de morte entranhado em Tavinho nos últimos dias, que fez Estela se levantar naquela manhã disposta a se livrar da pilha de toalhas de linho — algumas já mofadas — que ocupavam o armário do corredor. Daria todas para Dalvanise. Encheu os braços e a caminho da cozinha passou rente à mesa com o aparelho de chá. O açucareiro de prata caiu no chão, formando uma mancha branca. Estela olhou incomodada. Para que um açucareiro na sala, se ela nem usava mais açúcar? Pensou em dar o aparelho para Dalvanise, mas em seguida mudou de ideia. Era coisa boa, podia vender. De qualquer forma pediria para Dalvanise limpar o chão e tirar o troço da sala.

Onde estão todos eles?

— Estão todos dormindo
Estão todos deitados
Dormindo
Profundamente.
Manuel Bandeira

Aconteceu em 2008. Estela lia o jornal de manhã quando seus olhos — acostumados a passar com receio e alívio pela sessão de obituário — detiveram-se na página por mais tempo do que gostaria. A morte da jornalista Maria Lúcia Castro, de sessenta e quatro anos, era anunciada com destaque. O obituário falava da causa da morte — derrame —, de suas conquistas profissionais — quarenta anos de jornalismo — e que ela era viúva do ex-preso político e diretor do Banco do Brasil Roberto Batista, falecido em 2001.

Estela fechou os olhos diante da foto da senhora de cabelos brancos para ver novamente Maria Lúcia fazendo xixi no balde de gelo, numa atitude tão libertária quanto imortal. Lembrou-se do soco que ela recebeu na festa, do casamento com o maestro e do apartamento imaginado na Lagoa. Maria Lúcia percorrendo as ruelas de Madri, entrando no prédio a poucos metros de onde morou Cervantes. Pablo chegando de madrugada depois de um show para turistas. Maria Lúcia menina, implorando à mãe para não sair sozinha com o padrasto. Uma casa branca no Algarve, uma fazenda na Holanda, um estúdio em Tolouse. As cartas que Estela pegou na portaria e nunca entregou a Tavinho agora pareciam pulsar na caixa de sapatos guardada no alto do armário.

Deixou o jornal na mesa e se encolheu sentada no sofá, os ombros arqueados para a frente, os braços e as pernas cruzados. Como sabia tanto da mulher que tinha visto tão pouco e como sabia pouco do amante com quem dormiu tantas vezes. Beto como preso político, como membro do quadro de apoio de um grupo revolucionário, era parte da biografia que justificava a distância sentida na manhã do reencontro no Jardim Botânico.

Às vezes ela achava que não tinha acontecido. O rapaz do apartamento térreo, dos óculos remendados e carinhos com aroma de tangerina. Beto sério na cama, segurando suas mãos e dizendo: "Vem comigo". Tentou conter o desespero, camuflando-o com a tranquilidade da velhice. Ah, se ela soubesse naqueles anos o que sabia agora. E mesmo que não soubesse, mas se tivesse tido coragem. Ah, se ela soubesse, ah, se ela tivesse.

Fechou os olhos e sorriu dolorido. Tudo tinha mudado de modo tão rápido e tão lento que se tornava impossível perceber. E por que a vida tinha que ser assim, feita com uma época em que todos viviam, e outra em que todos morriam? Permaneceu encolhida no sofá por minutos tão extensos que abarcaram o bairro inteiro e algumas décadas. Voltou a si com as batidas do relógio cuco. Levantou do sofá e foi até a cozinha ver se Dalvanise já tinha adiantado o almoço.

Nota sobre as fontes e agradecimentos

Álvaro Alvim, Laura Alvim e a família Jansson aparecem neste livro como personagens fictícios, embora a autora tenha pesquisado biografias e a época em que viveram para criar esta versão de suas vidas. Alguns dos livros que me ajudaram a construir episódios e pessoas foram *Laura Alvim: Anjo barroco*, de Wanda Stylita Cardoso; *Villa Ipanema*, de Mario Peixoto, Carlos Eduardo Barata, Claudia Braga Gaspar e Marilúcia Abreu; *O antigo Leblon: Uma aldeia encantada*, de Rogério Barbosa Lima; *O Rio de Janeiro do meu tempo*, de Luís Edmundo; *Os degraus de Ipanema*, de Carlos-Leonam; *Cultura e participação nos anos 60*, de Heloisa Buarque de Hollanda; *Negócio seguinte*, de Luiz Carlos Maciel; e *Só para cavalheiros*, de Antônio Carlos Moreira, que teve a gentileza de me enviar uma cópia. Válida também foi a leitura do jornal *O Pasquim* (o discurso do diretor do cinema novo na festa de réveillon é baseado em um texto de Glauber Rocha no jornal).

Muitos livros me ajudaram a abordar o golpe militar. Ressalto aqui *Eu, Zuzu Angel, procuro meu filho*, de Virgínia Valli;

O que é isso, companheiro?, de Fernando Gabeira; *Os Carboná-rios: Memórias da guerrilha perdida*, de Alfredo Sirkis; e *Gracias a la vida: Memórias de um militante*, de Cid Benjamin, a quem agradeço pelas longas conversas sobre a época. Vali-me da transparência e acessibilidade proporcionada pela Comissão Nacional da Verdade, que mantém em seu site documentos e relatos necessários e assustadores sobre a ditadura no Brasil.

Nunca houve um castelo é também a reação direta a três livros que me marcaram profundamente: *Baú de ossos*, de Pedro Nava; *1968: O ano que não terminou*, de Zuenir Ventura; e *Ela é carioca: Uma enciclopédia de Ipanema*, de Ruy Castro.

Outras fontes foram trechos do antigo programa *TV Mulher* com o quadro de Clodovil, reproduzido durante a ginástica de Estela. Revistas femininas dos anos 1960, um trecho da música *Sinal fechado*, de Paulinho da Viola, transformado em fala de Maria Lúcia ao se despedir em uma ligação com Tavinho. Peço aqui licença a Chico Buarque, por usar neste romance o mesmo médico de *O irmão alemão*. Zuzarte é um nome por demais perfeito para um doutor, e como são muitos os pacientes em um consultório, talvez Tavinho tenha cruzado com Sergio de Hollander em alguma sala de espera.

Devo imensamente aos amigos sinceros e leitores argutos que me ajudaram no processo de edição. Gustavo Alves (que me cedeu a frase "Cara, cê viu o jogo ontem?", repetida por Tavinho, e que para alguns homens representa o mais sofisticado grau de articulação), Odyr Bernardi, Vanessa Ferrari, meus pais e irmãs, meu marido e melhor amigo, Juan Suarez. Mário Prata, que apareceu um dia e me deu de presente o título do livro. Agradeço também à competente equipe da Companhia das Letras, pelo trabalho preciso e minucioso — Alice Sant'Anna, Lucila Lombardi, Adriane Piscitelli, Felipe Maciel, Clarice Bernardo, Max Santos, Luciana Borges e sua equipe de vendas, à preparadora Ciça Caropreso, ao checador Érico Melo, à capista Claudia Espínola Carvalho e a todas as outras pessoas com quem nunca convivi, mas que trabalharam para este livro poder ser lido neste momento.

Por fim, Luciana Villas-Boas, agente, amiga, leitora, que pode ser elogiada de muitas formas. Fico aqui com apenas uma de suas características, que é a paixão pela literatura brasileira. Obrigada, Luciana. Obrigada, grande equipe da VBM: Anna, Lara, Miguel e Raymond.

1ª EDIÇÃO [2018] 2 reimpressões

ESTA OBRA FOI COMPOSTA PELO GRUPO DE CRIAÇÃO EM ELECTRA E IMPRESSA PELA GEOGRÁFICA EM OFSETE SOBRE PAPEL PÓLEN SOFT DA SUZANO S.A. PARA A EDITORA SCHWARCZ EM MAIO DE 2021

A marca FSC® é a garantia de que a madeira utilizada na fabricação do papel deste livro provém de florestas que foram gerenciadas de maneira ambientalmente correta, socialmente justa e economicamente viável, além de outras fontes de origem controlada.